# Tig & Nell
### e outros contos

# MARGARET ATWOOD

# Tig & Nell
### e outros contos

Tradução de Clóvis Marques

Rocco

Título original
OLD BABES IN THE WOOD
Stories

Primeira publicação, em 2023, no Reino Unido pela Chatto & Windus.

*Copyright* © 2023 by O. W. Toad Ltd.

O direito de Margaret Atwood de ser identificada como autora
desta obra foi assegurado em conformidade com
o Copyright, Designs and Patents Act 1988.

Todos os direitos reservados.
Nenhuma parte desta obra pode ser reproduzida no todo ou
em parte sob qualquer forma sem a devida autorização.

PROIBIDA A VENDA EM PORTUGAL.

Direitos para a língua portuguesa reservados
com exclusividade para o Brasil à
EDITORA ROCCO LTDA.
Rua Evaristo da Veiga, 65 – 11º andar
Passeio Corporate – Torre 1
20031-040 – Rio de Janeiro – RJ
Tel.: (21) 3525-2000 – Fax: (21) 3525-2001
rocco@rocco.com.br|www.rocco.com.br

Printed in Brazil/Impresso no Brasil

Preparação de originais
ISABELLA PACHECO

---

**CIP-BRASIL. CATALOGAÇÃO NA PUBLICAÇÃO**
**SINDICATO NACIONAL DOS EDITORES DE LIVROS, RJ**

A899t

    Atwood, Margaret
        Tig & Nell e outros contos / Margaret Atwood ; tradução Clóvis Marques. - 1. ed. - Rio de Janeiro : Rocco, 2024.

        Tradução de: Old babes in the wood : stories
        ISBN 978-65-5532-452-5
        ISBN 978-65-5595-274-2 (recurso eletrônico)

        1. Ficção canadense. I. Marques, Clóvis. II. Título.

24-91719
        CDD: 819.13
        CDU: 82-3(71)

Meri Gleice Rodrigues de Souza - Bibliotecária - CRB-7/6439

Devido às limitações de espaço, todos os agradecimentos pela reprodução
de material previamente publicado aparecem na seção "Agradecimentos" no final deste livro.

O texto deste livro obedece às normas do Acordo Ortográfico da Língua Portuguesa.

*Para os meus leitores.*

*Para a minha família.*

*Para os amigos e os amigos ausentes.*

*Para Graeme Gibson, como sempre.*

# SUMÁRIO

✦

I

# TIG & NELL

| | |
|---|---|
| PRIMEIROS SOCORROS | 11 |
| CHAMUSCADOS | 25 |
| LE MORTE DE SMUDGIE | 47 |

II

# MINHA MÃE MALIGNA

| | |
|---|---|
| MINHA MÃE MALIGNA | 59 |
| ENTREVISTA COM O MORTO | 87 |
| IMPACIENTE GRISELDA | 105 |
| DENTES HORRÍVEIS | 113 |
| MORTE POR MEXILHÃO | 131 |
| VALE-TUDO | 139 |
| METEMPSICOSE: OU A JORNADA DA ALMA | 149 |
| ESVOAÇANTES: UM SIMPÓSIO | 167 |

# III

# NELL & TIG

| | |
|---|---|
| UM ALMOÇO EMPOEIRADO | 193 |
| VIÚVAS | 227 |
| A CAIXA DE MADEIRA | 235 |
| VULNERÁVEIS | 255 |
| | |
| AGRADECIMENTOS | 269 |

# I

# Tig & Nell

## PRIMEIROS SOCORROS

✦

Nell chegou em casa um dia, pouco antes do jantar, e a porta estava aberta. O carro tinha sumido. Havia uma trilha de manchas de sangue na escada, e, ao entrar, ela seguiu as marcas pelo carpete do corredor até a cozinha. Tinha uma faca em cima da tábua de corte, uma das favoritas de Tig, aço japonês, muito afiada — e ao lado uma cenoura manchada de sangue, com uma das pontas cortada. A filha deles, na época com nove anos, não estava em lugar nenhum.

O que teria acontecido? Assaltantes tinham invadido. Tig tentou se defender usando a faca (mas como explicar a cenoura?) e acabou ferido. Os bandidos fugiram com ele, a menina e o carro. Nell precisava chamar a polícia.

Ou então Tig estava cozinhando, cortou-se com a faca, achou que precisava levar pontos e foi de carro para o hospital, carregando a filha para não deixá-la sozinha. Era o mais provável. Ele devia estar com pressa demais para deixar um bilhete.

Nell pegou o tira-manchas e borrifou as marcas de sangue: seria muito mais difícil tirá-las do carpete depois de secas. Em seguida, limpou o sangue do piso da cozinha e, depois de uma pausa, da cenoura. Estava em perfeitas condições; desnecessário desperdiçar.

O tempo passou. E o suspense foi aumentando. Ela já estava a ponto de telefonar para os hospitais ali por perto e perguntar por

Tig quando ele voltou, com uma atadura na mão. Parecia tranquilo, assim como a filha. Tinha sido uma aventura e tanto! O sangue simplesmente jorrava, disseram. O pano de prato que Tig usou para envolver o corte ficou ensopado! Sim, foi difícil dirigir, disse ele — evitando a palavra perigoso —, mas não dava para esperar um táxi, e deu tudo certo usando basicamente uma das mãos, pois precisava manter a outra erguida, e o sangue escorria pelo cotovelo, e no hospital logo trataram de dar os pontos, pois pingava o tempo todo, e, enfim, foi isso! Felizmente nenhuma artéria fora atingida, o que seria outra história. (E de fato foi, quando Tig a contou apenas para Nell pouco depois: aquela valentia toda fora fingimento — para não assustar a menina — e ele ficou com medo de desmaiar se continuasse perdendo sangue, e aí o que aconteceria?)

— Preciso beber alguma coisa — disse Tig.

— Eu também — concordou Nell. — Posso fazer ovos mexidos.

Fosse lá que prato Tig pretendesse preparar com a cenoura, agora não fazia mais sentido.

O pano de prato voltou num saco plástico. Um vermelhão só, mas começando a ficar marrom nas bordas. Nell o mergulhou em água gelada, o melhor a fazer em caso de tecidos manchados de sangue.

Mas o que eu teria feito se estivesse aqui?, perguntava-se. Um simples Band-Aid não adiantaria. Um torniquete? Ela aprendera a fazer, por alto, na época das bandeirantes. Também ensinavam a cuidar de torções no punho. De emergências sem gravidade ela dava conta, mas das graves, não. As graves eram com Tig.

Isso foi algum tempo atrás. No início do outono, ela se lembra, mais ou menos no fim da década de 1980. Na época já havia computadores pessoais, daqueles bem pesadões. E impressoras: o papel vinha com as páginas presas verticalmente umas às outras e com buracos nas laterais, em tiras perfuradas destacáveis. Mas não havia celulares, e por isso Nell não pôde telefonar nem mandar mensagem perguntando onde Tig estava, e por que aquele sangue todo. Como a gente tinha que esperar, pensa ela. Esperar sem saber. Tantas lacunas que não dava para preencher, tantos mistérios. Tão pouca informação. Agora estamos na primeira década do século XXI, o espaço-tempo é mais denso, abarrotado, mal dá para se mexer, com o ar sobrecarregado disso e daquilo. Não dá para se livrar das pessoas: sempre em contato, por perto, a um toque de distância. Melhor ou pior?

Ela volta a atenção para a sala onde os dois estão neste exato momento. Num desses arranha-céus sem personalidade da Bloor Street, perto do viaduto. Ela e Tig estão sentados em cadeiras que mais parecem carteiras escolares — e de fato há um quadro branco à frente deles —, e um sujeito chamado sr. Foote está falando. Os ocupantes das outras cadeiras, também ouvindo o sr. Foote, são pelo menos trinta anos mais jovens que Tig e Nell; alguns talvez sejam até quarenta anos mais jovens. Crianças.

— Num acidente de moto — diz o sr. Foote — não se tira o capacete do acidentado, certo? Ninguém sabe o que vai encontrar, né?

Com as mãos estendidas, ele desenha círculos à frente, como se limpasse uma vidraça.

Faz sentido, pensa Nell. Ela imagina a viseira toda ensanguentada de um capacete. Por trás, um rosto que já não é um rosto. Um mingau de rosto.

O sr. Foote tem um talento especial para imagens evocativas assim. Fala de forma direta — o que seria de se esperar, já que nasceu em Newfoundland. Não fica cheio de dedos. Tem uma compleição sólida: tronco largo, pernas grossas, pouca distância entre orelhas e ombros. Tudo bem equilibrado, com um centro de gravidade baixo. Não seria nada fácil derrubar o sr. Foote. Nell supõe que já tenham tentado, em algum bar — ele parece do tipo que se sairia bem numa briga de botequim, mas também do tipo que só se meteria em algo assim se não corresse o risco de perder. Em situações extremas, deve jogar o adversário pela janela, calmamente — "Carece de manter a calma", já disse duas vezes —, e depois checar se não quebrou nenhum osso. Em caso positivo, providenciaria uma tala e trataria os cortes e as escoriações da vítima. O sr. Foote é pau para toda obra. Na verdade, é paramédico, mas disso só ficaremos sabendo mais tarde.

Ele tem nas mãos uma pasta de couro preto e veste um moletom de manga comprida com zíper na frente e com o logotipo da St. John Ambulance, como se fosse um treinador, o que de certa maneira não deixa de ser: ele ensina primeiros socorros. No fim do dia haverá um teste e os participantes receberão um certificado. Estão todos aqui porque precisam dele: foram mandados por suas empresas. Nell e Tig também. Graças a um conhecido da família de Tig, os dois fazem palestras num navio de cruzeiros ecológicos, pássaros no caso dele, borboletas, no dela: são os seus hobbies. Tecnicamente, portanto, fazem parte da tripulação, e todos no navio precisam do certificado. É obrigatório, como informou seu contato no navio.

O que não lhes disseram é que, em sua maioria, os passageiros — os turistas, a clientela — já estão na melhor idade, para recorrer a um eufemismo. Alguns são mais velhos que Nell e Tig. Anciãos, portanto. Gente que pode desmoronar a qualquer momento e, nesse caso, haja certificado.

Nell e Tig não têm grande probabilidade de salvar ninguém: os mais jovens logo entrarão em campo, Nell está contando com isso. Se for o caso, vai se afobar e dizer que esqueceu o que precisa fazer, e será verdade. E Tig, o que fará? Vai falar: "Para trás, abram espaço." Algo do tipo.

Todo mundo sabe — é o que dizem — que esses navios sempre têm congeladores extras, só por via das dúvidas. Nell imagina o horror de um empregado ao abrir a porta errada e dar com o olhar de pavor congelado de algum infeliz passageiro para o qual o certificado não foi suficiente.

De pé diante da classe, o sr. Foote passa os olhos pela turma do dia. A expressão no seu rosto pode ser considerada neutra, ou talvez um pouco divertida. Provavelmente está pensando: bando de molengas ignorantes. Bichos urbanos.

— Temos que pensar no que fazer e no que não fazer — anuncia.
— Vou explicar os dois. Primeiro, carece de não sair gritando feito galinha sem cabeça. Mesmo se o sujeito estiver de fato sem cabeça.
Só que galinhas sem cabeça não gritam, pensa Nell. Ou pelo menos é o que presume. Mas deu para entender. Manter a calma nas emergências, como se diz. O sr. Foote acrescentaria: "Se der." Ele certamente gostaria que mantivessem a cabeça no lugar.
— Muita coisa pode ser resolvida — continua o sr. Foote. — Mas não se a cabeça não estiver no lugar. Isso daí eu não posso ensinar, pessoal.
É uma piada, supõe Nell, mas o sr. Foote não deixa transparecer. Sempre impassível.

— Digamos que você esteja num restaurante. — Depois de tratar de acidentes de moto, o sr. Foote passou para a asfixia. — E o sujeito se engasga. O que precisa saber é: ele consegue falar? Pergunte se pode dar uns tapas nas costas dele. Se responder que sim verbalmente, a situação já não está tão ruim, afinal ele ainda consegue respirar, né? Mas o mais provável: muita gente se sente constrangida, levanta e faz o quê? Vai para o banheiro, não quer causar alvoroço. Chamar atenção. Mas é preciso ir atrás, é preciso seguir a pessoa, pois ela pode morrer. Estatelada ali no chão, sem nem ter tempo de ver o que aconteceu.
Ele faz um gesto significativo com a cabeça. Ele sabe de casos, diz o gesto. Já vivenciou essa situação. Já viu acontecer. E chegou tarde demais.
O sr. Foote sabe do que fala, pensa Nell. Exatamente a mesma coisa quase aconteceu com ela uma vez. Engasgar, ir para o ba-

nheiro, não querer estardalhaço. Constrangimento pode matar, ela agora se dá conta. O sr. Foote acertou na mosca.

— O passo seguinte é fazer a pessoa se inclinar para a frente — prossegue o sr. Foote. — Cinco pancadas nas costas: capaz de o naco de carne, o salgadinho, a espinha de peixe, ou o que for, ser expelido ali mesmo. Caso contrário, passamos à manobra de Heimlich. O negócio é que, se a pessoa não conseguir falar, não terá como permitir nada, e ainda pode começar a ficar azul e desfalecer. Não dá para esperar. Você pode até quebrar uma costela, mas ela não vai morrer, né? — Ele esboça um sorrisinho, ou pelo menos é a impressão que dá a Nell. Uma espécie de contração da boca. — Esse é o objetivo, né? Não morrer!

Eles ensaiam a manobra de Heimlich e a melhor maneira de bater nas costas da pessoa. Segundo o sr. Foote, a combinação das duas coisas quase sempre funciona, mas é preciso ser rápido: em matéria de primeiros socorros, não perder tempo é essencial.

— Por isso são chamados *primeiros*, né? Não é o maldito fiscal do leão, com perdão da má palavra, eles podem levar o tempo que quiserem, mas vocês só vão ter quatro minutos e olhe lá.

Agora uma pausa para o lanche, ele anuncia, e depois passaremos a afogamentos e respiração boca a boca, seguidos de hipotermia; após o almoço, ataques cardíacos e desfibrilador. Muita coisa para um dia só.

Afogamentos são muito simples.

— Primeiro é preciso tirar a água dos pulmões. Vai ajudar se você fizer uso da gravidade, né? Vire a pessoa de lado, para esvaziar, mas tem que ser rápido. — O sr. Foote tem experiência com afogamentos: passou a vida inteira perto do mar. — Vire a pessoa de barriga para cima para limpar as vias respiratórias, cheque a respiração, cheque o pulso e peça a alguém para chamar a ambulância. Se a pessoa não estiver respirando, é preciso começar a respiração boca a boca. Então... esse negócio que estou mostrando aqui é um protetor bucal de RCP para o boca a boca, pois a pessoa pode vomitar... Bem, você não vai querer que entre pela sua boca. E, de qualquer maneira, tem os germes, né? Carece de ter sempre um desses à mão.

O sr. Foote tem um pequeno estoque à disposição. Podem ser comprados no fim do dia.

Nell decide comprar um. Como é que conseguiu viver até hoje sem um protetor bucal? Absurdo.

Para a prática do boca a boca, os alunos são divididos em pares e recebem um torso de plástico vermelho com uma cabeça branca e careca inclinada para trás e uma esteira de ioga para ajoelhar enquanto os dois salvam a vida do boneco. Aperte as narinas, cubra a boca com a sua, sopre cinco vezes, enchendo o peito de ar, e pressione cinco vezes a caixa torácica. Repita. Enquanto isso, a outra pessoa chama a ambulância, e os socorristas vão continuar com as compressões. Elas podem ser cansativas, deixam os punhos doloridos. O sr. Foote percorre a sala, verificando a técnica de cada um.

— Está no caminho certo — diz.

Tig alega que, como já está ajoelhado na esteira, Nell terá que chamar a ambulância para levantá-lo do chão, considerando-se o estado dos seus joelhos. Nell esboça uma risadinha com os lábios na boca de plástico, comprometendo o salvamento.

— Só espero que ninguém se afogue no nosso turno — diz. — Provavelmente vão continuar afogados mesmo.

Tig acha que é uma maneira relativamente indolor de passar para o outro lado. Dizem que a pessoa ouve sinos.

Após salvar todos os torsos de plástico, eles passam para hipotermia e choque. Nos dois casos, com uso de cobertores. O sr. Foote conta a história impressionante de um sujeito que foi para uma estação de esqui e saiu do chalé para urinar, sem lanterna, em um terreno coberto por uma espessa camada de neve, caiu numa área de derretimento em torno de uma árvore, não conseguiu

mais sair, e só foi encontrado na manhã seguinte. Estava gelado e duro feito pedra, contou o sr. Foote, sem sombra de respiração, o coração num silêncio tumular. Mas uma pessoa do chalé tinha feito o curso de primeiros socorros e ficou tentando reanimar o camarada, possivelmente morto, durante seis horas — seis horas!
— e conseguiu trazê-lo de volta.
— Persistir sempre. Nunca desistir — diz o sr. Foote. — Nunca se sabe.

Hora do almoço. Nell e Tig encontram um pequeno restaurante italiano perdido num daqueles arranha-céus sem alma, pedem uma taça de vinho para cada e comem uma boa pizza. Nell diz que vai mandar fazer um cartão de visita com os dizeres "Em caso de acidente chame o sr. Foote", e Tig propõe a candidatura do sr. Foote para primeiro-ministro, pois assim poderá fazer boca a boca no país inteiro. Ele acha que o sr. Foote esteve na Marinha. Nell discorda, ele é espião. Tig pondera que talvez tenha sido pirata, e Nell de novo diz que não, só pode ser um alienígena do espaço sideral, e o fato de ser um instrutor de primeiros socorros chamado sr. Foote é o disfarce ideal.

Os dois se sentem perfeitos idiotas, além de incompetentes. Nell tem certeza de que, se enfrentar qualquer dessas emergências — o afogado, a pessoa em choque, o congelado —, vai entrar em pânico e tudo que o sr. Foote ensinou vai desaparecer da sua cabeça.
— Mas pode dar certo com mordidas de cobra — diz. — Aprendi um pouco disso com as bandeirantes.
— Acho que o sr. Foote não lida com mordidas de cobra — retruca Tig.
— Aposto que sim. Mas só em aulas particulares. É um nicho.

A tarde é emocionante. São distribuídos desfibriladores de verdade, cujas almofadas são aplicadas com precisão aos torsos de plástico. Cada um tem a sua vez. O sr. Foote explica como devem evitar desfibrilar-se acidentalmente — o coração pode se confundir e decidir parar. Nell murmura para Tig que morrer de autodesfibrilação não seria nada digno. Pior seria morrer enfiando um garfo na tomada, responde ele. Verdade, ela pensa. É preciso ter cuidado com isso com crianças pequenas.

   Chega o momento do teste. O sr. Foote garante que todo mundo vai passar: dá dicas escancaradas das respostas e pede que levantem a mão se não entenderem alguma pergunta. Receberão os certificados por e-mail, anuncia, fechando a pasta de couro preto — com alívio, imagina Nell. Mais uma fornada de imprestáveis saindo da fábrica, e queira Deus que nenhum deles se envolva em alguma emergência de verdade.

   Nell compra um dos protetores bucais de RCP. Queria dizer ao sr. Foote que gostou das suas histórias, mas pode parecer tolice, como se fosse mero entretenimento, como se não o levasse a sério. Ele poderia se ofender. Diz então um simples obrigada, e ele responde com um aceno de cabeça.

Já em casa com Tig — no dia seguinte, ou talvez dois dias depois —, ela faz um apanhado das experiências de risco de vida pelas quais já passaram, ou de experiências que ela temia serem de risco. Até que ponto podia se considerar preparada?

   A vez em que a chaminé de metal provocou um incêndio por baixo do telhado, e Tig teve que subir e rastejar no vão, quase sufocando na nuvem de fumaça, para jogar baldes d'água no forro. E se ele tivesse desmaiado lá em cima, asfixiado? Depois do incidente, Tig comprou uma manta antichamas e sempre havia extintores de incêndio em todos os andares de todas as casas onde moraram. Ele se preocupava até nos hotéis, certificando-se da localização das escadas, por via das dúvidas. As janelas também: podiam ser abertas? Cada vez mais, os hotéis passaram a ter janelas herméticas, mas talvez fosse possível quebrar o vidro, com o braço protegido por uma toalha. Mas de nada adiantaria se a janela fosse muito alta.

A vez em que Tig disparou todos os alarmes de incêndio num hotel de trinta andares ao acender um charuto bem embaixo do sensor de um corredor. Os dois desceram os lances de escada em uma corrida desabalada e saíram pelo saguão cheio de bombeiros, fingindo que não era com eles. Esse evento não teve muito risco. Nem chegou a ser constrangedor, já que não foram descobertos.

A vez em que estavam na estrada e se soltou à frente deles a carga de um caminhão madeireiro: as tábuas iam caindo, quicavam no asfalto e eram projetadas longe, por pouco não os atingiram. E no meio de uma nevasca, ainda por cima. Não adiantaria nada saber fazer boca a boca.

A vez em que faziam canoagem num dos Grandes Lagos e a canoa foi virada por uma onda traiçoeira provocada por um navio a vapor. Nenhum risco de vida: estavam perto da praia, a temperatura da água era boa. Apenas se molharam, nada mais.

A vez em que Tig chegou aos berros no quadriciclo, rebocando uma carreta cheia de madeira que cortara com a motosserra, com sangue escorrendo pelo rosto, de um ferimento no couro cabeludo que nem tinha percebido. Nenhuma vida em risco: ele nem se dera conta.

— Está escorrendo sangue no rosto dele — disse Nell às crianças, como se elas não estivessem vendo.

— Sempre tem sangue escorrendo no rosto dele — retrucou uma delas, dando de ombros. Para elas, ele era indestrutível.

— Devo estar cheio de sangue — disse Tig com um sorriso amarelo.

Onde diabos teria esfolado a cabeça? Não foi nada que merecesse muita atenção. No minuto seguinte ele estava descarregando a madeira, e logo depois a serrando: já estava seca, andara ceifando árvores mortas. E aí, *paf!*, enchendo a caixa de lenha para fogueira. Nessa época eles levavam a vida no modo acelerado.

As caminhadas que faziam quando não havia celulares: nenhum dos dois pensava em grandes riscos. Será que sequer levavam um kit de primeiros socorros? Talvez curativos para bolhas, pomada antibiótica, analgésicos. O que teria acontecido se um deles torcesse o tornozelo, quebrasse a perna? Talvez nem dissessem a alguém aonde iam…

Certo outono, por exemplo, num parque nacional. Mau tempo: neve e gelo antes da época.

Caminhando pela floresta de faias amarelas e douradas com suas enormes mochilas de viagem, sondando a superfície de lagos congelados com os bastões de marcha, consultando mapas de trilhas e divergindo sobre os caminhos a seguir. Comendo tabletes de chocolate e parando para almoçar: aboletados em troncos caídos, devorando fatias de queijo, ovos cozidos, nozes e biscoitos. Um cantil de rum.

Tig já tinha problemas nos joelhos, mas ainda assim encarava as caminhadas. Atava bandanas em torno de cada um, acima e abaixo.

— Por que insiste em caminhar? — perguntou um médico certa vez. — Para dizer a verdade, você nem tem joelho.

Mas isso foi muito depois.

Naquele ano circulava uma lenda urbana sobre um perigo rondando as trilhas, segundo a qual na temporada de outono — exatamente a daquele momento — os alces machos sentiam atração sexual por Fuscas. Andavam saltando do alto dos penhascos, esmagando carros e motoristas. Nell e Tig acharam que era uma enorme besteira, mas acrescentavam um "provavelmente", afinal as coisas mais estranhas podem mesmo acontecer.

Montaram a barraca numa área agradável, prepararam o jantar no fogareiro a gás de uma boca, penduraram os recipientes de comida numa árvore a alguma distância, para se prevenir dos ursos, e se enfiaram nos sacos de dormir gelados.

Nell ficou acordada, refletindo sobre o fato de a barraca, com sua forma abobadada, parecer um bocado com um Fusca. E se um alce aparecesse no meio da noite e pulasse em cima deles? E se ficasse furioso ao descobrir o erro? Todo mundo sabe que os alces ficam enfurecidos na época do acasalamento. Podia ser um sério risco.

Na luz clara do amanhecer, a possibilidade de serem esmagados por um alce já parecia remota. Não propriamente um risco de vida, exceto na cabeça de Nell.

No ano seguinte, um casal que fazia exatamente aquela trilha morreu atacado por um urso e foi parcialmente comido na barraca. Tig ficou achando que tinham escapado por pouco. Começou a ler em voz alta para Nell, à noite, um livro chamado *Ataques de ursos*. Eram dois os tipos de ursos que atacam, segundo o autor: ursos com fome e mães ursas protegendo os filhotes. A reação recomendada divergia para cada caso, mas não era apresentado um método para entender a diferença. Quando se fazer de morto, quando sair de fininho, quando resistir ao ataque? Nem se distinguia o tipo de urso: negro ou cinzento? As instruções eram complexas.

— Não acho bom a gente ler essas coisas antes de dormir — disse Nell.

Eles tinham chegado à história de uma mulher que teve o braço abocanhado e arrancado, embora no fim tivesse conseguido afugentar o urso batendo no focinho dele.

— Ela devia ter nervos de aço — observou Tig.

— Deve ter ficado em estado de choque — acrescentou Nell. — A pessoa fica com poderes sobre-humanos.

— De qualquer maneira, sobreviveu — concluiu Tig.

— Por pouco — retrucou Nell.

Tudo isso por acaso serviu para dissuadi-los de persistir em suas mal equipadas caminhadas? Não. Mas Tig comprou um spray antiurso. Quase sempre eles se lembravam de botá-lo na mochila.

---

Revisitando as histórias — depois de um tempo, depois de muitas vezes, o hábito de revisitar se instaura —, Nell se pergunta se as instruções do sr. Foote teriam feito alguma diferença nessas situações, na hora do pega pra capar. Talvez no caso do incêndio na chaminé: se ela tivesse conseguido rebocar Tig, já inconsciente, do vão por baixo do telhado, talvez pudesse tentar salvá-lo com a respiração boca a boca enquanto a casa desmoronava. Mas ser comido por um urso ou esmagado por um alce? Sem possibilidade de resgate. O sr. Foote tinha razão: não dá para adivinhar. Ninguém pode saber de onde virá a salvação, e por sinal por que falam de salvação? Ninguém se salva, no fim das contas. "Não vamos sair daqui vivos", costumava brincar Tig, embora não fosse nem um pouco engraçado. E se desse para adivinhar, se fosse possível prever, por acaso seria melhor? Não: a pessoa ficaria sofrendo o tempo todo, lamentando coisas que nem tinham acontecido ainda.

Melhor manter a ilusão de segurança. Melhor improvisar. Melhor ir caminhando pela dourada floresta outonal sem se preparar muito, testando a superfície das lagoas geladas com o bastão de marcha, comendo chocolate, sentando em troncos gelados, descascando ovos cozidos com dedos frios enquanto os primeiros flocos de neve começam a cair e o dia escurece. Ninguém sabe onde você está.

Será que eles eram mesmo tão despreocupados assim, tão descuidados? Sim. O descuido dera muito certo.

# CHAMUSCADOS

✦

—John tentou dar um tiro na cabeça, mas pegou no radiador — disse François. E deu aquele risinho mudo nas bochechas rosadas. — Mas ele não pode saber que eu contei.

— Como assim, "no radiador"? — perguntei. François nem sempre era muito claro.

— Ele queria se matar — respondeu ele —, mas mudou de ideia e acertou no radiador.

E fez uma pausa, me dando tempo para perguntar *É mesmo?* com o esperado arquear de sobrancelhas.

— Exatamente! É o que parece — prosseguiu. — O piso está todo alagado. Ele chamou um encanador. Está furioso.

— Minha nossa! — falei.

John fora nosso senhorio no inverno, mas a essa altura Tig e eu já estávamos alugando outra casa. John costumava vir de Paris para ver como estávamos, ele dizia, mas desconfio que o verdadeiro motivo era ter algum público além da esposa francesa, sempre cética. Ficava num quarto que mantinha para si e só saía para inspecionar o terreno, discutir com os vários ajudantes que empregava para consertar coisas e jantar com a gente de vez em quando.

Eu então me acostumei com seus acessos de raiva, que podiam acontecer a qualquer momento. Também sabia onde ficava o tal radiador: numa entrada dos fundos junto à cozinha. Era onde

John limpava a espingarda, ou as espingardas. Eu não sabia ao certo quantas. No que será que atirava com ela, ou com elas? Porcos-do-mato, possivelmente, uma vez. Os bichos se espalhavam pelas colinas; arrancavam as videiras pela raiz, e também serviam para fazer salsicha. Mas com certeza John não tinha caçado porcos-do-mato recentemente: não estava mais em forma.

— No radiador! É hilário — exclamou François, com mais caretas divertidas. — Mas não deixe John perceber que você sabe. Ele ficaria melindrado.

Era assim a relação dos dois. Risos, por um lado, e, por outro, ataques de fúria. Eram muito amigos: um irlandês magricela e explosivo e um francês baixinho, rechonchudo e afável. Uma dupla surpreendente. Mas, se John podia esbravejar contra qualquer um ou qualquer coisa em seus rompantes, nunca se voltava contra François. E François se preocupava com o estado emocional de John como se o amigo fosse um gatinho abandonado — e François tinha adotado vários.

A explicação: ambos haviam ido para a guerra.

Agora já estavam mortos. Algo que ocorre cada vez mais: as pessoas morrem. O incidente do radiador aconteceu no início da década de 1990, quando os dois deviam ter… quantos anos? Preciso fazer as contas para trás. John estivera na Marinha britânica, digamos que tivesse dezoito, dezenove ou vinte anos em 1939. Na época do tiro no radiador, portanto, estaria com setenta e poucos. François era três ou quatro anos mais moço.

Ambos me introduziram às respectivas histórias naquele ano. Como sabiam o tipo de pessoa que eu era, também sabiam — na verdade esperavam — que um dia eu contasse suas vidas. E por que esperariam? Por que alguém deseja algo assim? É difícil aceitarmos a ideia de que nos tornaremos simples punhados de pó, e por isso queremos nos transformar em palavras. Um sopro na boca dos outros.

Cavalheiros, chegou a hora. Farei o melhor que puder pelos senhores. Estão ouvindo?

Devo agora montar a cena, o cenário em que vim a conhecê-los. A casa de John — a que Tig e eu alugamos naquele inverno — ficava numa protoaldeia na Provença: algumas casas espalhadas em torno de uma encruzilhada, a maioria em propriedades agrícolas. Havia porcos desgarrados (acessos de fúria por causa dos porcos). Muita lama nas estradas (fúria por causa da lama). Havia vizinhos com casacos de malha pesada e macacões imundos (fúria com os vizinhos). A casa de John, contudo, não ficava numa propriedade rural. Devia ter pertencido em algum momento a um membro qualquer da aristocracia, da qual John podia ser considerado um representante moderno: um apartamento espaçoso em Paris, perto da igreja de Saint-Germain; uma aposentadoria que lhe facultava certas benesses, como viagens e restaurantes; e a casa de campo que alugamos.

Era uma casa de dois andares, de pedra, século XVIII, com as janelas altas de venezianas características da época e do lugar. Tinha uma cerca de ferro com portão, um jardim nos fundos e um pórtico voltado para o sul, com as colunas enlaçadas por glicínias. O interior era um dos mais belos que Tig e eu já havíamos visto. Mas, apesar da beleza, sempre nos pareceu algo indistinto, como que visto numa bruma: as cores meio desbotadas, os contornos meio indefinidos. Os móveis não eram confortáveis nem convenientes, mas eram autênticos. John fez questão de deixar isso bem claro, embora o gosto requintado fosse da esposa, e não dele. (Ele nunca teve acessos de fúria envolvendo essa mulher que ninguém via, pelo menos não quando estávamos por perto.)

Durante a guerra, a casa pertenceu a um inglês de tendências políticas duvidosas. No fim do conflito, ele foi encontrado assassinado na varanda das colunas e glicínias que dava para o adorável

jardim, à luz do sol. Bala na cabeça. Nenhuma arma à vista, descartando, portanto, suicídio.
— Por quê? — perguntei a John.
Ele deu de ombros e seguiu com um miniataque de reclamações sobre a criminalidade e a mania de segredo da região. Ninguém sabia por quê. Ou melhor, alguém devia saber, mas ninguém dizia. Assim era na época, explicou John; e continuava sendo, por baixo dos panos.

Nunca dava para saber quando a vingança viria, por alguma infame perfídia política ou um sai-pra-lá ofensivo, uma rixa causada por alguma rapariga sifilítica, uma disputa de terras, sempre havia disso, ou em torno dos dois grandes favoritos: roubo de caracóis — se alguém pusesse as mãos nos caracóis de outro, era enforcamento na certa — e colheita ilegal de trufas, justificando castração com facão enferrujado.

E bem feito, disse John, quem manda ser tão imbecil?!

A mata estava cheia de avisos ameaçadores sobre armadilhas e venenos, para dissuadir possíveis meliantes com seus cães farejadores de trufas. Certa vez, caminhando nas colinas, demos com dois enormes ossos carcomidos, deviam ser ossos de vaca, amarrados em forma de cruz diagonal e pendurados numa árvore. E se fosse bruxaria? Uma advertência, mas sobre o quê, para quem? Estávamos afastados da trilha principal; ninguém andava por ali.

— Não toque nisso — disse Tig.

De qualquer maneira eu não tocaria. Já havia moscas rondando, com aquele fedor de carne podre.

Contamos a John a história dos ossos, o que provocou um novo discurso enfurecido contra as manias tenebrosas da região. Malditos camponeses, ignorantes crassos, chafurdando na lama feito uns descerebrados, *emmerdeurs*, contrabandistas, ladrões. Respeito zero pela civilização, ou pela lei, que é o que é, e pronto. Mas talvez fosse uma questão de memória histórica, ponderei. Desconfiança da autoridade. A região fora palco de várias ondas de insurreições ao longo dos séculos: cátaros, evangélicos valdenses... (Na época eu andava lendo guias de turismo.) John deu um berro. Cátaros? Eu estava me metendo com essas besteiras? Danem-se os cátaros, pois não eram perfeitos?, seres superiores?, ninguém estava nem aí para eles, só vendedores de souvenirs baratos *made in China* e de artesanato ordinário com cheiro de alfazema; e que se danem os valdenses, hipócritas pretensiosos e babões de Bíblia sem alegria na vida! Todos eles... só dois exemplos desses beatos tarados que sempre aparecem quando entra em cena alguma religião.

Mas tinham sido cruelmente perseguidos, insisti. Os cátaros. Não foi Simão de Monforte que incendiou Carcassona — todo mundo que estava dentro das muralhas da cidade, inclusive mulheres e crianças — dizendo: "Matem todos, Deus vai saber quem são os Seus"?

Nesse momento, Tig escapuliu até a cozinha para se servir de uma dose de uísque. Ele não se interessava muito pelo dualismo do século XIII, por heresias em geral nem massacres; bem diferente de mim. Na época, eu colecionava as diferentes desculpas que as pessoas invocam para massacrar umas às outras.

Mas John era um conhecedor de heresias. Não, disse, não foi Simão de Monforte, o que furava olhos e rasgava bocas, foi algum abade católico babão; e não foi Carcassona, foi Béziers: uma orgia sanguinária generalizada, seguida de churrasco humano, o fedor deve ter sido de lascar. Se eu estava a fim de me meter na história da França — o que ele não recomendava, era uma infindável sucessão de banhos de sangue e ossadas —, que pelo menos me informasse direito. De qualquer maneira, danem-se as perseguições! Eram heréticos, sabiam o que estavam fazendo, esperavam o quê? Ficariam decepcionados se não fossem perseguidos, todos uns masoquistas mesmo, deitando e rolando no sofrimento e dando a volta por cima, que se fodam, e um brinde aos católicos, que eram bons de perseguição, isso ele tinha que reconhecer.

Não que fosse católico. Danem-se os católicos, especialmente os irlandeses! John reservava um círculo especial no inferno para os conterrâneos, e não se cansava de anedotas sobre a corrupção dos políticos, a depravação dos padres e a tagarelice rasteira do campônio irlandês. O engraxate polindo seus sapatos com graxa de duas cores diferentes num hotel metido e decadente de Dublin, nos velhos tempos, o mecânico completando o óleo do carro e perguntando: "E o que vai ser agora?" Todos eles: não sabem a diferença entre aurora boreal e abóbora no areal.

Eu não queria largar mão dos hereges. Mas e os protestantes não conformistas?, perguntei, tentando trazê-lo de volta ao assunto. Especialmente no sul da França. Recusavam-se a entrar na linha. Não tinha a ver com a força da Resistência Francesa aqui na região, durante a guerra? Não era o caso dos guerrilheiros maquis, que se escondiam nas montanhas e à noite desciam para se infiltrar e assassinar ocupantes alemães e explodir as ferrovias?

Mas que diabo de vadia americana imbecilizada eu era?, John se irritou. Não sabia quantos aldeões inocentes foram alinhados ante o pelotão de fuzilamento em retaliação à encenação inútil e exibicionista dos *maquisards*? Aquele heroísmo todo não fez a mínima diferença, pura carnificina em busca de emoções baratas. Danem-se os maquis!

Quando acabavam os motivos de crítica, ele se fechava no quarto e (desconfio) chorava. Por trás da arrogância, era sentimental, como costumam ser os furiosos. Um dia provavelmente imaginara — e talvez ainda imaginasse — como as coisas seriam num mundo melhor que o nosso, mas eu nunca descobri.

Eu não tinha muita certeza do que John fizera na guerra, mas o que quer que tivesse sido, não foi nada divertido. Ele esteve no Pacífico, onde uma enorme quantidade de navios da Marinha Real foi a pique e cinquenta mil homens morreram. Será que o seu navio havia sido torpedeado? Ele quase morrera afogado? Não falava muito da guerra, exceto para xingar os americanos, que ficaram com todo o crédito pelo que foi feito no Pacífico Sul. Praticamente ninguém lembrava que os britânicos tinham participado.

Quanto a *South Pacific*, o musical, ao qual foi arrastado por uma mulher, bêbado demais para resistir, dava-lhe vontade de vomitar. Danem-se aqueles marinheiros dançando! Dane-se a loura oxigenada querendo esquecer seu homem! Aquelas figuras cantantes metidas a engraçadas nunca tinham estado cara a cara com um camarada saudável e, de repente, *zapt*, cabeça cortada, sangue jorrando... Que se danem!

Depois da guerra ele fez uma carreira brilhante na publicidade; daí a rica aposentadoria. Foi em Nova York (que se dane Nova York, só tem vigarista) e também em Toronto (que se dane Toronto, gente medrosa, pudica e provinciana chafurdando na lama), na época de ouro dos publicitários que mandavam ver na bebida, prontos para te apunhalar pelas costas na primeira bobeada, só dava pirata, e ele era um deles.

Na época, os produtos de grande sucesso para a publicidade eram cigarro e bebida; e qualquer coisa que tivesse a ver com limpeza, pois a guerra fora tão imunda e asquerosa que todo mundo queria se esfregar até ficar roxo. Brilhando de tão limpo, um novo começo, essa era a palavra de ordem. Ele próprio se especializou em xampus. E em permanentes feitos em casa — a grande descoberta da época, torturar o couro cabeludo em nome da beleza — e tinturas para o cabelo. Dizia ter inventado um slogan que ficou famoso: "Só o seu cabeleireiro vai saber." Uma tirada genial, de fato: insinuar um segredo compartilhado, com sugestão de escapulidas sexuais. O que não teria acontecido nos bastidores da sessão de fotos para extrair aquele sorriso beatífico da modelo, o olhar malandro de rabo de olho! Andando pelos cantos com o cabeleireiro! Aos amassos no provador, a vadiazinha.

O que não faltava nesses anúncios era insinuação; e, entre os homens que os concebiam — eram sempre homens, nada de solteironas carreiristas castradoras e mandonas, reprovando isso e aquilo e estragando tudo —, um bocado de escapulidas. O próprio John estava sempre saçaricando por aí, ao que dizia. Ah, se fosse contar tudo, ninguém ia acreditar! Era bonitão — ele não disse nada, mas mostrou fotos. Bons tempos, não se pensava no amanhã. Pulando de cama em cama, interessadas não faltavam, muita dona de casa louca para dar, enganando o marido, uma emoção a mais, se lixando para a cautela no calor do momento, linguinhas rosadas para fora, e ele sempre por perto, pronto para servir.

Seria assim mesmo?, eu me perguntava. Não podia ser tão livre, leve e solto. Era a década de 1950, início da década de 1960: nada de anticoncepcional. As escapadelas improvisadas deviam ter cheiro de borracha, dos trecos que tinham que ser inseridos em alguma parte do corpo ou vestidos em outra. Provavelmente requeriam variados tipos de gel, espumas e cremes, hoje em dia antiquados como espartilhos. As donas de casa que se deixavam seduzir por John no calor do momento — com uma aparência de relutância, claro — deviam estar muito mais preparadas do que ele imaginava. Mas nada disso eu disse.

Como no boliche, segundo ele. Elas eram derrubadas. Enquanto isso ele ganhava rios de dinheiro no jogo publicitário, e gastava com a mesma facilidade, bebendo na hora do almoço. E depois bebendo no jantar. E bebendo no café da manhã. Até que o médico disse que, se não parasse de beber, ia morrer.

Ele e um amigo alcoólatra se internaram numa clínica de reabilitação, mas no primeiro dia pularam o muro dos fundos e enterraram meia dúzia de garrafas de uísque no terreno, para um caso de extrema necessidade. Ele contou como se fosse uma excentricidade, uma travessura, e nós achamos a devida graça; mas, relembrando agora a aventura, encaro de outra maneira. Escalar um muro na escuridão, olhar para um futuro sem nada visível, o ego que você construiu com retalhos e performances desmoronando ao redor, um sujeito sem cabeça montando guarda por trás; uma queda vertiginosa. Terror.

— Foram três tentativas e dois anos, mas finalmente consegui me livrar. Salvou minha vida — dizia ele.

Agora nem tocava em qualquer sobremesa com uma gota de licor: um passo em falso e já era.

O que aconteceu depois? Houve um intervalo, sobrepondo-se ao período de alcoolismo ou logo depois, no qual ele teve um barco a vela — seria um iate? Eu não era do tipo que se impressiona com barcos, contou, nunca soube praticamente nada do assunto — estava às voltas com uma jovem estonteante, uma feiticeira ruiva da Dinamarca, talvez da Suécia. Uma devassa. Ele usou mesmo a palavra devassa.

Eu ficava com vergonha por ele nessas partes das histórias, parcialmente por causa do vocabulário velho e surrado, mas também porque a coisa toda parecia um sonho juvenil de polução noturna, fantasias tiradas direto da *Playboy*. Hoje ele seria considerado misógino, sem discussão, mas a mim parecia que os acessos de fúria contra as mulheres — trapaceiras, hipócritas, bruxas, devassas — eram um subsistema da sua misantropia básica. A espécie humana, incluindo a espécie feminina, estava acabada.

À exceção da esposa francesa, claro, que parecia uma espécie de superbabá. E à exceção de François.

François vivia numa cidadezinha a uma hora de caminhada do povoado de John. Tig fazia esse percurso a pé diariamente. Anos depois, diria se lembrar de cada detalhe do caminho e muitas vezes o percorria de olhos fechados, para depois cair no sono. Embora eu fosse com menos frequência — era difícil manter o ritmo de

Tig, muito bom de marcha —, posso dizer o mesmo: conheço cada curva, cada subida ou descida.

Saindo pela entrada da casa de John. Virando à direita na estrada de cascalho. Passando pelo entroncamento, porcos e lama. Mais porcos e mais lama até a primeira à direita. Depois um campo aberto. Nessa época do ano, digamos, fevereiro ou março, não cresce muita coisa, pelo menos não de propósito. Muitas vezes havia por ali uma mulher de idade com um xale enrolado na cabeça, calçando galochas e tocando um rebanho de cabras com a ajuda de alguns cães. As cabras pastavam enquanto ela colhia plantas silvestres comestíveis, ao que nos parecia, juntando-as num saco de aniagem; os cães guardavam as cabras. Certa vez ela insuflou os cães para cima de Tig, provavelmente para ver o que ele faria. Eles não atacaram, mas chegaram muito perto, orelhas para trás, rosnando e latindo. O que funcionava com cães no interior era se inclinar para a frente como se fosse pegar uma pedra, dizia Tig. Eles então recuavam. Deviam ter experiências prévias com pedras.

Lembrar-me dessa velha que deve ter morrido há muito tempo me dá vontade de chorar. Por quê? Na época, eu mal registrava sua presença, mas agora me recordo da figura com precisão, como se fizesse parte da paisagem. Ela faz parte do que já era, de tudo que foi levado embora. Talvez eu seja a única pessoa que ainda se lembre dela. Eu costumava achar que uma boa memória é uma bênção, mas já não tenho tanta certeza. Talvez esquecer seja uma bênção.

Seja como for, a mente inventa coisas. De que cor era o xale? Havia mesmo um xale?

Após o descampado, havia um bosque: árvores altas, filtrando a luz do sol. Depois de adentrar a mata, a estrada mergulhava num barranco debruçado num regato, cortado por uma ponte de madeira. Várias vezes vimos gente lá embaixo, nas margens, com trailers estacionados. Não eram turistas, segundo Tig. Nunca ficavam muito tempo.

A estrada então voltava a subir e deixava o bosque para trás, virando à direita. Passava por uma grande cisterna retangular de blocos de cimento — sem muito uso, a julgar pelas algas — onde havia uma grande colônia de rãs. Dava para ouvi-las coaxando à distância, mas, ainda que nos aproximássemos silenciosamente, elas sempre percebiam e se calavam, recomeçando quando nos afastávamos. Durante vários meses fiz de tudo para passar a perna nas rãs — queria muito vê-las em ação —, mas não consegui.

Depois das rãs vinham velhas figueiras. E muitos figos murchos espatifados no chão. No começo, eu não sabia o que eram, e tive que perguntar a François.

— O que é aquele troço nojento que cai das árvores e acaba esborrachado na estrada? — quis saber.

Acho que estávamos tomando café numa mesa ao ar livre, Tig, François e eu, enquanto os passantes gritavam com seus cães, correndo por todo lado com lenços vermelhos e azuis amarrados no pescoço. *Jane! Jane! Viens ici! Bob! Bob! Fais pas ça!* Os cães sempre tinham nomes em inglês.

François deitou e rolou com a minha pergunta.

— Sim! Essas coisas que caem das árvores, se espatifam e ficam parecendo nojentas! — exclamou. — Grande mistério! Também já vi! O que poderiam ser?

E passamos a especular. Alguma espécie de réptil? Fungos? Levou um tempo para que ele confessasse serem figos.

Depois das figueiras, começavam as casas da cidade, com íris em jardins de pedra e vasos de gerânio. (Que se danem as íris! Danem-se os gerânios!, fulminava John. Jardins cenográficos, todos eles! Não se pode nem pintar a própria casa nessa palhaçada fraudulenta sem ter a autorização de alguma empresa fajuta querendo se passar pelo governo!)

Chegávamos então a uma fonte — um deus dos rios vertendo água pela boca. O acúmulo de calcário e musgo encobria parte dos traços da figura, deixando-a com uma barba verde. A expressão era ambígua: um rugido de indignação? Um protesto? Estaria sufocando, e o gorgolejar da fonte seria um som de afogamento, o último suspiro? Os olhos eram cegos, há muito desgastadas as pupilas.

São detalhes que me vêm à lembrança, embora depois da fonte não me voltasse uma imagem clara da estrada. Serpenteava em direção a ruas estreitas, com lojinhas e cafés; também um hotel quatro estrelas e um restaurante que servia profiteroles de alfazema, onde às vezes almoçávamos com François.

Eu encontrava François quando íamos às compras, cada um com sua cesta de palha com alça de couro.

— François, hoje tem sardinhas enormes e lindas — puxei conversa em certa ocasião.

Eu ficara sabendo pela dona de uma das lojas mais caras, que sempre me puxava a um canto para sussurrar essas novidades, e certa vez me vendeu uma trufa com olhares tão furtivos que era como se tivesse roubado um segredo de Estado.

— Ah, não, não suporto sardinhas — respondeu ele, revirando os olhos.

— É mesmo? — insisti, abrindo espaço para a versão mais longa, que, eu sabia, já estava na ponta da língua.

— Pois é — prosseguiu François. — No campo de aprisionamento só dava sardinha. Sardinha cozida, sardinha frita, sardinha grelhada. O óleo servia para fazer miniluminárias. Tudo fedia a sardinha, sardinha, sardinha dia e noite! Nem nós conseguíamos nos livrar do cheiro na pele. Para mim, portanto, nunca mais.

E estremeceu num calafrio.

O campo de aprisionamento era na Espanha, que se mantivera neutra na guerra. François foi mandado para lá ao fugir pelos Pireneus, depois de quase ter sido condenado por traição.

— Estávamos na Resistência — disse. — Éramos muito jovens e cheios de entusiasmo. Eu tinha dezessete anos, já pensou? Inseríamos panfletos de propaganda entre as páginas dos jornais. Foi em Marselha, e eu era vigiado.

— Ah, não! — exclamei. — Deve ter sido terrível!

— Não teve graça mesmo. Mas foi na época do regime de Vichy, que dizia representar a França, e eles tinham que processar, não podiam simplesmente me fuzilar. O jornaleiro era a única testemunha de acusação, mas foi abordado pela Resistência a tempo, avisando que, se me identificasse, seria um jornaleiro morto. Ele então declarou em juízo que eu era o François errado. Eles precisavam de outro François, um François mau.

— Muita sorte sua — eu disse.

— Realmente, foi útil contar com um mau François impossível de ser encontrado. Mas eles sabiam que era eu; mais cedo ou mais tarde eu seria eliminado. Fui embora na mesma noite, caminhando pelas montanhas, como tanta gente. Nem é preciso dizer que não convenci como espanhol, de modo que minha intrusão em seus respeitáveis domínios não passou despercebida por muito tempo. E assim fui ao encontro das sardinhas.

— Ah — exclamei, assentindo com a cabeça. — As malditas sardinhas.

— Os britânicos é que me salvaram desse peixe maligno. Me trocaram por um saco de farinha.

— Um saco de farinha?

— Sim, um saco de farinha. Mas presta atenção! Um saco *muito* grande!

François passou a trabalhar em Londres com o general De Gaulle e a organização ainda incipiente da França Livre. Morava num apartamento detonado em Earl's Court com vários outros refugiados franceses, e assim aprendeu inglês. Estava lá durante as blitze aéreas alemãs e tinha a maior admiração por certo sangue frio dos britânicos nos momentos de bravura, ou talvez de imbecilidade: no mundo de François, era parecido. No caso da Resistência, ele não se considerava um herói, e sim um tolo, por ter sido apanhado.

— Lá estávamos, em Londres — contava, abrindo ao máximo os braços —, bombas caindo por todo lado! *Bombas caindo!* — E forçava nos *B*s de *bombas*. — E na calçada em frente tinha um inglês — pausa para efeito dramático — tocando piano! Um sorriso angelical, um olhar para cima, recordando as bombas caindo, um dar de ombros. As cenas ridículas daquela calçada! Mas quanta coragem!

François foi designado para uma função no serviço de inteligência da França Livre, acompanhando a movimentação ferroviária em torno da França. Muitos ferroviários tinham participado da Resistência, eles é que retiveram os trens no Dia D e depois. Impediram que os reforços alemães chegassem com rapidez às praias de desembarque na Normandia; em retaliação, foram fuzilados. Mas no começo da guerra esses homens apenas passavam informações; já em si um sério risco.

François e seus jovens companheiros de monitoramento ferroviário seguiram o rastro de uma guilhotina enviada a certa cidade, onde seria usada numa execução. O trem foi desviado, mandado de volta, imobilizado; nunca chegou ao destino.

— Foi de propósito? — perguntei.

— Como saber? — Ele espalma as mãos e ergue os ombros. — Na época havia muitos acidentes. Acidentes horríveis, mas também alguns bons. — Pausa. — Como saber se foi de propósito?

Depois da guerra, François participou da intensa atividade artística e intelectual que transformou Paris em farol internacional na década de 1950 e no início da década de 1960. Sartre, Simone de Beauvoir e Camus mantinham uma espécie de salão no restaurante Le Dôme; no teatro, Jean Genet, Beckett, Ionesco e o Teatro do Absurdo causavam sensação. Na época, François escrevia peças para a cena alternativa. Numa delas, segundo me contou, uma enorme barata subia pela lateral do palco, atravessava o teto e descia pelo outro lado. Outra peça consistia em uma cadeira de balanço, que balançava rapidamente ao subir a cortina e continuava cada vez mais devagar, até parar.

— Parece que eram bem curtas, as suas peças — disse eu.

— Sim, eram mesmo — admitiu François, fazendo sua careta sorridente. — Muito curtas!

Essas peças chegaram a ser montadas? Eu não tinha muita certeza. François nunca disse explicitamente, e teria sido indelicado perguntar.

Um dos motivos de John se mostrar tão tolerante com François, concluí a certa altura, era achar que François tivera menos sorte na vida que ele. Na verdade, foi uma vida trágica. François se casou com uma mulher que amava de verdade, contou John, mas ela teve um sério problema psicológico e se matou. Tiveram uma filha que herdou a mesma condição; deduzi que também estava morta. Ao passo que John, depois de um período de total despreocupação plantando aveia selvagem, acabou nas mãos irônicas, mas indulgentes, de uma esposa equilibrada até demais, vivendo no que para ele era o centro do universo: Paris.

Mas François não se queixava da tristeza em sua vida: sinal de como era virtuoso. (John teria reclamado horrores, e sabia disso.) Não era justo, dizia John. Por que tanta fatalidade na vida de François? Por que ninguém para cuidar dele? Desconfio que houve várias tentativas de John como casamenteiro, mas se de fato ocorreram não deram certo, e François vivia sozinho com seus gatos meio selvagens, que entravam e saíam pela janela do primeiro andar quando bem entendiam.

Vários anos depois daquele inverno, François fez uma cirurgia de peito aberto. Ficamos sabendo por um e-mail de John — à época o e-mail já fora inventado, mas não as redes sociais, e assim o mundo foi poupado das arengas desvairadas de John no Twitter, que certamente teriam acontecido se ele tivesse vivido o suficiente. Ele ficou muito angustiado com a cirurgia — por que François, que era mais moço? Se alguém devia ter um coração comprometido, era ele! Parecia esperar que fizéssemos algo, que assumíssemos alguma responsabilidade. O tom era de reprovação: como é que Tig e eu permitíamos que aquilo acontecesse?

Talvez já estivesse perdendo o contato com a realidade. Será que alguma vez o teve de fato? Segundo ele, sim. A realidade era uma merda! Dane-se a realidade, ele a enxergava muito bem, e todos nós ali, levando nossas vidinhas banais e vulgares, felizes por encher as burras de maneira indecente, andávamos na verdade com antolhos cor-de-rosa. Dane-se a felicidade! Ele tinha coisas mais sérias com que se preocupar, estava escrevendo um romance. Por que não fazíamos nada para ajudar François?

François recuperou-se da operação. Nós havíamos mandado vários cartões e bilhetes desejando melhoras, de modo que ele tinha nosso endereço, e um dia recebemos um embrulho. Continha uma carta dizendo que achara aquela história toda — de quase ter morrido e da intervenção de peito aberto — muito curiosa. Junto com a carta vinha um manuscrito — não chegava a ser um romance, mas era mais longo que um conto. Segundo ele, era inspirado em suas experiências sob anestesia geral. Era o texto mais longo que escrevera, acrescentava. Sabia que eu lia francês e se perguntava se me divertiria com a leitura.

A novela se intitulava *L'Endormi se ment*, o homem adormecido mente para si mesmo. Era um trocadilho com *l'endormissement*, o ato de adormecer — François adorava trocadilhos. Começava com o narrador deitado numa mesa de bilhar num camarim, cercado de pessoas vestidas de verde: jalecos, luvas, máscaras. Cirurgiões, supunha ele. Estaria morto?

"E agora", sussurra-lhe alguém, "você vai fazer amor."

"Com uma rã gigante, suponho, doutor?", retruca ele, em referência aos trajes verdes.

"Em absoluto! Com uma mulher de verdade!"

Gritos de encorajamento dos circunstantes. Uma mulher de carne e osso de fato aparece, mas se dissolve nos seus braços e de repente ele está flutuando tranquilamente no mar. Surge um navio chamado *L'Ana-Lise*. A Análise.

"Você sabe jogar com palavras?", pergunta um homem no convés.

"Não é que eu saiba, mas sou obrigado, pois as palavras mentem. Já as doenças não mentem."

Aqui temos um jogo de homófonos: "le mot ment, en revanche les maux ne mentent pas" — que não faria muito sentido numa tradução.

A novela prosseguia nesse diapasão, um duplo sentido intraduzível depois do outro. O narrador deve escrever diariamente um texto sobre temas fornecidos pelo capitão, que avalia as redações de todos a bordo, sendo atirados aos tubarões os que se saem mal.

O primeiro tema fornecido é "le contraire d'une chaise". O contrário de uma cadeira. E assim começam os jogos de palavras, ainda manuseáveis. Mas logo as coisas ficam pesadas. O capitão é muito difícil de agradar, os temas propostos são impossíveis — "Se eu apagar a palavra *apagador* com um apagador, o que resta?" — e os outros passageiros são desagradáveis.

A amante do capitão, uma escultural loura norueguesa, chega para seduzir o narrador. Os dois enveredam por uma complexa discussão filosófica para decidir se só se faz amor com o próprio pênis. Não ocorre nenhum ato sexual. Ela se retira, chamando-o de "um pobre coitado que se acha um gênio".

Sozinho, ele reconhece que é mesmo um pobre coitado — afinal, não é verdade que qualquer pessoa com um mínimo de autoconhecimento tem consciência de sua insignificância? —, mas nega que se ache um gênio. E, por sinal, o que significa *se achar*? Num caso assim, de falsa autoidentificação, seria o caso de dizer *se perder*. Ah, a mentira das palavras!...

No dia seguinte, muitos passageiros e toda a tripulação estão flutuando no único bote salva-vidas, e o capitão pula no mar. Restam apenas três passageiros no *L'Ana-Lise*. Matam o tempo bebendo todo o álcool disponível. O navio é destruído numa tempestade e o narrador se salva subindo numa mesa de bilhar que flutua nas ondas.

É a mesa na qual ele começou a viagem. Os médicos de verde vêm falar com ele, mas lhe dão as costas, e ele se dá conta de que não vai acordar. Mas não liga. Flutuando tranquilamente em sua balsa improvisada, ouve à distância uma voz solitária, entoando cantigas infantis dos velhos tempos.

François teria mesmo sonhado tudo isso sob efeito da anestesia geral? Improvável. O esmero verbal parecia caprichado demais. A novela pode ter sido inspirada por algum fragmento de devaneio, mas escrever tudo aquilo teria exigido considerável tempo e esforço. O tema — a eventualidade da própria morte — era mobilizador o suficiente. Por que enviar a novela justamente para Tig e para mim? Ou melhor, para mim, já que Tig não lia francês. O que ele esperava que eu fizesse?

De qualquer maneira, a história era profética, pois pouco depois François de fato morreu. As palavras mentem, mas as doenças não, e a doença de François disse a verdade.

Pode ter sido coincidência, mas depois disso a situação de John só decaiu. Ele vendeu a linda casa de campo e se arrependeu. Mandou-nos seu romance ainda em processo de criação, que versava sobre as repetitivas aventuras sexuais do protagonista e era razoavelmente ruim. Tig, na época mais tolerante com John que eu — que já me cansava das eternas invectivas, em especial quando voltadas contra mim —, tomou para si a missão de responder. Saiu-se com enorme tato, mas provavelmente não foi suficiente.

A comunicação de John começou a se liquefazer. Chegavam e-mails confusos: investidas contra tudo e todo mundo, desmanchando-se numa salada verbal. Nossas respostas, manifestando preocupação — ele estava bem? O que estava acontecendo? — esbarravam num muro de silêncio.

Mas esse é um fim triste. Como ainda posso — como sou a única que resta e ainda pode —, vou aqui reverter o tempo para passarmos juntos um momento mais alegre. Nós quatro: John e François, Tig e eu. Até já parecemos mais jovens, como você pode perceber.

Digamos que é primavera. Os dois vêm nos ver com uma certa empolgação.

— Temos uma surpresa para vocês — diz François. — Fizemos uma descoberta!

Ele está radiante. John também parece surpreendentemente feliz. Dando até umas risadinhas? Não, John não dá risadinhas.

— O que foi? — pergunta Tig.

Os dois estão tão cheios de si que não podemos sonegar a esperada recompensa, seja o que for.

— Vocês vão ver. É realmente extraordinário — diz François.

— Vão gostar.

Parte da surpresa é nos levar para almoçar. Entramos num carro (nosso? De John? François não tem carro) e damos numa estrada estreita, passando por casas e plantações de oliveiras, até chegar a áridas colinas marrons. Deve ser um dia de sol — não me lembro de chover —, mas de qualquer maneira luminoso. O destino é uma dessas fazendas com um celeiro antigo, bem ao estilo Velho Mundo. Grandes vigas de madeira sustentando o telhado, paredes de tijolo rústico. Cheiro de queijo velho e esterco novo. Somos recebidos por um sujeito fazendo o papel de fazendeiro, embora provavelmente o seja de fato, que nos convida a sentar a uma das mesas dando para uma arena com o chão coberto de serragem, do tipo usado para exercitar cavalos ou leiloar animais. Bem no meio há um montinho de terra.

Começam a chegar os pratos do almoço. *Hors d'oeuvres*, *entrée*, prato principal…

— Tudo feito com queijo — sussurro.

— Sim! Tudo feito com queijo! — proclama François, batendo palmas. O cardápio univocamente lácteo estimula seu senso do absurdo: como as sardinhas da juventude, só que com queijo.

— Mas é criativo todo esse queijo, não? Eles inventam os mais variados preparos!

— Tudo feito aqui mesmo — resmunga John. — Nada do lixo falsificado dessas butiques metidas por aí. Agora vem a cheesecake.

— É essa a surpresa? — pergunto, me esforçando para parecer feliz. — Um cardápio só de queijo?

Tig se serve de outra taça de vinho.

— Não, não, vocês vão ver — responde François, fazendo força para segurar o riso.

— Teremos uma apresentação — anuncia John, num riso malicioso. — Nada do habitual. Nada de vadias.

— Vejam! Está começando! — diz François, apontando para a esquerda.

Um bando de ovelhas entra na arena, balindo ruidosamente. São mais brancas que o normal: foram lavadas com xampu. Atrás delas — perseguindo-as, talvez — vêm seis ou sete cabras bem-cuidadas, com alguns cães pastores nos calcanhares. Em seguida, três burros, e depois dois pôneis saltitantes com fitas vermelhas no rabo. Por fim, surge uma lhama que parece a força propulsora, da qual todos fogem, sendo as lhamas sabidamente irritáveis e agressivas. François exala felicidade. John está até rindo, o que em si já é uma surpresa.

Sem parar, os animais galopam ao redor da arena a toda velocidade, numa cacofonia de berros e balidos e zurros e relinchos. Depois da terceira volta, a lhama avança a meio galope para o centro da arena e sobe no monte de terra. E lá fica, triunfal, a rainha do castelo. Os outros param, olhando para ela. Os convivas aplaudem.

— Entramos no terreno da política — diz John. — Eis aí o maldito primeiro-ministro.

— Parece que estamos no teatro! — emenda François. — Não é maravilhoso? Estão se divertindo?

— Sim! — confirmo. — Obrigada!

Mas ainda não entendi o que está roiando. Talvez não role nada. Talvez seja só isso mesmo. Quem sabe algo parecido com a barata subindo por uma parede e descendo por outra...

Eu não quero desapontar François.

— Incrível mesmo! — acrescento, com o possível entusiasmo.

Tig não abre a boca, mas sorri e assente com a cabeça, com ar entendido. Mas, quando ficamos sozinhos, pergunta:

— Que porra foi essa?

François para de rir.

— Eles fazem o que podem por nós — diz. — Não podemos esperar mais. Vamos?

## LE MORTE DE SMUDGIE

✦

O luto pode assumir estranhas formas. Quando Smudgie, o gato de Nell e Tig, morreu, Nell enfrentou o descomunal sentimento de perda reescrevendo *Le morte d'Arthur*, de Tennyson, com Smudgie no papel principal e grande elenco de apoio formado por gatos nobres trajando túnicas medievais e cotas de malha. Difícil haver empreendimento mais frívolo, e o resultado não foi nada agradável:

*Uma pata,*
*Em samito branco envolta, mística, maravilhosa...*

Mas ela se empenhou meticulosamente na sua transliteração, lágrimas pingando no teclado. Esses vitorianos, tão voltados para a morte, pensava, enxugando os olhos, acalmando a respiração. Não surpreende, já que de fato morriam em tão grande quantidade. Tombavam como moscas, de tuberculose, de meningite, de apatia e sabe-se lá mais do quê. Era por causa da falta de higiene, da ignorância sobre germes e das ideias absurdas sobre alimentação, especialmente das crianças pequenas. Achavam errado dar aos filhos qualquer coisa que não fosse branca. Pão branco, açúcar, manjar, batata amassada, arroz. Frutas e legumes dificultavam muito a digestão infantil, carne instigava perigosamente os espíritos animais.

Os coitadinhos eram praticamente transparentes — raquíticos e esverdeados — e, quando choravam, uma forte dose de xarope de ervas calmantes reforçado, com ópio servia para acalmá-los e fazê-los dormir, não raro em definitivo. Viravam então anjinhos, contemplando, em silêncio, dos lustrosos daguerreótipos que talvez tivessem sido tirados, embora só nos casos dos pais mais abastados. Naqueles tempos, os funerais eram autênticas obras de arte. Um comerciante londrino, antecipando-se ao período de luto exagerado que se seguiria à morte da rainha Vitória, monopolizou o mercado de veludo negro e ganhou uma fortuna.

*Veludo negro* provocou em Nell soluços convulsivos. Smudgie, tão negro e aveludado! Tão profundo, tão escuro, tão enluarado! Por que estava bancando a idiota com a morte dele? Era só um gato.

Não tem essa de "só um", pensou. Nada nem ninguém é "só um". De todo modo, ele era o único ser vivo capaz de ler seus pensamentos mais íntimos, num reduto que ela mantinha vedado até para Tig. Especialmente Tig; ele ficaria assustado. Mas Smudgie se acomodava no seu colo, fixando seu olhar com aqueles olhos redondos e amarelos, o rabo sacudindo suavemente, em comunhão com o eu secreto dela: um ser de garras e presas, sempre pronto para atacar. Era uma sorte para o mundo, costumava pensar, que conseguisse manter sob controle aquele seu demônio. Se o deixasse à solta, imagine só a carnificina.

*E o dia inteiro ouviu-se o estridor da batalha*
*Entre as montanhas junto ao mar hibernal;*
*Até que do Rei Smudgie os companheiros, gato a gato,*
*Tombaram em Lionnesse com seu Senhor,*
*O Rei Smudgie: e, como era profunda sua ferida,*
*Reergueu-o o destemido Sir Gatovere...*

Na verdade, Smudgie nunca fez muito o gênero valoroso cavaleiro. Acontecia de ser incomodado por pássaros, provocado por esquilos quando dormitava na mesa de piquenique do quintal; Nell vira um deles pular sobre ele, desafiando-o a sair em perseguição. Nunca capturou nenhuma presa, que Nell soubesse, nem saiu vitorioso de refregas com outros gatos. Certa vez, ela o encontrou assustado e trêmulo no vão em frente à janela do porão, evitando a entrada da casa porque tinha urina de um ou de vários bichanos desafiando-o para um duelo. E de outra feita ele voltou para casa com a unha de outro gato fincada no focinho. Mas, apesar da ausência de heroísmo, Smudgie sabia coisas a respeito dela. Coisas importantes, perigosas, misteriosas. Certamente que sabia, com aqueles olhos amarelos penetrantes. Mais para Merlin que para Arthur, portanto: mais para feiticeiro, mais para adivinho...

Bobajada sentimental, pensou ela. Claro que Smudgie sabia de coisas, mas coisas bem limitadas: quem abria as latas de ração e quais os armários onde eram guardadas. Embora também parecesse saber direitinho quando era o dia de ser levado ao veterinário. Quantas vezes não precisara se arrastar debaixo de móveis para tentar capturá-lo! Em geral, os dois adultos da casa eram mobilizados, Nell se espremendo por baixo da cama com uma vassoura, Tig à espreita para interceptar Smudgie quando escapulisse.

— Vem cá, seu desgraçado! — berrava Tig, e berrava ainda mais quando Smudgie lhe pespegava as garras nas mãos. — Joga uma toalha nele! Rápido, abre a porta! — Da caixinha de transporte, claro.

— Ô, benzinho, está tudo bem — mentia Nell enquanto Smudgie rosnava e babava, os olhos arregalados para ela por trás das barras. Traidora! Como pode me prender assim?

Mas na veterinária corria tudo bem: apenas umas picadas das vacinas e uma olhadela nas orelhas em busca de ácaros. Só que, uma vez, voltando para casa, Smudgie ficou dias sem falar com ela, e até se vingou fazendo cocô na banheira. Para ver como era inteligente: não fez cocô no chão, sentindo, com razão, que um escorregão em merda de gato acabaria com a paciência de Tig. A banheira era fácil de limpar.

Mas é possível que Smudgie tivesse mesmo um sexto sentido, pois de fato foi nas mãos de um veterinário que chegou ao fim.

"*Próximo perfila-se o fim; chega a hora de partir.*
*Venha um transportador que meu peso aguente,*
*Para assim conduzir-me à veterinária; mas, crede,*
*Grave se faz minha ferida, hei de morrer.*"

— Diabetes felina — disse o veterinário. — Dá para tratar, mas seria uma injeção diária, além da coleta de urina.

Nell e Tig tinham viajado, estavam na Irlanda, fazendo o que fosse que faziam nessas viagens. O veterinário estava explicando à irmã mais nova de Nell, Lizzie, encarregada de cuidar do gato. Ela fez uma chamada de longa distância para Nell — isso foi antes do e-mail e dos celulares — para dar a má notícia.

— Quantas vezes você acha que ele vai deixar alguém aplicar uma injeção? — perguntou Lizzie.

— Sem falar das amostras de urina. Queira me desculpar, Smudgie, pode por gentileza fazer xixi neste potinho? Ele é todo pudico, nunca deixa ninguém olhar quando está na areia — concordou Nell.

— Uma vez — continuou Lizzie. — Se tanto. No caso da injeção. E depois fugiria.

Nell não podia nem pensar em Smudgie apavorado debaixo de um arbusto na chuva, com medo de voltar para casa. Cada vez mais enfermo, sofrendo terrivelmente, sozinho no escuro. Abandonado. Definhando longe de todo mundo. Será que devia pegar um avião de volta para ficar com ele? Mas para quê?

— Preciso voltar — disse Nell. Ela sabia o que Tig teria a dizer sobre isso. *Tem certeza de que é a melhor decisão?*

— Não seja boba — retrucou Lizzie. — Eu resolvo.

— Mesmo? Você vai ficar bem?
Por temperamento, Lizzie era a compreensão em pessoa, e uma autêntica salva-vidas.
— Claro — respondeu.
Mas não estava bem. No dia seguinte, outro telefonema: Lizzie de novo, chorando tanto que mal conseguia falar.
— O Smudgie — disse. — Ele morreu! Fui com ele ao veterinário, fiquei com ele o tempo todo. Ele rosnava. Ele sabia, ele sabia, sabia o que estava acontecendo!
— Onde ele está? — perguntou Nell.
Geralmente o veterinário só introduzia a agulha e depois mandava levar o corpo. Ela já tivera gatos.
— Achei que você podia querer... que talvez quisesse enterrá-lo no quintal — soluçava Lizzie. Nell não queria tanto assim, mas respondeu:
— Sim, claro.
— Então, eu o envolvi numa peça de brocado vermelho e... e... e botei no congelador!
Era bem típico de Lizzie ter à mão uma peça de brocado vermelho sobrando. Ela gostava de garimpar retalhos em fábricas de tecidos e pensar no que fazer com eles, mas certamente não imaginou que o brocado serviria para embrulhar um gato morto. Mortalhas, pensou Nell. Coisa do Egito Antigo. Ou melhor, um santo embalsamado, ressecado no congelador para exposição numa catedral. Haveria relíquias sagradas do Santo Smudgie para distribuição ou venda? Peregrinações? Milagres?
— Com os hambúrgueres? — perguntou Nell.
Lizzie tinha duas companheiras de quarto: Nell esperava que estivessem informadas. Nem podia imaginar uma delas apalpando as embalagens congeladas para preparar o jantar e pegando inesperadamente Smudgie, embrulhado em brocado vermelho, coberto de pelos, rígido, a brancura dos incisivos se projetando entre os lábios franzidos. *Que porra é essa?*

Como os mortos ficam indefesos, pensa Nell. Como são humilhados! Mas claro que para eles tanto faz... Perguntar "Com os hambúrgueres?" tinha sido falta de tato. Ela devia ter dito "obrigada".

— Obrigada.

— Tudo bem para você? — perguntou Lizzie, ansiosa. — Guardá-lo até você voltar? Eu não sabia o que fazer.

— Perfeito — respondeu Nell.

Ao voltar, ela podia cavar um buraco no meio das plantas de vida longa. Mas havia gambás: eram capazes de desenterrar Smudgie e espalhá-lo por ali. O que decididamente não podia acontecer. E então? Sair pé ante pé pela rua e virar a esquina carregando o pacote congelado, deixá-lo cair na lixeira de alguém? Tinha alguma lei contra isso?

Depois do telefonema, ela contou a Tig que Smudgie estava armazenado no freezer, envolto em uma majestosa túnica vermelha e acomodado entre ervilhas e salsichas. Tig adorou a história, deu boas risadas. Tinha um jeito quase mexicano de rir da morte. Ou de não rir, na verdade. De admitir que a morte faz parte da vida. Pequenos esqueletos de argila pintados, usando as roupas que vestiam em vida, entregues a seus afazeres: jogando, tocando instrumentos musicais, sentados à escrivaninha no escritório. Tig e Nell tinham alguns exemplares no banheiro, comprados numa das viagens. Numa das suas escapulidas da vida real, possivelmente frequentes demais.

— Desde que ele não acabe no forno — Tig brincou.

Nell também achou graça. Ainda estava em choque, não entrara plenamente no período de luto. Véu, carpideiras, veludo negro.

Mas já tinha clareza sobre uma coisa: não podia ser numa lixeira. Com certeza seria necessário um ritual, algo mais respeitoso. Algum tipo de cerimônia.

Talvez por isso estivesse reescrevendo Tennyson, embora à medida que avançava devagar pelo texto, transmutando uma palavra aqui, uma frase ali, parecesse menos certo o valor terapêutico do que estava fazendo. Um gesto comemorativo ou simplesmente uma mutilação? Não que sempre houvesse diferença.

*E de súbito, vede! O lago tranquilo,*
*E a eterna beleza da lua hibernal.*

*E viram que surgia uma barca escura*
*Lá embaixo, sombria tal fúnebre xale*
*de poupa a proa; e descendo avistaram*
*o convés de majestosos Gatos tomado,*
*Com negras estolas e colarinhos negros, como em sonho — e, junto,*
*Três bichanos de coroas douradas — e deles vinha*
*Um miado vibrando até as estrelas latejantes,*
*E, em estridente grito, uma agonia*
*De lamentações, como um vento chiando*
*A noite inteira no deserto, aonde não chegam gatos,*
*Ou não chegavam, desde o começo do mundo.*

Nell continuava a digitar, fungando. O Rei Smudgie foi depositado na barca. E pranteado, muito, pelas três Rainhas Gatas místicas, representando a Grande Deusa Tripla em seu terceiro avatar, a Rainha dos Mortos, que vinha depois da Donzela e da Mãe. A Morrígan, carpideira na morte dos heróis, acrescentou Nell com seus botões, pois na época estava por dentro dos sistemas de crenças da Irlanda pré-cristã e das histórias mediterrâneas.

*E, tal como uma coluna estilhaçada, jazia o Gato;*
*Diferente daquele Smudgie que, a cauda em repouso,*
*Da pata às orelhas uma estrela de [o que dizer aqui?*
*Smudgie não era exatamente uma estrela de nada.]*
*Investiu contra Gatolote por cima das flores*
*E o atacou à vista de gatos e gatas.*

Até que as Rainhas pararam de chorar. E veio o grande discurso do Rei:

*E calmamente respondeu Smudgie da barca:*
*"Cede a velha ordem, dando lugar à nova,*
*São muitos os caminhos do Grande Gato,*
*Para que o mundo não se corrompa por uma ração.*
*Tranquiliza-te: vês que estou tranquilo!*
*Nove vidas vivi, e o que eu fiz*
*Possa o Grande Gato tornar brando! Mas tu,*
*Se jamais me vires de novo,*
*Ronrona por minh'alma. Há mais num ronronar*
*Do que pode sonhar este mundo...*
*Mas agora adeus. Longo se faz o caminho..."*

Nesse momento, Tig entrou no quarto.
— Vou tomar um uísque. Me acompanha? — E, depois de uma pausa: — O que foi?
Ele enlaçou Nell em seus braços compridos e a beijou no alto da cabeça.
— Talvez devêssemos adotar outro gato — choramingou ela na camisa dele.
Dificilmente rolaria. Em geral era Tig que cuidava da caixa de areia, obrigação que não apreciava nem um pouco.
— Já temos outro gato — respondeu Tig.
E era verdade: havia o irmão de Smudgie, Puffball, que flertava com estranhos e não tinha muito juízo. Era o gato de todo mundo; ao passo que Smudgie era o gato de Nell, se é que era de alguém.
— Não é a mesma coisa — soluçou Nell.
Por que aquela mania de manter as coisas sempre como eram? Por que ela queria parar o tempo, aprisioná-los numa grotesca Brigadoon onde nada mudava? De qualquer maneira não era possível, por que então a insistência?

— Desculpe — disse ela. — Estou acabando aqui. Já desço.

*Longo tempo esteve Sir Gatovere*
*A remoer lembranças, até o casco*
*Um ponto negro na alvorada se tornar*
*E no lago cessarem os miados.*

Mais tarde, contudo, Tennyson reescreveu o fim, em seus *Idílios do rei*. A redução de Arthur a um mero ponto negro deve ter parecido deprimente demais até para ele. O novo fim era quase um slogan motivacional:

*E o sol ressurgiu, trazendo o novo ano.*

O que era completamente diferente, pensou Nell. Símbolo de esperança *et cetera*. Não apenas um ponto negro desaparecendo. Embora não conseguisse decidir qual fim preferia.

Ela imprimiu o poema transfigurado. "Le morte de Smudgie." Até o título era ridículo. Um minuto depois, rasgou as folhas e jogou-as no cesto. Aquilo tudo era de uma estupidez terminal, a coisa mais fútil que podia ter feito. Por que se dera ao trabalho? Precisava de um drinque, então desceu para beber com Tig. Era o que costumavam fazer antes do jantar, desde que as crianças tinham saído de casa.

Agora aqui está ela, no presente, revolvendo tantas lembranças. Agora sem gatos. Aquela história de reescrever Tennyson fora quando mesmo? Há vinte e cinco anos, quando ela e Tig ainda eram jovens, embora na época não se considerassem mais jovens. De meia-idade. Começando a decair. Contagem regressiva. Já faziam piada com os joelhos estalando. E na época por acaso sabiam alguma coisa de joelhos estalando? Ainda podiam fazer suas caminhadas, Deus do céu! Quando isso se tornou impossível?

A história toda não tinha a ver com Smudgie realmente. Tinha a ver com Tig. Em algum nível ela já devia saber que ele zarparia primeiro, abandonando-a na fria geada em terra inóspita, à luz indiferente da Lua.

E agora ele se foi. Não está mais em terra; afasta-se dela sobre as águas, diminuindo, desaparecendo.

O que será dela? Será o vazio ou o alvorecer? Ou ambos, mas em que ordem? E poderiam ser a mesma coisa?

*E eu, a derradeira, sigo só,*
*Em dias sombrios, e anos,*
*Entre outros homens, rostos estranhos, novas mentes...*

O que mais ou menos resume tudo, pensa ela. Tennyson era muito hábil nesse tipo de coisa. Solidão. Sentimento de abandono. Lágrimas das profundezas de algum desespero divino. "Ó morte em vida, dias que não voltam mais." Bobajada, sentimentalismo supersticioso.

Muito embora... pensa ela. Quem sabe, adotar outro gato. Muito embora coisa nenhuma.

## II

# Minha mãe maligna

# MINHA MÃE MALIGNA

◆

— Você é má — eu disse à minha mãe. Tinha quinze anos, fase respondona.
— Vou tomar como um elogio — respondeu ela.
— Sim, sou má, pela definição do senso comum. Mas só uso meus poderes malignos para o bem.
— Tá bom, conta outra — retruquei. Estávamos discutindo por causa do meu novo namorado, Brian. — De qualquer maneira, quem vai dizer o que é o bem?
Minha mãe estava na cozinha, triturando alguma coisa no pilão. Gostava muito de usar o pilão, embora às vezes recorresse ao mixer. Se eu perguntasse "O que é isso?", ela podia responder "Alho e salsa", e eu sabia que ela estava no modo *Prazer de cozinhar*. Mas se dissesse "Não olha" ou "Melhor nem saber" ou "Eu conto quando você tiver idade suficiente", eu entendia que alguém estava encrencado.

Ela estava à frente do seu tempo com o alho, não posso deixar de registrar: a maioria das pessoas em bairros como o nosso ainda nem fazia ideia.

Nosso bairro ficava na periferia norte de Toronto, uma das muitas cidades que cresciam depressa sobre zonas de campos de cultivo e pântanos drenados, levando o caos às populações de ratazanas e dizimando bardanas. Da terraplenagem no lodo tinham brotado, no pós-guerra, fileiras ordenadas de sobradinhos, todos com janela panorâmica — estilo fazenda, com telhados planos que ainda não tinham começado a pingar no inverno. Os moradores eram jovens modernos com filhos. Os pais tinham emprego, as mães, não. A minha era uma anomalia: nenhum marido à vista, nem emprego exatamente, embora parecesse ter algum meio de sustento.

Nossa cozinha era grande e clara, com piso de linóleo amarelo-canário, uma mesa para o café da manhã e um guarda-louça branco com fileiras de pratos e tigelas azuis. Minha mãe adorava utensílios azuis; dizia que livravam a comida de mau-olhado.

Suas sobrancelhas eram suspensas em dois arcos de incredulidade, moda que já estava passando. Ela não era alta nem baixa, nem rechonchuda nem magra. Em tudo fazia questão de optar pela terceira escolha de Cachinhos Dourados: o meio-termo. Nesse dia, usava um avental florido — tulipas e narcisos — por cima de um vestido cintado de finas listras em branco e verde pastel com gola Peter Pan. Saltos altos. Colar de pérolas de uma volta, rústicas, sem cultivo. (*Vale a pena*, dizia. *Só as rústicas têm alma.*)

Camuflagem de proteção, era como se referia ao próprio vestuário. Tinha a aparência de uma mãe confiável de um bairro respeitável como o nosso. Atarefada na bancada, até podia estar demonstrando uma receita rápida para a revista *Casa e Cozinha* — um preparado com aspic de tomate, pois estamos em meados da década de 1950, quando o aspic de tomate era todo um grupo alimentar.

Não tinha amigos próximos na vizinhança — "Me preservo para mim mesma", dizia —, mas se incumbia dos deveres de vizinha: levar talharim com atum ao forno para os doentes, recolher correspondência e jornais dos vizinhos de férias, para que as casas não entrassem na mira dos ladrões, e de vez em quando cuidar de um ou outro cão ou gato. Mas não de bebês: mesmo quando ela oferecia, os pais hesitavam. Talvez captassem nela uma certa aura invisível, mas levemente alarmante? (Invisível para os outros; ela própria declarava perceber perfeitamente. Era roxa, dizia.) Talvez receassem, na volta, encontrar o filho querido numa frigideira, com uma maçã na boca. Mas minha mãe jamais faria algo assim. Era maligna, mas não tanto.

Às vezes, apareciam em casa mulheres sofredoras — eram sempre mulheres —, e ela oferecia um copo de alguma coisa que devia ser chá, sentava-se com elas à mesa da cozinha e ouvia, perscrutando os rostos, assentindo em silêncio. Rolava dinheiro? Seria o seu ganha-pão, pelo menos em parte? Eu não poderia jurar, mas tenho minhas suspeitas.

Via de passagem essas consultas ao me arrastar escada acima para fazer meu dever de casa. Ou os deveres serviam de disfarce; eu podia estar passando esmalte vermelho nas unhas dos pés ou esquadrinhando o rosto no espelho — muito pálido, muito espinhento, muito dentinho de esquilo — ou aplicando uma grossa camada de batom vermelhão e admirando meu reflexo com beicinho, ou sussurrando com Brian no telefone do corredor. Ficava tentada a espiar o que minha mãe estava dizendo, mas ela sempre percebia.

— Orelhuda — dizia. — Já para a cama! Sono da beleza!

Como se o simples fato de dormir fosse me deixar mais bonita.

A porta da cozinha então se fechava, e recomeçavam os sussurros. Tenho certeza de que minha mãe aconselhava aquelas mulheres sofridas, no mínimo, mas talvez com a ajuda de algum líquido misterioso numa jarra. Havia sempre uma provisão de jarras na geladeira. As gosmas que continham eram de diferentes cores, e eu não tinha nada que meter o bedelho. Nem nas ervas plantadas no quintal, todas sem identificação e proibidas para menores, embora vez ou outra eu fosse autorizada a colher flores das plantas ornamentais que serviam de caridosa fachada, estrategicamente dispostas aqui e ali, para botá-las num vaso. Minha mãe não tinha o menor interesse nesses babados decorativos de mocinha, mas ficava feliz de satisfazer meu gosto.

— Que amor, querida — dizia, com a cabeça em outra coisa.

— Você nem olhou! — eu choramingava.

— Olhei sim, amoreco. Excelente estética.

— Eu vi! Você estava de costas!

— E quem disse que tem que olhar para ver?

E eu não tinha mais resposta.

A percentagem de maridos da vizinhança que começaram a tossir ou quebraram o tornozelo, ou que, em sentido inverso, foram promovidos no trabalho, provavelmente não era maior que em outros lugares, mas minha mãe tinha um jeito de dar a entender uma certa influência nesses acontecimentos, e eu acreditava, apesar das incômodas dúvidas inspiradas pelo bom senso. Também ficava indignada com ela: como se achava esperta! E nem me explicava como fazia.

— Isso eu é que tenho que saber, e você que descubra — dizia.

— Ninguém aqui gosta de você — joguei-lhe na cara num dos nossos confrontos. — Os vizinhos te acham uma doida.

Era invenção, mas eu desconfiava que fosse verdade.

— Novidade.

— Não se importa com o que eles dizem?

— Por que me importaria com blá-blá-blá de desinformados? Fofoca de ignorantes.

— Mas não fica magoada?

Eu ficava magoada com frequência, especialmente ao ouvir piadinhas sobre minha mãe no banheiro feminino do colégio. Garotas dessa idade sabem ser sádicas.

— Mágoa, que besteira! Acha que eu vou dar esse prazer aos outros? — respondeu ela, levantando o queixo. — Podem não gostar de mim, mas me respeitam. Respeitar é melhor do que gostar.

Eu discordava. Não estava nem aí para ser respeitada — coisa de professor, tipo sapato social preto de cadarço —, mas queria muito ser gostada. Minha mãe sempre dizia que eu tinha que esquecer esse desejo tolo se quisesse ser alguma coisa na vida. Dizia que querer ser gostado era fraqueza de caráter.

Agora — sendo agora o dia da nossa briga por causa do Brian — ela acabou de triturar e passou o conteúdo do pilão para uma tigela. Enfiou o dedo na mistura, lambeu — não era nenhum veneno mortal, portanto — e limpou as mãos no avental florido. Minha mãe tinha um estoque de aventais parecidos, cada um com padronagem de uma estação — abóboras, flocos de neve — e pelo menos cinco vestidos listrados e cintados.

Onde teria comprado aqueles aventais floridos, os vestidos cintados e o colar de pérolas verdadeiras? Ela não era de fazer compras, não como as outras mães. Eu nunca sabia como as coisas apareciam. Tinha aprendido a ter cuidado com o que queria, pois, o que quer que fosse, podia se materializar de repente, e não do jeito que eu esperava. Já me arrependia do suéter de angorá cor-de-rosa com gola de pele de coelho e pompons que ganhei no meu último aniversário, apesar de ter sonhado com ele durante meses depois de vê-lo numa revista. Eu ficava parecendo um ursinho de pelúcia.

Ela cobriu a tigela do tempero de alho e salsa com uma tampa de plástico vermelha e deixou de lado.

— Agora — disse — posso te dar atenção. Quem vai dizer o que é o bem? Eu. No momento, o bem é o que é bom para *você*, tesouro. Já arrumou seu quarto?

— Não — respondi, emburrada. — Por que você não gosta do Brian?

— Não faço nenhuma objeção em princípio. Mas o Universo não gosta dele — respondeu ela calmamente. — E deve ter lá seus motivos. Quer um cookie, fofinha?

— O Universo não é uma pessoa! — fuzilei. — É uma coisa!

O assunto já fora ventilado antes.

— Você vai entender quando crescer — disse ela. — E um copo de leite, para ficar com os ossos fortes.

Eu ainda achava que minha mãe tinha alguma influência no Universo. Fora criada acreditando nisso, e é difícil se livrar de padrões mentais arraigados.

— Você é muito má! — disse. Mas eu estava comendo o cookie: aveia com passas, assado ontem, um dos fortes dela na cozinha.

— O contrário de "mau" é "capacho" — retrucou ela. — Quando arrumar o quarto, não se esqueça de tirar os fios de cabelo da escova e queimar. Não queremos que caiam na mão de ninguém com segundas intenções.

— E alguém dá a mínima para isso? — perguntei, esperando deixar claro o tom de desprezo.

— A sua professora de ginástica — respondeu ela. — Senhorita Scace. Colecionadora de cogumelos, entre outras coisas. Ou pelo menos era, antigamente. Belo disfarce, professora de ginástica! Como se pudesse me enganar! — Minha mãe enrugou o nariz. — O trabalho que dá mantê-la longe... Fica rondando por aí à noite e olhando para a sua janela, só que entrar ela não entra, tomei as devidas providências. Mas anda roubando meus cogumelos.

Eu não morria de amores pela professora de ginástica, mulher pegajosa com pescoço de galinha e que gostava de falar grosso, mas não podia imaginá-la colhendo cogumelos venenosos na lua cheia, como eu sabia que tinham que ser colhidos. Realmente tinha um olho meio maligno — o esquerdo, que não sincronizava bem com o direito —, embora nem de longe tivesse a força da minha mãe. Mas daí a *voar*... pura doidice.

— A senhorita Scace? Aquela bruxa velha? Ela nem sequer... Não seria capaz nem de... Você é doida mesmo! — eu disse. Tinha entreouvido numa conversa na escola: *A mãe dela é muito doida*.

— Doido nem sempre é o que parece — retrucou ela, imperturbável. — Não fuja do assunto. Brian está fora. Senão do planeta, da sua vida.

— Mas eu gosto dele — respondi, chorosa.
A verdade: estava louca por ele. Tinha seu retrato na carteira, tirado numa cabine de uma estação ferroviária, com um beijo de batom no minúsculo rosto mal-encarado em preto e branco.

— Até acredito — disse minha mãe. — Mas o Universo não quer saber de quem a gente gosta. Foi a Torre que saiu para ele. Você sabe o que significa: catástrofe!

Minha mãe tinha lido as cartas de tarô do Brian, mas não na presença dele, claro. Fez carne assada na panela de pressão e o convidou para jantar — já em si um ato suspeito, que ele deve ter percebido, de cara fechada o tempo todo e respondendo às perguntas impertinentes com monossílabos — e guardou uma casquinha que ele deixou da torta de maçã, para fazer a ligação com o Mundo Invisível. O pedacinho de torta ficou debaixo de uma bandeja emborcada, e por cima ela jogou as cartas.

— Ele vai sofrer um acidente de carro, e não quero que você esteja no assento do carona. Precisa ficar longe dele.

— Você não pode impedir? O acidente? — perguntei, com alguma esperança.

Ela já impedira algumas calamidades que me rondavam, entre elas uma prova de álgebra. O professor teve uma súbita crise de ciática. Ficou afastado três semanas inteiras, durante as quais eu consegui estudar.

— Desta vez não — respondeu minha mãe. — É muito forte. A Torre mais a Lua e o Dez de Espadas. Mais claro, impossível.

— E se você estragasse o carro? — perguntei. O carro de Brian já era puro estrago: terceira mão, sem silenciador, e ainda soltava estalos e estampidos esquisitos sem o menor motivo. E se ela desse um jeito de acabar com o carro? — Ele teria que arranjar outro emprestado.

— Por acaso eu disse que vai ser com o carro dele?

Ela me estendeu um copo de leite, sentou-se à mesa da cozinha, pousou as mãos, com as palmas para baixo — atraindo a energia da Terra, eu sabia —, e me concedeu um olhar direto dos seus olhos verdes.

— Não sei que carro será. Pode ser alugado. Então faça o que eu digo. Resumo da ópera: se você largar o Brian, ele não vai morrer; mas, se não largar, vai. E muito provavelmente você também. Ou então vai acabar numa cadeira de rodas.

— Como pode ter tanta certeza?

— Rainha de Copas. É você. Não vai querer derramar o sangue dele. É culpa pelo resto da vida.

— Que besteira!

— Pois vá em frente, ignore meu aviso — disse ela tranquilamente.

Levantou-se, estalou os dedos para liberar o excesso de energia telúrica e tirou uma carne moída da geladeira, com um prato de cogumelos que já tinha picado.

— Você escolhe.

Misturou o tempero de alho na carne, quebrou um ovo por cima, adicionou farinha de rosca e os cogumelos: teríamos bolo de carne. Hoje penso que devia ter guardado a receita. Começou então a amalgamar tudo com as mãos — a única maneira certa, segundo ela. Também preparava massa de biscoito assim.

— Não existe a menor possibilidade de provar nada disso! — falei.

Naquele ano eu estava participando do grupo de debate no colégio, até Brian falar que era uma atividade cabeçuda. Para uma garota, ele queria dizer. Agora eu fingia que não ligava mais, embora secretamente estivesse estudando lógica e fosse bem afiada no método científico. Na expectativa de conseguir um antídoto para minha mãe? Provavelmente.

— Você queria o suéter de angorá cor-de-rosa, não queria? — perguntou ela.

— E daí?

— E ele apareceu.

— Você provavelmente o comprou.

— Não seja tola. Eu nunca simplesmente compro as coisas.

— Aposto que comprou! Você não é o coelhinho da Páscoa — retruquei, ríspida.

— Fim da conversa — decretou ela, gélida e calma.

— Troque os lençóis da cama, daqui a pouco vão sair andando, e pegue aquelas roupas sujas do chão antes de começarem a apodrecer. Calcinha não é tapete.

— Depois eu faço isso — respondi, forçando a barra. — Tenho dever de casa.

— Não me obrigue a apontar!

Ela tirou uma das mãos da tigela: estava cheia de pedacinhos de carne crua e rosada de sangue.

Senti um calafrio. A última coisa que eu queria era que ela apontasse; era como se lançava um feitiço. Antigamente, a pessoa podia ser enforcada por causa de um gesto assim, ela me contara, ou virava churrasquinho. Morrer queimado na fogueira era muito doloroso, isso ela garantia. Houve época em que, por lei, era proibido apontar. Se alguém apontasse para uma vaca e o bicho adoecesse, todo mundo ficava sabendo que a pessoa estava metida até o pescoço com magia.

Saí de supetão da cozinha, levando a rebeldia até onde a coragem chegava. Nem sei se hoje ainda seria capaz de sair dessa forma — é uma aptidão, embora atualmente ninguém ouça falar de adolescentes que a ponham em prática. Mas fazer beicinho e cara feia eles fazem, como eu fazia.

Fui me arrastando até o quarto, fiz a cama de qualquer jeito, juntei as roupas largadas por dias e as soquei no cesto. Tínhamos uma lavadora automática nova, de modo que pelo menos eu não teria que me esfalfar no velho tanquinho mecânico.

Não me esqueci de limpar os cabelos da minha escova e botar fogo neles, num cinzeiro de vidro vermelho que servia para isso. Minha mãe com certeza faria a inspeção da escova, sem deixar passar o cesto de lixo, para checar se eu estava obedecendo. Até um ano antes, costumava prender seus longos cabelos, de um ruivo dourado, num elegante coque francês, mas aí resolveu cortá-los com a tesoura de tosquia — um look Kim Novak, disse. Foi uma verdadeira conflagração na pia da cozinha — ela punha em prática o que dizia, ao contrário de certos pais —, e a casa ficou fedendo a gato chamuscado dias a fio. *Gato chamuscado* foi a expressão usada por ela. Eu nunca tinha sentido o cheiro de um gato chamuscado, mas ela sim. Dizia que antigamente era frequente os gatos ficarem chamuscados junto com os donos.

Não adiantava nada discutir e bater o pé com a minha mãe. Nem dava para tentar escapulir: ela tinha olhos na nuca e ficava sabendo das coisas pelos passarinhos. Eu teria que abrir mão do Brian. Lágrimas foram vertidas: adeus, Old Spice, cheiro de cigarro e de camisetas brancas recém-lavadas; adeus, respiração pesada nos cinemas durante os números de dança dos musicais; adeus, dar a Brian as batatas fritas extras do meu hambúrguer, e depois beijos gordurosos com cheiro de batata... Ele beijava tão bem, era tão firme de se abraçar e me amava — embora não dissesse, o que era admirável. Se dissesse, seria bobo.

Mais tarde naquele dia, telefonei para dizer que nosso encontro do sábado à noite estava cancelado. Ele não gostou.

— Por quê? — perguntou.

Eu não podia dizer que minha mãe tinha consultado umas cartas com imagens esquisitas e previsto que ele morreria num acidente de carro se saísse comigo. Não dava para alimentar mais boatos sobre ela na escola; já eram mais do que suficientes.

— Apenas não posso sair com você — expliquei. — Temos que terminar.

— Tem outro? — perguntou ele, em tom de ameaça. — Dou um murro na cara dele!

— Não — respondi. E comecei a chorar. — Gosto muito de você. Mas não posso explicar. É para o seu bem.

— Aposto que é a maluca da sua mãe — disse ele.

Eu chorei mais ainda.

Nessa noite, me esquivei até o quintal, enterrei o retrato de Brian junto a um arbusto de lilases e fiz um pedido. Era para conseguir trazê-lo de volta. Mas pedidos feitos fora do alcance da voz da minha mãe não se realizavam. Segundo ela, eu não tinha o dom. Talvez viesse a desenvolvê-lo — amadurecê-lo dentro de mim, por assim dizer —, mas podia levar uma geração, até duas. Eu nascera sem coifa, ao contrário dela. Pura sorte nos dados.

No dia seguinte, cochichos no colégio. Tentei ignorar, mas não pude deixar de ouvir uma ou outra frase: *Não bate bem. Doida varrida. Aloprada de carteirinha. Piradinha das ideias.* E a pior: *Não tem homem em casa, esperar o quê?* Uma semana depois, Brian estava saindo com uma garota chamada Suzie, mas ainda lançava olhares fulminantes na minha direção. Eu me consolava em torno do meu santo altruísmo: graças a mim, o coração de Brian continuava batendo. Mas não estou dizendo que não foi sofrido.

Anos depois, Brian virou traficante de drogas e acabou caído numa calçada com nove balas no corpo. De modo que talvez minha mãe tivesse acertado no principal, errando no momento e no método. Segundo ela, podia acontecer. Era como um rádio: nada errado com o aparelho, mas a recepção podia ser falha.

*Não tem homem em casa* descrevia bem a nossa situação. Claro que todo mundo tem pai — ou, como se diz hoje, provedor de esperma, pois ascendência no sentido de paternidade caiu em descrédito — e eu também tinha, embora na época sem saber ao certo se podia ser considerado "vivo", na acepção do termo. Quando eu tinha quatro ou cinco anos, minha mãe disse que o transformara no anão de jardim que ficava sentado ao lado dos degraus na entrada da nossa casa, e que ele estava mais feliz assim. Como anão de jardim, não precisava fazer nada, tipo aparar a grama — o que ele fazia muito mal, de qualquer jeito — ou tomar decisões, o que detestava. Podia simplesmente desfrutar do clima.

Quando eu começava a fazer chantagem para conseguir algo já negado, ela dizia "Peça ao seu pai", e eu saía trotando e me agachava ao lado do anão — só um pouco, pois ele não era muito mais baixo que eu —, olhando para o jovial rosto de pedra. Ele parecia dar uma piscadela.

— Posso tomar sorvete de casquinha? — pedia.

Eu tinha certeza de que havia um pacto entre nós, de que ele sempre ficaria ao meu lado, ao contrário da minha mãe, que estava somente do próprio lado. Sentia o coração aquecido quando estava com ele. Era reconfortante.

— O que ele disse? — minha mãe perguntava quando eu entrava de novo.

— Ele disse que eu posso.

Eu tinha quase certeza de ter ouvido uma voz rouca murmurando, vinda de dentro do rosto de pedra barbudo e sorridente.

— Muito bem, então. E você lhe deu um abraço?

— Sim.

Eu sempre abraçava meu pai quando ele permitia alguma coisa levemente proibida.

— Que bom. A gente sempre deve agradecer.

Essa fantasia teve que ser esquecida, claro. Muito antes de completar quinze anos, tomei conhecimento da outra versão, supostamente real: meu pai nos abandonara. Segundo minha mãe, ele teve que viajar com urgência para resolver negócios, mas na escola diziam que tinha fugido, sem aguentar mais a loucura dela, e quem discordaria? Zombavam de mim por causa da sua ausência; nessa época, não era comum os pais desaparecerem, a menos que morressem na guerra. "Cadê o seu pai?" era chato de ouvir, mas "*Quem* é o seu pai?" já era insulto. Dava a entender que minha mãe tinha me gerado com alguém que nem conhecia.

Eu ficava remoendo esse assunto. Por que meu pai tinha me abandonado? Se ainda estivesse vivo, por que pelo menos não me escrevia? Não me amava nem um pouquinho?

Mesmo não acreditando mais que meu pai fosse um anão de jardim, eu ainda desconfiava que minha mãe podia tê-lo transformado em alguma outra coisa. Até me envergonho de dizer que passei um período me perguntando se não o matara — com cogumelos ou alguma coisa triturada no pilão — e o enterrara no porão. Quase podia vê-la arrastando o corpo inerte escada abaixo, cavando o buraco — com uma britadeira por causa do cimento — e atirando meu pai no fundo, para depois cobrir com argamassa. Andei inspecionando o porão atrás de informações, mas não encontrei. O que, no entanto, não provava nada. Minha mãe era muito esperta: jamais deixaria pistas.

Até que, quando eu tinha vinte e três anos, meu pai de repente apareceu. Na época, eu tinha terminado a faculdade e não morava mais com a minha mãe. A despedida não foi amigável: ela era mandona, me espionava, me tratava feito criança! Foram estas suas últimas palavras:

— Como quiser, fofinha — disse ela. — Quando precisar de ajuda, estarei aqui. Devo doar seus bichinhos de pelúcia para a caridade?

Eu senti uma pontada.

— Não! — gritei.

Nas nossas brigas, eu invariavelmente perdia o controle e, ao mesmo tempo, uma lasca de dignidade.

Mas estava decidida a não precisar de ajuda. Tinha conseguido um emprego numa companhia de seguros, uma função subalterna, e dividia o aluguel barato de uma casa a oeste da universidade com duas colegas, com semelhantes empregos de nível bem baixo.

Meu pai fez contato por uma carta. Devia ter conseguido o endereço com minha mãe, concluí mais tarde, mas, como eu estava sem falar com ela, não perguntei nada. Achava que ela estava ficando cada vez mais louca. A novidade mais recente — antes de lhe dar um gelo — fora o plano de matar o salgueiro chorão do vizinho. Eu não precisava me preocupar, disse: seria feito à noite, apontando de longe, e ninguém veria. Era vingança por uma história de um carro que passara por cima de um sapo na rua de casa, e, além do mais, as raízes do salgueiro estavam danificando a rede de esgoto.

Vingar um sapo. Apontar para uma árvore. Quem podia aguentar coisas assim da própria mãe?

No início, fiquei surpresa com a carta do meu pai. Mas aí vi que estava com raiva: por onde ele andara? Por que toda aquela demora? Respondi com um bilhete de três linhas, incluindo o número de telefone de casa. Nós nos falamos, conversa curta e constrangedora, e combinamos um encontro. Eu já estava a ponto de acabar com aquilo, dizer que não tinha o menor interesse em encontrá-lo — mas não seria verdade.

Almoçamos num pequeno bistrô de cozinha francesa autêntica na Queen Street. Foi escolha dele, e mesmo de má vontade eu fiquei impressionada. Meu desejo era só encontrar motivos para reprová-lo.

Ele perguntou se eu queria vinho; de sua parte, não tomaria, disse. Embora a essa altura me considerasse uma jovem profissional sofisticada e já andasse bebendo em festas e encontros românticos, preferi ficar na Perrier; precisava estar com as ideias claras e algum autocontrole. Apesar de curiosa a respeito dele, também estava furiosa — mas não queria acusar e criticar antes de ouvir suas desculpas esfarrapadas pela maneira como tinha me ignorado.

— Onde você estava esses anos todos? — foi minha primeira pergunta. Deve ter soado como uma acusação.

Meu pai era um homem mais velho de boa aparência, razoavelmente alto, nem obeso nem cadavérico — nada excepcional, o que foi uma decepção; quando você passa a infância acreditando que seu pai foi transformado por magia, não pode deixar de criar expectativas. Tinha uma cabeleira, embora menos cheia do que devia ter sido na juventude. Em parte grisalha; o resto, do mesmo castanho-escuro que os meus cabelos. Vestia um bom terno com uma gravata aceitável, azul-marinho com uma estamparia geométrica miúda marrom. Os olhos eram azuis como os meus, assim como as sobrancelhas grossas. Agora ele as suspendera, o que lhe conferia um ar de franca sinceridade. Esboçava um sorriso, que eu reconheci; era parecido com o meu. Dava para ver por que talvez se sentisse oprimido pela minha mãe.

— Parte desse tempo passei na prisão.
— Mesmo? — exclamei. De repente ele ficava mais interessante. O que quer que fosse, prisão eu não esperava. — Por quê?
— Direção perigosa. Quase matei uma pessoa. Mas nem seria capaz de me lembrar. Estava completamente bêbado. — Ele baixou os olhos para a mesa, onde havia agora uma cesta de vime com fatias grossas de pão branco e de centeio. — Sou alcoólatra.

A voz parecia estranhamente neutra, como se falasse de outra pessoa. Sentia remorso pelo que tinha feito?

— Ah — soltei.

Como reagir? A essa altura, eu conhecia várias pessoas com problemas de bebida, mas nenhuma que admitisse.

Ele deve ter percebido meu nervosismo.

— Foi há muito tempo. Não bebo mais. Nada. Fiz todo o percurso do AA.

— Ah — repeti. Eu não entendia muito bem a que ele se referia. Percurso? — Mas onde você mora? — perguntei.

Teria uma casa? Seria uma dessas pessoas que às vezes a gente vê na rua, juntando dinheiro numa tigela? UM TROCADO. ESTOU COM FOME? Não, pois ali estávamos naquele restaurante elegante — por conta dele —, prestes a saborear um almoço sofisticado. E a gravata não parecia a de um sem-teto.

— Eu moro aqui — respondeu. — Aqui mesmo, na cidade. Sou casado; tenho duas filhas. Duas outras filhas — acrescentou, se justificando. Sabia que eu me sentiria traída com essa informação, e me senti, de fato.

Ele tinha me abandonado, sem olhar para trás, e vivia outra vida. Senti um ciúme instantâneo daquelas meias-irmãs que não conhecia.

— Mas o que você... Mas como você...

Eu queria perguntar se ele tinha emprego, mas talvez fosse grosseiro. Que emprego alguém podia conseguir depois de atropelar uma pessoa e passar uma temporada na prisão?

Ele adivinhou.

— Não consegui recuperar meu antigo emprego — disse. — Eu trabalhava com vendas e marketing; agora faço serviço comunitário. E também trabalho como voluntário em prisões. Oriento pessoas como eu, sobre o alcoolismo e como se livrar dele.

Fiquei aliviada: não só não teria que ficar responsável por ele — uma pessoa para cuidar —, como, pelo menos até certo ponto, ele era uma pessoa do bem. Eu não tinha herdado genes completamente podres.

— Mamãe disse que transformou você num anão de jardim — contei. — O que fica do lado da escada na entrada. Para explicar por que você sumiu. Era a versão dela quando eu tinha quatro anos.

Ele riu.

— Ela sempre dizia que seria melhor se eu fosse um anão de jardim — lembrou. — Causaria menos danos e seria mais divertido.

— Eu acreditava. Ia te pedir sorvete e coisas assim.

— E eu dava? O sorvete?

— Sim — respondi. — Sempre me atendia.

Feito uma boba, comecei a fungar. Ouvi dentro da cabeça a voz da minha mãe: *Nunca deixe ninguém te ver chorando.*

— Pena que eu não estava lá — lamentou ele. Estendeu a mão por cima da mesa como se fosse me dar um tapinha, pensou melhor e a recolheu. — Quando você era pequena... Sua mãe decidiu que eu tinha que ir embora e, do jeito que eu era na época, certamente era o melhor a fazer. Dizia que eu era fraco de caráter. Irremediavelmente fraco.

— Ela também diz que eu tenho um caráter fraco — emendei. — Que não tenho retidão de caráter. Diz que eu não tenho nem o juízo que Deus deu aos gansos.

Ele sorriu.

— Somos dois, então. Mas você com certeza tem caráter. Dá para ver que sabe se cuidar. — Querendo dizer que eu não vivia mais com minha mãe.

— E você também tem caráter — disse eu, generosa. — Foi capaz de...

— Parar de beber? Tive muita ajuda. Mas obrigado.

Esse tempo todo, estávamos almoçando. *Foie gras* para começar — nunca tinha provado e fui imediatamente seduzida — e depois omeletes. Tampouco provara até então uma omelete de verdade: só cozidas demais e ressecadas.

— Mas você recebia os presentes de aniversário que eu mandava? — perguntou ele, quando chegamos ao *choux à la crème*. — E os cartões? Quando já estava mais crescida, e eu fiquei melhor?

— Presentes de aniversário? — perguntei. — Que presentes?

Ele pareceu consternado.

— Bom, por exemplo... A bicicleta quando você fez onze anos, aquele suéter angorá cor-de-rosa quando... quando mesmo? Catorze? Quinze? Sua mãe disse que você não falava de outra coisa.

— Foi você?

Minha mãe tinha razão: não comprara o suéter. Mas eu também tinha: ela não era o coelhinho da Páscoa.

— Ela disse que você adorou. — Ele deu um suspiro. — Provavelmente nunca disse que foi presente meu. E suspeito disso porque você nunca mandou um agradecimento. Ela devia achar que eu ia contaminá-la. — Suspirou de novo. — Talvez fosse melhor assim. Ela te protegia muito, e sempre teve opiniões fortes.

Gostaria de dizer que esse almoço foi o início de uma relação próxima e amigável com meu pai, mas não foi. Parece que, na época, eu não era muito boa de relações próximas e amigáveis.

Meus namorados não duravam, mesmo quando não eram vetados pela minha mãe. Desenvolvi o hábito de me livrar deles antes que fizessem o mesmo comigo. Eu disse que gostaria de conhecer sua outra família — especialmente minhas duas meias-irmãs, já quase adolescentes, com rabos de cavalo louros superfofos nas fotos que me mostrou —, mas não tinha como. Nunca falara de mim à segunda mulher e temia as possíveis repercussões; não queria bagunçar o coreto, disse.

Sobretudo, não queria que minha mãe encontrasse sua segunda esposa, o que eu entendia: vai saber o que ela seria capaz de aprontar? Imaginei que levaria um presente com seu tipo favorito de bomba-relógio, algo que moesse e pusesse numa jarra; ou talvez apontasse, e o coreto desmoronaria como se tivesse explodido, em sentido figurado. Teria lá seus motivos para os males que houvesse causado, claro — agindo pelo bem geral, ou pelo meu bem, ou então o Universo teria opiniões categóricas sobre o que era preciso fazer —, mas eu não confiava mais nas razões dela. Ela não se importava de verdade com o bem geral, só queria se mostrar. Autogratificação. Era como eu a via, aos vinte e três anos.

E assim mantivemos distância nos anos seguintes, meu pai e eu. Almoçávamos juntos de vez em quando, furtivamente, como dois espiões.

— Não deixe ela te enganar — disse ele certa vez.

*Ela* sempre queria dizer minha mãe.

— Por que vocês se separaram? — perguntei.

— Bem, como já disse, ela praticamente me mandou embora.

— Não, mas qual foi o motivo? Você queria ir embora?

Ele baixou os olhos.

— É difícil viver com uma pessoa que sempre está com a razão. Mesmo quando, no fim das contas, estava mesmo. Acaba sendo... intimidador.

— Eu sei — concordei. Senti uma onda de empatia por ele; "intimidador" era pouco. — Ela te obrigava a queimar o cabelo?

— Me obrigava a quê? — Ele riu por um momento. — Essa para mim é nova. Como assim?
— Deixa pra lá — respondi. — Mas, então, por que se casou com ela? Se a achava tão difícil e assustadora?
— Não propriamente assustadora. Digamos complexa. Às vezes ela podia ser bem agradável. Apesar de imprevisível.
— Mas por que você...?
— Ela botou algo na minha bebida. Desculpe. Piada de mau gosto.

Meu pai morreu mais cedo que muitos. Teve câncer — ele me contou a respeito, portanto, eu fui previamente avisada. Ainda assim, foi uma perda: agora eu não teria mais meu segredo exclusivo, um cantinho da minha vida que minha mãe não conseguira arrombar e julgar. Ficava de olho nos obituários, sabendo que não seria informada pela família. A outra família. A família que não era secreta.

Fui ao enterro, ao qual compareceu muita gente que eu não conhecia, e fiquei sentada lá atrás, distante do luto oficial. Minha mãe também foi, teatralmente vestida de preto, o que na época ninguém mais fazia. Usou até um véu. Eu estava casada e tinha duas filhas, duas meninas. Minha mãe e eu tivemos um rompimento muito sério depois do nascimento da primeira: ela foi à maternidade enquanto eu estava em trabalho de parto, levando numa jarra um troço alaranjado para eu passar nas estrias, e declarou que queria cozinhar a placenta para eu comer.

— Você enlouqueceu?

Eu nunca ouvira falar de algo tão nojento. Hoje em dia é até antiquado, claro.

— É um costume tradicional. Afasta mau-olhado. Tem queimado os cabelos da escova, fofinha, do jeito que eu ensinei? Aquela desagradável da senhorita Scace anda rondando por aí. Sempre quis te prejudicar, para se vingar de mim. Acabei de vê-la junto à vidraça dos prematuros, se passando por enfermeira. É viciada em disfarces. Antigamente se vestia de freira.

— A senhorita Scace, a professora de ginástica do ensino médio? Impossível, mamãe — respondi com todo cuidado, como se explicasse a uma criança de cinco anos. — Já tem anos que ela morreu.

— As aparências enganam. Ela só parece morta.

Dá para ver por que eu preferia manter minhas filhas pequenas a uma distância segura da avó. Queria que tivessem uma infância normal, ao contrário da minha.

Quero dizer umas palavras sobre meu marido, sujeito adorável que só melhora com o tempo. Nem preciso contar que o mantive a considerável distância da minha mãe durante o período a que vou me referir graciosamente como da nossa corte. Imaginava que ele levaria uma bronca dela e entraria correndo no primeiro voo internacional, de tão alarmado. Mas, no fim, o encontro teve que acontecer, pois ela — por meios que eu desconhecia, mas que possivelmente envolviam cartas de tarô — tomou conhecimento da existência dele. O Universo não fazia nenhuma objeção, me disse: na verdade, ele estava num aspecto favorável, sob a influência de Júpiter e com forte presença dos Reis de Ouros e de Copas. Gostaria muito de conhecê-lo.

— Mas sem pressa — ela me disse, o que significava que havia pressa.

Tratei de amaciá-lo previamente com anedotas, contadas de maneira leve e divertida. Os cabelos queimados, a gosma nas jarras, o apontar de dedo, as cartas, até meu pai como anão de jardim — apenas excentricidades inofensivas. Ninguém levava a sério, eu disse: nem mesmo minha mãe, ou muito menos eu. Meu futuro marido disse que minha mãe parecia bem divertida e certamente tinha senso de humor.

— Sim, claro. — Eu ri, as palmas das mãos suando. — Um senso de humor incrível!

Como perceberam, não contei nada sobre a senhorita Scace. Essa parte era fora da casinha demais. Eu sabia que ele era compreensivo, mas não o suficiente para uma senhorita Scace planando numa vassoura para roubar cogumelos. A vida seria mais tranquila se minha mãe e meu parceiro pelo menos pudessem se tolerar.

Até que, afinal, eles se conheceram: chá no King Edward Hotel no centro de Toronto, providenciado por mim. Achei que minha mãe não seria capaz de aprontar num ambiente tão sofisticado, e estava certa. Nenhuma inconveniência. Ela se mostrou cortês, presente, com uma certa cordialidade; meu futuro marido era todo atenções, polido, contido. Cheguei a pegá-la olhando furtivamente para as mãos dele — ela ia querer dar uma olhadinha na linha do coração dele, para ver se era provável que saísse dos trilhos e começasse a fornicar com as secretárias —, mas ela foi discreta. À parte isso, fazia o papel de uma mãe gentil de classe média, do tipo antiquado. Meu futuro marido ficou um pouco decepcionado: fora levado a esperar algo menos ortodoxo.

O enterro do meu pai ocorreu num intervalo de paz com a minha mãe, e assim, ao vê-la de vestido preto e véu, fui me sentar ao seu lado. Eu voltara a falar com ela: falar com ela era uma coisa cíclica. Ela me irritava, eu cortava relações, cedia, fazia-se a paz e ela voltava mais uma vez a passar dos limites.

— Você está bem? — perguntei.

Ela estava chorando um pouco, o que era raro.

— Ele era o meu amor — disse, dando pancadinhas com o lenço nos olhos. — Eu o afastei! Nós nos amávamos tanto. Naquele tempo. — Escorria rímel pelo seu rosto, e eu limpei. Desde quando começara a usar rímel? E, sobretudo, quando começara a chorar em público? Estaria amolecendo?

Verdade: ela começava a amolecer, mas não de um jeito bom.

Agora que fora alertada para a possibilidade, eu percebia os sinais com consternação — proliferavam com inquietante rapidez, quase como se ela estivesse se dissolvendo. A fase do rímel passou praticamente tão rápido quanto havia chegado: ela não se preocupava mais com a beleza exterior, disse. Os vestidos cintados muito bem passados tinham ficado para trás. Na verdade, o ferro de passar se fora: minha mãe nunca mais passou nenhuma peça de roupa. No lugar dos vestidos engomados e dos sapatos de salto alto absurdos entrou uma sucessão de camisetas largas, nem sempre limpas, acompanhadas de calças de moletom e de uma série de sandálias horrorosas que pareciam ortopédicas. Os dedos retorcidos dos pés se projetavam à frente, com as unhas espessas e amareladas. Eu me perguntava se seria difícil para ela cortá-las. Pior: me perguntava se sequer se lembrava disso.

Será que ainda moía ingredientes no pilão? Eu não tinha certeza. Várias jarras criavam mofo no fundo da geladeira. A essa altura, duas vezes por semana eu executava as inspeções na geladeira, para me certificar de que ela não estava se envenenando com restos fermentados.

A panela de pressão fazia tempo desaparecera: ela dizia que a jogara fora porque a senhorita Scace a explodiu. As frigideiras de ferro fundido enferrujavam. As panelas tinham sido lavadas — não muito bem — e guardadas, mas encontrei uma no quintal com oito centímetros de água suja, cheia de algas e larvas de mosquito.

— É para os passarinhos — disse ela.

O próprio quintal agora parecia uma selva, sem limites definidos nem hortaliças. O que mais se via eram ervas daninhas.

Perguntei por que não cozinhava mais. Ela deu de ombros.

— Muito trabalho. Cozinhar para quem?

Eu me preocupava cada vez mais. Telefonava na hora do jantar para me certificar de que estava comendo.

— Está jantando?

Uma pausa.
— Sim.
— O quê?
Outra pausa.
— Qualquer coisa.
— Enlatados?
— Mais ou menos.
— Está sentada?
— Não é da sua conta.

Então ela estava beliscando, comendo miudezas, como uma adolescente à cata de guloseimas na cozinha. Comprei uma fôrma de pirex para macarrão.

— Você pode aquecer no forno elétrico — disse.
— Teve um incêndio.

Ela nem parecia muito preocupada.

— Com o forno elétrico?
— Sim.
— Quando? Por que não me contou?
— Eu apaguei o fogo, por que haveria de contar? Foi a tal da senhorita Scace. Ela que o provocou.
— Pelo amor de Deus!
— Não se preocupe, fofinha. Desta vez estou ganhando.

Até que consegui arrancar dela a história toda. Ela e a senhorita Scace estavam em guerra há séculos, em várias encarnações. Tinham sido amigas, mas brigaram por causa de um rapaz. Há quatrocentos anos, mais ou menos, começaram a se enfrentar em batalhas aéreas noturnas. Não montando vassouras, acrescentou: esse clichê de vassouras voadoras não passava de superstição. Um dia a senhorita Scace denunciou minha mãe por bruxaria, e o resultado foi incendiário — e final. Segundo minha mãe, seu coração não queimava, e tiveram que incinerá-lo separadamente; o mesmo que acontecera com Joana d'Arc, acrescentou, orgulhosa. A senhorita Scace foi assistir à fogueira para caçoar.

— Eu devia tê-la dedurado primeiro — disse ela. — Mas achei que seria desonesto. Uma traição das nossas tradições.

— O que aconteceu com o rapaz? — perguntei.

Não adiantava nada falar de invenções e delírios com ela: simplesmente se fecharia. E, se eu dissesse que não acreditava, seria um escândalo.

— Scace acabou com ele — disse minha mãe.

— Como assim, "acabou"?

— Depravação sexual — respondeu minha mãe. — Noite após noite.

— Estamos falando da mesma senhorita Scace?

Eu simplesmente não conseguia imaginar. A senhorita Scace, treinando o time feminino de basquete no ginásio, com o apito de árbitro e aqueles cambitos magrelos por baixo do uniforme pregueado de ginástica. A senhorita Scace, com seu peito chato, inventando eufemismos para explicar o ciclo menstrual nas aulas de saúde. Na época, não se falava de sexo: oficialmente, não existia.

— Com certeza não é a mesma — insisti, categórica.

— Ela era diferente — retrucou minha mãe. — Muito mais atraente. Usava espartilho e decote. Pintava o rosto com arsênico.

— Arsênico?

— Era moda. Seja como for, ela acabou com ele. Sugou até a medula. E, quando ele estava completamente exaurido, ela roubou seu pênis.

— O quê?

Roubo de pênis era novidade: essa história não tinha aparecido quando eu estava no ensino médio.

— Deve ter ficado irritada porque não funcionava mais. Um belo dia, ele acordou, olhou para baixo e não estava mais lá. Suponho que ela apontou para o negócio quando ele estava dormindo. Guardou-o numa caixa de cedro com outros pintos que tinha roubado; eram alimentados com grãos de trigo. É o método habitual de cultivo de pênis.

Eu tratei de me segurar.

— E por que ela fazia isso? — perguntei com todo cuidado. — Colecionar pênis?

— Tem gente que coleciona selos, ela colecionava pintos. Era muito comum na época. Seja como for, ele me consultou, recorrendo a uma vidente, claro, pois eu não estava mais naquela encarnação. Recomendei que se queixasse às autoridades, e foi o que ele fez, e ela teve que devolver o pênis.

— E prendê-lo de novo, suponho.

— Naturalmente, fofinha. Mas não acabou aí. Ela também teve que devolver todos os outros pênis. Posso garantir que tinha reunido os pintos de homens muito importantes! Inclusive um barão. E depois foi queimada. Bem feito.

— E aqui está você — completei.

— Verdade. Aqui estamos nós. Mas não existem mais autoridades. Não como as da época.

— Se importa se eu perguntar... Você e a senhorita Scace ainda se enfrentam no ar? À noite?

— Ah, sim! — fez ela. — Toda noite. Por isso fico tão cansada o tempo todo.

A visão da minha mãe, com suas camisetas largonas e as sandálias horrorosas, se batendo nas alturas com a senhorita Scace, quem sabe até com o apito de árbitro ainda pendurado no pescoço, era demais para mim. Me deu vontade de rir, mas teria sido cruel.

— Talvez esteja na hora de parar — disse. — Peça uma trégua.

— Ela jamais aceitaria. Bruxa velha venenosa.

— Faz mal à sua saúde — insisti.

— Eu sei, fofinha. — Ela deu um suspiro. — Comigo não me preocupo. Mas eu faço por você, como sempre. E as meninas, claro. Minhas netas. Jamais permitiria que ela as prejudicasse. Quem sabe uma delas herdou o dom, e assim ele não se perde.

Já estava mais do que na hora de voltarmos à chamada realidade.

— Você pagou a conta da calefação? — perguntei.

— Ah, não preciso de calefação — respondeu ela. — Não sinto frio.

O declínio agora era rápido. Pouco depois, ela quebrou o quadril — caindo do ar em uma chaminé, sussurrou para mim — e teve que ser hospitalizada. Tentei conversar sobre seu futuro: após a recuperação, ela iria para uma clínica de reabilitação e depois para uma boa casa de repouso...

— Não será preciso nada disso — respondeu. — Não deixarei o hospital neste corpo. Tudo já foi providenciado.

Uma das providências seria insuficiência cardíaca congestiva. Cena final: eu estou à sua cabeceira no hospital, segurando sua mão frágil, com as veias proeminentes. Como ela ficou tão pequena? Mal se poderia dizer que estava ali presente, mas a chama da mente ainda ardia.

— Me conta. Era tudo inventado? — perguntei.

Agora que eu perguntava diretamente, sem raiva, o que nunca fizera de fato antes, ela com certeza confessaria.

— O que era inventado, querida?

— Os cabelos queimados. O dedo apontado. A coisa toda. A história de o meu pai ser um anão de jardim também, certo? Contos de fadas?

Ela suspirou.

— Você era uma criança muito sensível. Se magoava facilmente. Eu então contava essas coisas. Não queria que se sentisse indefesa na vida. A vida é dura. Eu queria que se sentisse protegida, sabendo que havia um poder maior cuidando de você. Que o Universo olhava por você.

Beijei-lhe a testa, um crânio recoberto por uma fina camada de pele. A protetora era ela, o poder maior era ela, o Universo olhando por mim também era ela; sempre ela.

— Te amo — disse.

— Eu sei, querida. Você se sentiu protegida?

— Sim — respondi. — Eu me senti. — O que de certa forma era verdade. — Foi muito lindo você inventar tudo isso para mim.

Ela me olhou de soslaio com seus olhos verdes.

— Inventar?

E assim eu chego ao final. Mas não é o final, pois fins são arbitrários. Vou encerrar com mais uma cena.

Minha filha mais velha está com quinze anos, a idade respondona. Rola no momento um cabo de guerra: ela quer correr à noite com um atleta no qual mal pude botar os olhos. Correr! Desde quando garotas correm, se não estão fazendo atletismo? Na minha época passeavam, caminhavam… Correr seria sacolejante e humilhante; ninguém tinha tops de corrida.

Minha filha está de calças legging e top de lycra; nos braços nus, três tatuagens temporárias, todas de pássaros e animais. Diz que se tornarão permanentes quando fizer dezoito anos. Já expliquei a dificuldade de remoção em caso de arrependimento, mas não adianta.

— Nada de correr à noite — insisto. — É muito perigoso. Tem assaltantes por aí.

— Você não é dona de mim! Para isso serve a porra da iluminação pública!

Não adianta reclamar da *linguagem vulgar* nem da *boca suja*. O mal já está feito há muito tempo.

— Mesmo assim. E esse seu, esse seu amigo… Os rapazes podem se deixar levar…

— Se deixar levar? Que porra é essa? Vamos estar *correndo*! Ele não é nenhum estuprador! Pode até ser meio idiota, mas…

Meio idiota? Diagnóstico otimista, na minha opinião.

— Já disse que não.

— Você é mesmo uma megera!

— Não me obrigue a apontar — digo então, começando a perder a calma.
— O quê? Te obrigar a *apontar*? — Ela revira os olhos, rindo.
— Puta que pariu! Como assim, *apontar*?
— Coisa de feitiçaria — respondo, séria. — O resultado não é nada bom.
— Mas que porra é essa?! — faz ela, zombando. — Feitiçaria? Ficou maluca?
— Sua avó era feiticeira — digo, com a possível solenidade.
Ela fica muda um instante.
— Está brincando comigo! Tipo... Como assim? Sério?
— Sério — confirmo.
— Tipo, que feitiços ela fazia?
Ela não se convenceu completamente, mas eu consegui que prestasse atenção. Baixo a voz num sussurro de confidência.
— Vou contar quando você tiver idade suficiente — digo, escapando do risco imediato. — Mas nada de correr à noite, até estar pronta. À noite, as bruxas veem coisas que os outros não veem. Mortos, por exemplo. Se a pessoa não estiver informada e preparada, pode se apavorar.
— Mas eu não sou feiticeira — retruca ela, meio incerta. Está ponderando o que pode ser melhor.
— Talvez só não se dê conta ainda — prossigo. — Sua avó achava que o dom é passado de mãe para filha. Pode pular uma geração. Tenho certeza de que você vai chegar lá. Quando acontecer, precisará ter muito, muito cuidado. Não deve abusar do seu poder.
Ela se abraça.
— Estou com frio.
Está animada. Quem não ficaria, na sua idade?

# ENTREVISTA COM O MORTO

✦

MARGARET ATWOOD: *Boa noite, sr. Orwell. É muita gentileza sua aparecer por aqui — não exatamente aparecer, já que não consigo vê-lo. Manifestar-se, ou... Muita gentileza sua concordar com esta entrevista.*

GEORGE ORWELL: **Não há de quê. Eu que agradeço. Raramente tenho a oportunidade de conversar com alguém que ainda está no envoltório de carne.**

*Ainda está no quê?*

**Queira me desculpar. Não tenho a intenção de chocar. É uma maneira de dizer daqui. Digamos "ainda entre aqueles que eu chamava de 'vivos'".**

*O senhor não usa mais essa palavra? Vivos?*

**Existem maneiras diferentes de estar vivo.**

*Verdade. Bem, o senhor sempre esteve muito vivo para mim, mesmo depois de... depois de não estar mais no envoltório de carne. (Riso nervoso) É uma honra encontrá-lo. O senhor tem sido uma grande influência no meu trabalho!*

(Ruído indeterminado de quem bufa: exasperação?) A senhora é escritora? Egoísta, preguiçosa e narcisista como todos os escritores, suponho?

*Bem... preguiçosa, com certeza.*

Eu mesmo não me isento dessas críticas. Pelo contrário. Mas me desculpe — não tive o prazer...

*Prazer de quê?*

De ler o "seu trabalho". Na verdade, não sei muito bem quem é. Não consigo vê-la.

*Porque a srta. Verity está de olhos fechados?*

Exatamente. Seria melhor para mim se os médiuns atuassem de olhos abertos. Desse jeito, é como no telefone, e ainda por cima com instabilidade na linha. Pela voz, deduzo que estou falando com uma colona do sexo feminino?

*Acertou!*

Já sabem escrever?

*As mulheres ou os colonos?*

Ah, é... os dois.

*Olha, estão arrebentando na escrita atualmente! Embora alguns colonos, e até algumas mulheres, já escrevessem quando o senhor ainda... Imagino que não lesse muito as mulheres.*

(Tosse) Sempre fui muito ocupado. Era uma época turbulenta. Revoluções, ditaduras, guerras… A senhora deve ter lido a respeito. De fato cheguei a dar uma olhada, nas… como direi… produções sensacionalistas e românticas baratas.

Como o lixo produzido em massa em 1984? (Em tom seco) "Livros femininos", eram chamados. Mas na época já havia mulheres produzindo literatura séria.

(Limpando a garganta) Estimada jovem, espero não tê-la ofendido. As mulheres às vezes se enfezam por bobagem.

*Dizer algo assim poderia lhe causar sérios problemas hoje em dia. Seria considerado "machista". As mulheres não aceitam mais esse tipo de coisa.*

Mil perdões. Nós, homens, falávamos assim sem nem pensar direito, hoje me dou conta. Fui um homem do meu tempo. Dificilmente poderia ser de outro jeito. (Pausa) Presumo que não seja da minha geração.

*Não exatamente, apesar de haver certa sobreposição. Eu tinha dez anos quando o senhor deixou seu envoltório de carne. De modo que, quando comecei de fato a escrever, o editor não tinha mais como lhe mandar um exemplar.*

Está querendo fazer graça?

(Riso débil) *De mau gosto, confesso.*

(Silêncio)

*Por favor não desapareça! Estamos perdendo contato?*

**A conexão vai e vem. Como ouvir a BBC durante a guerra. Quase tudo era de má qualidade na época, inclusive o rádio. O *sem fio*, como se dizia. Lembro que eu falava um bocado no sem fio.**

*Sim, isso mesmo. Foi como divulgou alguns dos seus melhores ensaios. (Pausa) Tentei entrar em contato antes, sr. Orwell, mas sem sucesso. Talvez porque o chamasse de sr. Blair. E aparecia o seu pai.*

**Mesmo? Suponho que ele tenha sido de enorme ajuda.**

*Ele disse que desejava que o senhor fosse diplomata ou então advogado. Para usar melhor o cérebro que Deus lhe deu.*

**Querendo se referir a ele mesmo, pode ter certeza.**

*Disse que o senhor jogou fora seus trunfos.*

**Trunfos de classe, ele quis dizer. Prataria de família. Escolas para esnobes júnior, esse tipo de coisa. Eu não encarava nada disso como trunfos. Um monte de preconceitos baseados em mentiras. Confundindo a verdade.**

*Disse também lamentar que o senhor tivesse se transformado num maldito comunista, e ainda por cima malvestido.*

**Eu não tinha dinheiro para gastar em alfaiates, e de todo modo um colete de lã bem quentinho era mais útil para mim, considerando-se a péssima calefação.**

*Aquele que está vestindo no retrato? De bigode, com o cabelo que parece aparado com o cortador de grama e a expressão enigmática? Por baixo do paletó de tweed? Que por sinal parece estar com uma mancha. Tinta?*

Sim. Talvez eu não o lavasse com frequência. Ou então Eileen esquecia. Demorava muito para secar, especialmente no inverno.

*Eileen? Sua esposa?*

Minha primeira mulher. Fizemos tanta coisa juntos! Fiquei arrasado quando ela morreu, tão de repente. Mas agora ela está bem. Gosta muito de jardinagem. Mesmo a essa distância.

Mas voltando ao meu pai, que eu mal conhecia, por sinal. Eu nunca fui comunista! Socialismo democrático não é comunismo. Imprecisão de linguagem… era uma das coisas que me preocupavam, segundo alguns até demais; mas, quando se muda o nome de uma coisa, em muitos casos se muda a coisa. Reescrever a história… a gente via que estava acontecendo, e por sinal dos dois lados da cerca. O histórico do colonialismo inglês dificilmente podia ser considerado impecável. O Império — uma piada, puro disparate, conversa fiada para encobrir ganância deslavada e sede de poder.

*Hoje parece que as pessoas se dão mais conta disso.*

(Som de quem bufa) **Já não era sem tempo! Quando eu dizia, era acusado de deslealdade.**

*Vai gostar de saber que a revisão histórica ainda vem sendo tentada, especialmente nos Estados Unidos.*

Não me surpreende. A maneira como tentaram acobertar a escravidão, e depois as leis segregacionistas de Jim Crow... Não é possível esse tipo de injustiça numa democracia. Se é que aquilo lá é uma democracia, ou algum dia foi.

*Há muita desinformação circulando por aí.*

É incrível como as pessoas se deixam manipular.

*Na verdade, pode até ser pior que na sua época. Stálin, pelo menos, não queria impingir alienígenas em forma de passarinho azul.*

Há! (Risos) Andou aprendendo com o velho fanfarrão do H.G. Wells, hein?

*Talvez com as primeiras obras de ficção. Mas pelo menos ele acreditava na ciência. Ao contrário de muita gente que está contra as vacinas hoje.*

Contra o quê?

*É meio complicado.*

Wells tinha razão em certas coisas. Mas a ciência nunca será tudo. E o governo mundial que tinha em mente seria uma tirania, ainda que disfarçada. Aldous Huxley acabou rapidinho com essa ideia em *Admirável mundo novo*. Talvez tenha ouvido falar. Ele foi meu professor em Eton; ensinava francês, não muito bem.

*Não lhe escreveu uma carta? Quando 1984 foi lançado?*

(Tosse, risos) **Sim, escreveu.** Dizia: "Parece duvidoso que na realidade concreta a política da bota opressora possa prosseguir indefinidamente. Tenho para mim que a oligarquia dominante encontrará maneiras menos penosas e ruinosas de governar e satisfazer sua sede de poder, maneiras que se assemelharão às que descrevi em *Admirável mundo novo*."

*Vocês dois faziam revezamento nos acertos. Por exemplo, recentemente os Estados Unidos chegaram muito perto de um golpe de Estado. Invasão do Capitólio. Tentativa de fraudar resultados eleitorais.*

**Soa familiar. Eu vivi numa época de golpes, de um tipo ou de outro. Slogans diferentes, mas a mesma ideia.** (Tosse)

*E agora eles tentam fingir que não aconteceu.*

**Descendo pelo velho Buraco da Memória, né? Mas pelo menos eles têm uma imprensa livre. Vozes independentes que podem se manifestar sem levar um tiro.**

*Mais ou menos. Não é perfeito.*

**O perfeito é inimigo do bom.** (Tosse) **Se importa se eu fumar?**

*Faz muito mal ao senhor.*

(Som entre um resmungo e um riso) **Não mais. Só se morre uma vez. Não era o título de um livro que causou sensação? Ou talvez um filme. Não, estou confundindo com** *The Postman Always Rings Twice*, **ou como ficou?** *O destino bate à sua porta*. **Distração para as massas — não que eu não fosse capaz de apreciar uma boa história de crime.** (Som de fósforo sendo riscado)

*Por mim, tudo bem. Na minha adolescência — década de 1950 — se fumava muito, então estou acostumada. Mas a srta. Verity proíbe terminantemente o cigarro. Alguns clientes dela têm asma.*

**Ela nem vai notar. Está num transe de dar gosto, certo?** (Leve cheiro de tabaco)

*Posso lhe perguntar uma coisa? É uma pergunta delicada.*

**Claro. Tentarei não dar uma resposta delicada.**

*Me surpreende um pouco que o senhor recorra aos serviços de uma espiritualista. Não entraria na categoria da piada, do disparate e da conversa fiada?*

(Risadas) **As mudanças de estado ajudam a reorganizar ideias preconcebidas. A rigidez é sintoma de uma mente limitada, e era muito comum na chamada** *intelligentsia* **da minha época. Eles confundiam pensamento com ideias rígidas.**

*Esse hábito não saiu de moda. Mas, ainda assim, é uma mudança e tanto, em comparação...*

**Eu sempre me esforcei para ser prático. Por isso me transformei numa espécie de panfletário — tinha um aluguel a pagar, e era uma maneira rápida de conseguir leitores, sem intermediários.** (Pausa) **A gente tem que lançar mão dos meios disponíveis. A necessidade é mãe da invenção. Então, se a srta. Verity é o meio pelo qual podemos conversar, então a srta. Verity será.** (Som de fósforo sendo riscado. Som de outro fósforo sendo riscado)

*Por que não usa um isqueiro?*

**Geringonças de esnobes. Com monogramas.** (Som de inalação) **Srta. Verity não é o nome verdadeiro dela, como sabe. Verity — para inspirar confiança, suponho. Melhor que "Dodge", como alguém que se esquiva, seu verdadeiro nome de família.**

*Eu sempre me interessei por alter egos. Pseudônimos, coisas assim. E sempre me pergunto sobre o que o senhor escolheu: "George Orwell." Foram quatro os reis chamados George na casa real de Hanôver...*

**Não esses Georges!** (Risos) **Eu precisava de um pseudônimo para não magoar desnecessariamente a minha mãe. Ela ficava escandalizada com certos pontos de vista meus. E com o fato de eu andar com gente tão pobre, e mesmo, devo reconhecer, de uma pobreza sórdida, para escrever sobre o tema. Então...**

*Vou ver se adivinho. São George, padroeiro da Inglaterra? O matador de dragões?*

**Perdoe-me a tolice. Eu era jovem e idealista. Não sabia que, dragões, sempre crescem novas cabeças.**

*E "Orwell" — é um rio, mas vamos destrinchar um pouco...*

**Como? Destrinchar o quê? Estamos falando de um frango?**

*Desculpe. É uma maneira de falar hoje em dia. Mais ou menos como uma "palavra-valise" de Lewis Carroll. Esmiuçar algo para ver o que contém.*

**Ah, entendo.** (Tosse)

*Então: "Or", como em "ou", "por outro lado". E também é "ouro" em francês. E "well", ou "poço", "manancial" — as pessoas, às vezes, consideram o senhor a própria personificação do pessimismo, por causa da bota eternamente esmagando um rosto humano em 1984, mas eu nunca pensei assim: no fim do livro tem um comentário em novilíngua escrito no passado, o que significa que o mundo totalitário descrito nele deve ter chegado ao fim.*

Fico feliz que tenha percebido isso. Muitos não se deram conta. Fui acusado de pessimista.

*Mas foi um erro. E também "well", de "bem", como em "vai ficar tudo bem". Juliana de Norwich. Muita esperança! E "well" ainda é fonte, fonte de inspiração, fonte sagrada...*

Está forçando um pouco, minha cara. Não tenho a menor pretensão à santidade. Eu queria um rio, sim, um fenômeno natural; mas um rio comum. Não um rio sagrado nem muito menos um maldito regato privado para oferecer trutas a um bando de aristocratas com suas varas de pescar.

*Eu sempre me lembro de algo que o senhor — algo que Winston Smith diz em 1984, quando começa a escrever o malfadado diário num requintado papel de cor creme. "Para quem, pensou ele de súbito, estaria escrevendo aquele diário? Para o futuro, para os que ainda vão nascer... Como se comunicar com o futuro? Era impossível por sua própria natureza. Ou bem o futuro se pareceria com o presente, e nesse caso não lhe daria ouvidos; ou então seria diferente, e suas dificuldades teriam sido em vão."*

*E, no entanto, aqui estou eu, no meu presente, mas no seu futuro, e realmente creio entender as dificuldades de Winston Smith. Pelo menos de certa maneira. O senhor o retratou tão* bem! As terríveis condições de vida, a feiura das roupas, a comida ruim, o medo de ser traído, a constante vigilância pela televisão bidirecional — o senhor nem podia imaginar como tudo isso estaria próximo da realidade da época atual, graças à internet!

**Internet? É uma sociedade secreta política? Como a maçonaria ou...**

*Não exatamente. O nome original era World Wide Web, uma teia mundial.*

**Como a das aranhas?**

*Não, mais no sentido de... É uma forma de comunicação por meio de frequências sem fio. Usando certos dispositivos. Mas diferente do rádio. Começou com boas intenções, uma forma de enviar com rapidez mensagens que supostamente seriam privadas, mas os governos a transformaram num instrumento de espionagem.*

**Para variar.** (Som de fósforo sendo riscado) **Winston Smith teria usado esse negócio de internet, suponho.**

*Mas seria apanhado, pois o efeito tem sido acabar com a privacidade e enfraquecer o conceito de indivíduo. Muito embora, de certa forma, continuasse acreditando no indivíduo. Consciência e desejo... Desse modo, a tentativa de rebelião, depois a lavagem cerebral, o Quarto 101... Era emocionante! Ainda jovem, eu ficava fascinada!*

**Sim, sim. Não foi mal feito, não. Naturalmente, fui criticado pela esquerda stalinista por causa desse livro. Estavam sempre me atacando. Lacaio do capitalismo, bajulador do status quo,**

pobre menino rico, esse tipo de coisa. Você não vai acreditar, mas toda vez que eu me referia à natureza em algum artigo ou ensaio, recebia cartas condenatórias dizendo que apreciar a natureza era coisa de burguês.

*Adoro o seu elogio do sapo. Gosto muito de sapos.*

Aha! Algo em comum! (Risadas) Também fui criticado pelo ensaio sobre os sapos. A falta de alegria de certas pessoas na esquerda era realmente estarrecedora. Qualquer manifestação de prazer estava fora de cogitação... boa comida, bom sexo, o pôr do sol... essas pessoas eram como os flageladores da Idade Média.

*Então a Liga Juvenil Antissexo e a mulher rígida e crítica de Winston tinham fundamento na realidade?*

Ah, perfeitamente. Eram puritanos. E quem não seguisse a linha do partido, qualquer que fosse na época, era banido. Excluído da sociedade decente — a deles, claro.

*Sei muito bem do que está falando. As coisas se polarizaram demais. Também existem linhas divisórias partidárias atualmente, embora os alvos sejam diferentes. E o banimento social ainda acontece, mas passou a ser chamado de "cancelamento".*

Há! Como um carimbo, ou um compromisso... boa escolha de palavras! (Tosse) Às vezes eu ficava bem desanimado, devo reconhecer. Qual o sentido de dizer a verdade se ninguém quer ouvir? Na época, os stalinistas eram muito organizados. Foi logo depois da guerra. Para muitos, Stálin ainda era o bom e velho Tio Joseph.

*Mas seu livro fez um enorme sucesso! O senhor nem faz ideia! Até que, em 1956, depois da morte de Stálin, quando Kruschev fez o famoso "Discurso Secreto", revelando as atrocidades cometidas por Stálin e seus cúmplices...*

Ouvi algo a respeito. Não consola muito ter tido razão.

*Acho que o senhor gostaria do filme* A morte de Stálin.

Para mim, é difícil ver filmes. Preciso de um intermediário e tenho que ficar ouvindo os comentários. Pausa para pegar uma cerveja, checar o telefone, ir ao banheiro, esse tipo de coisa. Ninguém quer ser um voyeur involuntário.

*Deve ser chato mesmo. Talvez possa ver comigo! Eu gostaria de rever!*

Muito gentil, mas não funcionaria. Você não seria capaz de me dar passagem. Não é sensitiva, isso se vê. Não é permeável o suficiente. Escritora narcisista, como eu disse.

(Risos) *Já ouvi isso de muitas pessoas. "Insuficientemente permeável." Talvez a srta. Verity se disponha a ver em sua companhia. É exatamente o seu tipo de sátira fincada na realidade.*

A sátira é perigosa em tempos de radicalismo. Escolha qualquer excesso, imagine que está exagerando absurdamente, e é muito provável que seja verdade.

(Murmúrio de empatia) *Eu sei.*

Eu teria preferido de longe que o sonho soviético tivesse um resultado melhor. Sem as mortes em massa, os julgamentos exemplares, os assassinatos... As intenções iniciais eram boas. Os idealistas, que, naturalmente, são capazes de tudo por uma causa que consideram virtuosa e pelo bem comum — eles se empolgavam além da conta. Bem, bem. É inevitável que as revoluções bem-sucedidas estejam sujeitas à corrupção. Uma vez tomado o poder, os que o detêm querem se aferrar a ele, não importando os meios. E certamente era assim nos anos em que eu tentava relatar os fatos, à minha modesta maneira.

*Muitos se sentem gratos por isso, entre eles, eu. O senhor foi de grande coragem, e não apenas na Espanha, durante a Guerra Civil. Muito do que dizia não agradava na época. Sua obra tem sido realmente de valor inestimável, e o senhor — como posso dizer isso? — uma grande inspiração.*

(Murmúrio de satisfação)

*Embora deva dizer que, quando li um dos seus livros pela primeira vez, não tinha idade para entender. Devia ter oito ou nove anos. A revolução dos bichos. Achei que era um livro infantil, como* A teia de Charlotte.

O que de Charlotte?

*É sobre um porco. Mas um porco bom. E uma aranha que vai tecendo mensagens e salva a vida dele.*

Ah. As palavras têm lá sua importância, ao que parece. Até para os porcos. (Risada. Som de fósforo sendo riscado)

*Eu não sabia que* A revolução dos bichos *tratava da União Soviética e da demonização de Trótski. Nem tinha ideia de quem fosse Trótski. Achava que os animais eram animais mesmo. O destino do cavalo Benjamim me deixou arrasada. Eu não parava de chorar!*

Pobrezinha.

*Mas aí fiquei zangada. Era muito injusto!*

Era sobretudo a injustiça que me movia, creio. Acusações falsas, sacrifício de vidas humanas. Mais que qualquer outra coisa, eram as injustiças que me levavam a escrever. Uma indignação furiosa, inflamada pela traição da pura e simples decência humana. A traição da humanidade comum.

*Como Dickens? No seu ensaio sobre ele?*

Sim. Acredito que sim. Mas sinto que a srta. Verity está ficando impaciente. Nossa conversa está chegando ao final.

*Gostaria de mencionar mais uma coisa. É um livro intitulado* Orwell's Roses, *de Rebecca Solnit. O ponto de partida é sua paixão pela jardinagem, por coisas que crescem. Pouca gente sabe disso. Ela o apresenta, como direi, como uma pessoa querida. A foto com seu filho adotivo, uma criança adorável... Não parecia nem um pouco a personificação do pessimismo! Entusiasmo pela vida, cheio de planos, até...*

Até o fim, você quer dizer. Não se preocupe. Sempre haverá um fim. Como nos romances. Mas um dia de cada vez, certo? Eu realmente gostava muito de jardinagem. (Suspiro) Tão maravilhoso... trabalhar com vontade, cavar e tudo mais, o cheiro forte, até o cheiro de esterco… e depois daquela terra toda, do suor, parece um milagre, algo lindo crescendo… Acho que é do que mais sinto falta na Terra. Da beleza.

*As roseiras que o senhor plantou em Wallington, em 1936… são mencionadas no seu diário. Floriram no Dia de Finados. Achei que gostaria de saber.*

Tanta coisa eu não sabia naquele momento. Tanta coisa ainda viria. A Guerra Civil Espanhola, a Segunda Guerra Mundial… Tanto horror e sofrimento!

*Muitas dessas coisas terríveis tiveram fim. Mas deixaram cicatrizes, e as guerras sempre acabam voltando.*

É uma pena.

*Agora estamos diante de uma crise mais insidiosa. A própria Terra — o planeta verde que conhecemos —, a Terra viva está ameaçada.*

Começou com o carvão, me parece. Os fornos a carvão, para acionar máquinas. Ninguém quer saber de onde vêm realmente o aquecimento, a luz e os supérfluos do próprio conforto, nem o que é destruído nesse processo. Eu escrevi a respeito, se não me engano. (Tosse) Mas e os jovens? Ainda têm esperança?

*Não tenho certeza. Mas estão tentando. Tentando reverter os danos que causamos. É o que muitos fazem.*

A srta. Verity está voltando a si. Acho que vou ter que…

As suas roseiras — as que plantou em 1936 — ainda estão vivas! Ainda dão flores, todo verão. Parece bem simbólico.

(Silêncio)

*Alô? Alô? Por favor, volte! Só mais um pouquinho...*

(Som de bocejo) **Aqui estou, na terra dos vivos.** Seu amigo apareceu? Creio que sim. Apaguei totalmente e agora estou morta de cansaço. É o que acontece quando pegam a nossa cabeça emprestada. Queima muita energia! Foi boa a conversa? Quer um chá? Algo errado, querida?

# IMPACIENTE GRISELDA

✦

Todo mundo com seu cobertor de segurança? Tentamos acertar nos tamanhos. Lamento se em alguns casos tivemos que recorrer a toalhas — estoque insuficiente.

E os lanches? Infelizmente não deu para cozinhar, como vocês dizem, mas os nutrientes são mais preservados sem esse cozimento que vocês adotam. Se levarem o lanche inteiro ao dispositivo de ingestão — a boca, como chamam —, não vai pingar sangue no piso. É o que nós sempre fazemos lá em casa.

Lamento não dispor de lanches do tipo que chamam de veganos. Não conseguimos interpretar essa palavra.

Não precisam comer, se não quiserem.

Por favor, vamos parar com os cochichos aí atrás. E com as lamúrias também, e tire o polegar da boca, senhor-senhora. Precisa dar o exemplo às crianças.

Não, a/o senhora-senhor não tem nada de criança. Está com quarenta e dois anos. No nosso mundo seria uma criança, mas não é do nosso planeta nem sequer da nossa galáxia. Obrigado, senhor ou senhora.

Estou usando as duas formas porque, para dizer a verdade, não sei a diferença. Não nos preocupamos com essas limitações no nosso planeta.

Sim, eu sei que pareço o que você chama de polvo, entidadezinha jovem. Já vi imagens desses seres amistosos. Se a minha aparência incomoda muito, pode fechar os olhos. No mínimo, vai ajudar a prestar mais atenção à história. Não, não pode sair da sala de quarentena. A peste anda à solta. Seria muito perigoso para vocês, embora não para mim. Não temos esse tipo de micróbio no nosso planeta.

Lamento não termos o que vocês chamam de banheiro. Nós usamos todos os alimentos ingeridos como combustível, então não precisamos desse tipo de recipiente. Chegamos a encomendar para vocês um desses chamados banheiros, mas fomos informados de que estão em falta. Quem sabe não usam a janela... O andar é muito alto, portanto não tentem pular.

Também não é nem um pouco divertido para mim, senhora- -senhor. Estou aqui como participante de um pacote de assistência a crises intergaláticas. Não tive escolha, pois sou do ramo do entretenimento e, portanto, de posição social baixa. E esse aparelho de tradução simultânea que me deram não é da melhor qualidade. Como vimos, vocês não entendem minhas piadas. Mas, como costumam dizer, mais vale um animal alado na extremidade do membro superior do que dois batendo asas.

Agora, então, a história.

Me disseram para contar a vocês uma história, e agora eu vou contar. É uma história antiga da Terra, ou pelo menos assim entendi. Chama-se "Impaciente Griselda".

Era uma vez duas gêmeas. Elas eram de condição social baixa. Chamavam-se Paciente Griselda e Impaciente Griselda. Tinham uma aparência agradável. Eram senhoras, e não senhores. Eram conhecidas como Pac e Imp. Griselda era o que vocês costumam chamar de sobrenome.

Perdão, senhor-senhora? Senhor, entendi. Sim?

Não, não havia apenas uma. Eram duas. Quem está contando a história? Eu. Eram duas, portanto.

Um belo dia, uma pessoa rica, de condição social alta, que era um senhor, conhecido como duque, chegou montando um… chegou montando um… em cima de um… Quando a pessoa tem pernas em número suficiente não precisa dessa história de montar, mas o duque só tinha duas pernas, como vocês. Ele viu Pac regando as… fazendo alguma coisa em frente ao casebre onde vivia, e disse:
— Venha comigo, Pac. Estão dizendo que eu preciso casar para poder copular de forma legítima e gerar um pequeno duque.

Como se vê, ele não era capaz de simplesmente expelir um pseudópode.

Pseudópode, senhora. Ou senhor. Com certeza sabe o que é. Já é um adulto!

Depois eu explico.

O duque disse:

— Eu sei que você é de condição social baixa, Pac, mas é por isso que prefiro me casar com você em vez de com uma pessoa de condição social alta. Uma senhora de condição social alta teria opiniões, e você não tem. Posso mandar e humilhar o quanto quiser, e você vai se sentir tão rebaixada que não dará nem um pio. Nem um piu-piu. Nadinha. E, se me rejeitar, mando cortar--lhe a cabeça.

Como isso era extremamente assustador, Paciente Griselda disse sim, então o duque a levou ao seu… Desculpem, não temos uma palavra para dizer isso e o aparelho de tradução não ajuda. A levou ao seu lanche. Por que estão rindo? Para que vocês acham que os lanches servem antes de virarem lanche?

Vou continuar a história, mas é melhor não me irritarem muito. Posso ficar fomado. Significa que a fome pode me deixar zangado, ou que a zanga me dá fome. Uma coisa ou outra. Para isso temos uma palavra na nossa língua.

Pois bem, o duque enlaçou com firmeza o atraente abdômen de Paciente Griselda para que não caísse do seu — para que ela não caísse — e seguiram para o palácio.

Impaciente Griselda estava ouvindo por trás da porta. Esse duque é uma pessoa terrível, pensou. E pretende se comportar muito mal com minha amada irmã gêmea, Paciente. Vou me disfarçar como um jovem senhor e conseguir trabalho na grande câmara de preparo de alimentos do duque, para ficar de olho neles.

E, assim, Impaciente Griselda passou a trabalhar como o que vocês chamam de copeiro na câmara de preparo de alimentos do duque, onde presenciou todo tipo de desperdício — peles e pés simplesmente descartados, dá para imaginar?, e ossos fervidos e depois jogados fora também —, mas ele ou ela também ouviu tudo quanto é disse-me-disse. Muitas vezes o comentário era que o duque tratava muito mal a nova duquesa. Era grosseiro com ela em público, a obrigava a usar roupas que não serviam, batia nela e dizia que todas as coisas ruins que fazia com ela eram culpa dela. Mas Paciente nunca dava um pio.

Impaciente Griselda ficou ao mesmo tempo arrasada e furiosa com a situação. Ela ou ele deu um jeito de encontrar Paciente Griselda um dia, quando estava cuidando da limpeza no jardim, e revelou sua verdadeira identidade. As duas procederam a um gesto corporal de afeto, e Impaciente disse:

— Como é que você deixa que ele lhe trate dessa maneira?

— Um recipiente para beber líquidos que esteja cheio até a metade é melhor do que um que esteja vazio até a metade — respondeu Pac. — Tenho dois lindos pseudópodes. Mas é verdade, ele está testando minha paciência.

— Em outras palavras, ele quer ver até onde pode ir — disse Imp.

Pac deu um suspiro.

— E eu tenho escolha? Ele não hesitaria em me matar ao menor pretexto. Se eu der um pio, corta minha cabeça. Para isso tem uma faca.

— É o que veremos — afirmou Imp. — Facas não faltam na câmara de preparo de alimentos, e eu tenho uma boa prática com elas. Pergunte ao duque se lhe daria a honra de encontrá-la aqui no jardim para um passeio esta noite.

— Acho que não — respondeu Pac. — Ele pode considerar que isso seria o mesmo que eu dar um pio.

— Nesse caso, vamos trocar nossas roupas — insistiu Imp. — Eu mesma vou pedir.

E, assim, Imp vestiu os trajes da duquesa e Pac, os do copeiro, seguindo cada uma para o seu lugar no palácio.

No jantar, o duque anunciou à suposta Pac que matara seus dois lindos pseudópodes, e ela nada disse. Sabia que ele estava blefando, pois ouvira de outro copeiro que os pseudópodes tinham sido levados para um lugar seguro. Na câmara de preparo dos alimentos todo mundo sabia de tudo.

O duque acrescentou, então, que no dia seguinte ia botar Paciente para fora do palácio nua — não temos essa história de nu em nosso planeta, mas sei que aqui é vergonhoso ser visto em público sem as vestimentas. Depois que todo mundo zombou de Paciente, jogando pedaços de lanche estragado nela, ele disse que ia se casar com outra, mais jovem e mais bonita.

— Como quiser, meu senhor — disse a suposta Paciente —, mas primeiro tenho uma surpresa.

O duque já ficou surpreso simplesmente de ouvi-la falar.

— É mesmo? — perguntou, enroscando as antenas do rosto.

— Sim, venerado Senhor que está sempre com a razão — respondeu Imp num tom de voz que prenunciava alguma excreção pseudópode. — É um presente especial para o senhor, em retribuição pela grande generosidade comigo durante nosso período de coabitação, infelizmente tão breve. Por favor me dê a honra de ir ao meu encontro no jardim esta noite, para fazermos sexo de consolação mais uma vez, antes que eu me veja para sempre privada da sua radiosa presença.

O duque achou a ideia ousada e picante.

*Picante*. É uma dessas palavras que vocês usam. Significa apimentado ou com forte sabor ácido. Lamento não poder explicar melhor. É uma palavra terrestre, afinal de contas, e não da minha língua. Terão que perguntar por aí.

— Mas isso é ousado e picante — disse o duque. — Sempre achei que você fosse um pano de prato e um capacho, mas agora está parecendo que por trás dessa cara de leite coalhado você é uma piranha, uma vadia, uma putinha, uma rameira, uma marafona, uma ordinária, uma meretriz e uma prostituta.

Sim, senhora-senhor, há mesmo muitas palavras do tipo na língua de vocês.

— Concordo, meu senhor — disse Imp. — Jamais seria capaz de contradizê-lo.

— Encontraremo-nos no jardim depois do pôr do sol — disse o duque.

Aquilo seria mais divertido que nunca, pensou. Quem sabe sua pretensa esposa resolveria se mexer um pouco para variar, em vez de ficar deitada lá feito uma tábua.

Imp foi atrás do copeiro, ou seja, Pac. Juntas, escolheram uma faca bem longa e afiada. Imp dissimulou a faca na manga bordada e Pac se escondeu atrás de um arbusto.

— Que bom vê-lo aqui à luz do luar, meu senhor — disse Imp quando o duque apareceu no lusco-fusco, já desabotoando a parte da vestimenta por trás da qual seu órgão do prazer habitualmente se ocultava.

Não entendi muito bem essa parte da história, pois no nosso planeta o órgão do prazer fica no alto da cabeça e está sempre à vista. O que deixa as coisas muito mais simples, pois dá para ver facilmente se surgiu atração e se é recíproca.

— Tire sua roupa ou vou arrancá-la, sua puta — foi dizendo o duque.

— Com prazer, meu senhor — respondeu Imp.

Aproximando-se com um sorriso, ela tirou a faca da manga lindamente ornamentada e cortou-lhe a garganta, como cortara a garganta de tantas iguarias em sua lida de copeiro. Ele mal conseguiu soltar um grunhido. As duas irmãs então procederam a um ato celebratório de afeto corporal e comeram o duque todinho, com ossos, túnica bordada e tudo.

Como é? Mas que porra é essa? Perdão, não estou entendendo.

Sim, senhora-senhor, reconheço que foi um momento transcultural. Eu só estava dizendo o que teria feito no lugar delas. Pois não é verdade que contar histórias nos ajuda a entender uns aos outros, por cima dos abismos sociais, históricos e evolutivos que nos separam?

Em seguida, as irmãs gêmeas localizaram os dois lindos pseudópodes e se deu um alegre reencontro. Todos viveram felizes no palácio. Alguns parentes desconfiados do duque vieram farejar, mas as irmãs os comeram também.

Fim.

Pode dizer, senhor-senhora. Não gostou do fim? Não foi como costuma ser? Que fim prefere, então?

Ah, não. Acho que esse fim seria para uma história diferente. Uma história que não me interessaria. Essa outra eu contaria muito mal. Mas esta, acho que contei bem — o suficiente para prender a atenção de vocês, devem reconhecer. Até pararam de se lamentar. O que é ótimo, pois as lamúrias eram irritantes, para não dizer tentadoras. No meu planeta, só lanches se queixam. Quem não é lanche não se queixa.

Agora terão que me desculpar. Tem vários outros grupos em quarentena na minha lista, e minha obrigação é ajudá-los a passar o tempo, como fiz com vocês. Sim, senhora-senhor, ele teria passado de qualquer maneira; mas não tão depressa.

Agora vou simplesmente me derramar por baixo da porta. Como é útil não ter um esqueleto! Realmente, senhor-senhora, também espero que a peste acabe logo. Aí poderei voltar à minha vida normal.

# DENTES HORRÍVEIS

✦

— Fiquei pasma de saber que você teve um caso com Newman Small — diz Csilla. — Ele tinha dentes horríveis!
— Quem? — pergunta Lynne. — Não conheço nenhum Newman Small.
— Claro que conhece. Ele publicava resenhas de livros naquela revista. Você sabe qual. No fim da década de 1960. Deixou de circular depois de cinco anos, o que não me surpreendeu.
— Que revista?
— Tinha castores na capa. Fazendo coisas indecorosas. Eram desenhos, não castores de verdade.
— Coisas indecorosas? — pergunta Lynne.
Ela não se lembra da revista — tantas surgiram e desapareceram —, mas sempre fica intrigada com o que Csilla pode considerar indecoroso.
— Ah, você sabe. Fazendo sexo. Com roupas íntimas.
— É mais indecoroso não usar roupas íntimas — retruca Lynne.
— Bem, talvez não no caso de castores.
Elas estão tomando chá no quintal de Csilla. Estamos no segundo verão da Covid; se assim não fosse, estariam num restaurante — não dentro, talvez, mas num terraço —, porém na idade delas é preciso ter cuidado. Csilla passa geleia de framboesa num bolinho, adiciona chantilly e dá uma mordida.

— Como é que você aguentava aqueles dentes? — Ela dá uma estremecida. — Não parecia que estava sendo beijada por uma muralha de pedra desmoronando?

— Você está delirando — diz Lynne. — Não teve beijo nenhum.

Os dentes de Csilla parecem infantis de tão pequenos, geometricamente regulares, irretocavelmente brancos e todos originais, embora ela deva estar na casa dos setenta. Ela nunca diz a idade, ao passo que Lynne ostenta a sua. Depois de certo número de anos, costuma dizer, você tem direito de dançar em cima de uma mesa, se conseguir subir nela. Pode fazer sexo com o carteiro e ninguém vai estar nem aí. Jogar o sutiã de alta sustentação na privada e dar descarga — não literalmente, ninguém vai querer o encanador perguntando como é que o sutiã foi parar no vaso —, mas deu para entender... Não precisa mais maneirar no garfo. Pode bancar a idiota quantas vezes quiser, pois é uma idiota só de ser tão velha. Já livrou a cara de praticamente tudo.

Lynne com certeza é mais velha que Csilla, por isso já livrou a cara mais ainda. Mas qual será realmente a idade de Csilla? Lynne faz as contas: o levante na Hungria foi em 1956, quando ela, Lynne, tinha dezesseis anos. Csilla com certeza já estava neste mundo, pois foi tirada da Hungria, nessa época, pela mãe, mulher de luvas de pelica, mas nervos de aço. Estavam entre as duzentas mil pessoas, mais ou menos, que aproveitaram a oportunidade de se mandar para terras de shopping centers mais sofisticados e programas de auditório vespertinos na televisão. Lynne certa vez encontrou essa mãe lendária quando ainda estava no planeta e era tratada a pão de ló por Csilla. Havia um bando de outras mães húngaras perfumadas e de coração de pedra com as quais ela jogava cartas e trocava histórias sobre as respectivas fugas na guerra, além das reclamações dos filhos ingratos que elas tinham salvado das minas de sal comunistas. Lavanda por fora, extremamente preocupadas com os penteados, a manicure e a sombra nos olhos, mas implacáveis por dentro.

Lynne inventou várias fantasias a respeito dessa mãe. Fora amante de um importante *apparatchik*, mas acabou por traí-lo, para escapar do seu temperamento ciumento. Passou a vender discos americanos de rock'n'roll contrabandeados e estava a ponto de ser presa. Fazia parte de uma célula secreta da resistência e os stalinistas estavam atrás dela. Milhares de suspeitos de participação na resistência tinham sido apanhados e assassinados, não devemos esquecer! Numa dessas fantasias, a mãe seduzia um guarda de fronteira para conseguir sair do país com Csilla. Em outra versão, o matava a tiros. Numa terceira, fazia as duas coisas.

Mas, segundo Csilla, sua mãe nunca se envolveu com política. Nem sequer passou perto de células de resistência! Só sentia saudade das comidas de antigamente — algum tipo de culinária austro-húngara de Viúva Alegre, que talvez tivesse existido na sua juventude. Schnitzels. Paprika. Goulash. Goulash *autêntico*. Chantilly, acrescentava Csilla — chantilly *de verdade*. Só coisa boa. Então colocou uma mala debaixo do braço, Csilla, do outro, e se mandou para a fronteira.

A pergunta é: que idade tinha Csilla na época? Ela sempre foi reticente nesse ponto. Mas é certo que já falava. Ainda tem o sotaque. Csilla alterou muitas vezes sua idade da época desse desenraizamento primordial: à medida que envelhece mais e mais, a jovem Csilla se torna mais e mais jovem. Os filhos gostam de provocá-la.

— Espera aí, ano passado você tinha dez anos, e agora tinha cinco? Quer dizer que talvez nem tenha nascido ainda?

Csilla se mantém impávida ante questionamentos e zombarias. Simplesmente finge que não ouviu, muda de assunto e envereda por alguma tortuosa narrativa mais conveniente no momento. Como boa memorialista, é uma mentirosa estratégica. Gosta de apostar na sorte, testar as pessoas, ver até onde pode ir. Teria perdido milhões na roleta em Monte Carlo, numa outra vida, e teria conseguido recuperá-los, metida num vestido de lamê prata de costas nuas, com luvas de noite brancas, fumando cigarros numa piteira de ébano e segurando debaixo do braço uma bolsa de lantejoulas contendo um revólver com cabo de pérola... Espera um pouco, pensa Lynne com seus botões. Csilla jamais fumou, em vida alguma. Caso contrário, não teria esses dentes perfeitos. Seriam amarelados e irregulares, com as gengivas recuadas. Mas era adepta do bronzeamento, logo se vê. Um certo enrugamento, alguns vincos. O glamour acaba tendo um preço, censura Lynne em silêncio. Ela mesma sempre buscava sombras e guarda--sóis. Lendo seus livros longe do alcance direto dos raios, enquanto outras esfregavam suco de limão no cabelo para ficarem louras e se besuntavam com óleo de amêndoas para exibir a pele dourada.

Loura autêntica, Csilla não precisava de suco de limão, mas continua se bronzeando. Ajuda a ressaltar o perolado dos dentes. Se alguém perguntasse, diria: por que não aproveitar? Mais cedo ou mais tarde vai acabar mesmo, então melhor ir embora bronzeada. Boa aparência no caixão.

Por trás da bobajada toda, dos delírios barrocos sentimentaloides e do perene sorriso perfeito, ela é uma fatalista melancólica.

— Claro! — disse, quando Lynne lhe perguntou a respeito, décadas atrás. — Nunca ouviu falar da melancolia húngara? É inata.

— Coma mais um bolinho — diz ela agora. — Eu mesma assei.

Improvável, pensa Lynne. Csilla é a rainha da quentinha, não propriamente uma padeira.

— Obrigada — diz. — Como vão os netos?

Csilla tem quatro, e Lynne apenas três. Mesmo com toda a inconstância juvenil, o declarado desprezo por lavadoras-secadoras e a eterna repetição de slogans feministas quase pré-históricos ("A mulher precisa de um homem tanto quanto um peixe de uma bicicleta" etc. e tal), tanto Csilla quanto Lynne, no fim das contas, se casaram — ambas mais de uma vez. Reproduziram. Ninaram. Botaram e tiraram fraldas. Apelaram para pratos rápidos, até congelados: feitos em casa no caso de Lynne, comprados no supermercado, no de Csilla.

Csilla se esquiva do assunto "netos", fingindo que não ouviu.

— Ando aí numa pequena investigação arqueológica sobre Newman Small — diz, como se tivesse o pensamento longe. — Depois da revista com os castores sexy, ele arrumou emprego no governo federal. Assessoria de não sei o que na área da cultura. Na época havia mais dinheiro circulando no mundo da assessoria cultural, como sabe, e Newman sempre farejou muito bem por onde corre o sangue, sabia sugar os bons coágulos. Burocracia soviética, burocracia canadense, tudo a mesma coisa. Tem um sistema em funcionamento, e você aproveita, este era Newman Small. Claro que também denunciava o sistema. É o jeito canadense de ser: denúncias altissonantes e dinheiro por baixo da mesa. Com os soviéticos não seria possível, você seria liquidado.

— Nós gostamos de ser inclusivos — diz Lynne. — Gostamos de abrir espaço para todos os pontos de vista. Correção: gostamos de *fingir* que abrimos espaço.

Csilla ri e segue adiante com sua fábula.

— Mas Newman continuou escrevendo resenhas para outras publicações. E não eram ruins; ele sabia manusear o jargão do momento. Acho que foi assim que o conheceu: se aproximaram por causa das resenhas que você também publicava.

— Csilla, eu não me aproximei de Newman Small — protesta Lynne.

— Mas as suas resenhas eram melhores. Talvez por isso Newman Small quisesse se meter no seu biquíni. Queria seduzi-la para usurpar seu talento de resenhista. Talvez achasse possível se impregnar do seu domínio da forma por osmose, pelo pau.

— Eu nunca usei biquíni na vida — interrompe Lynne, indignada.

Está achando que é a coisa mais chocante que Csilla disse a seu respeito até agora. Sempre foi estrita partidária do maiô. Não por pudicícia, garante. Apenas, garotas de torso longo não devem usar biquíni. No lugar de garotas, leia-se mulheres. As quatro linhas horizontais as fazem parecer ainda mais alongadas, mais do que já são. É uma dura verdade, mas uma verdade verdadeira.

— Então no seu pijama de flanela. Aquele com os ursinhos. Lynne se arrepende de um dia ter compartilhado uma informação tão pessoal com Csilla. Pijamas de flanela com estampa de ursinhos iam muito além do que Csilla jamais consideraria digno de ser vestido. Eram praticamente uma piada, de alguma forma tinham a ver com sentir frio nos pés na terceira idade. Deslealdade horrível da parte dela usar o pijama de um jeito tão cruel, mas Csilla sempre foi cruel.

— Errou de década — diz Lynne. — Anacronismo. Esse pijama é do século XXI.

— Bom, qualquer coisa que você estivesse vestindo na época — encerra Csilla, na lata. — Camisolinhas Slenderella, lembra? Da fase cetim falso rendado. Eu tinha o modelo duas peças, com casaquinho. O negócio é o seguinte: como você foi capaz?! — Ela arqueia as sobrancelhas e arregala os olhos. — Tudo bem que estávamos na década de 1960, todo mundo fazendo besteira, mas Newman Small?! Devia ter muito a oferecer em algum outro departamento para compensar aqueles dentes horríveis. Era bem dotado?

— Bem dotado? — solta Lynne num riso. — Por que tão formal? Em que século estamos?

— OK, uma jeba daquelas?

— Csilla! — exclama Lynne, articulando bem as palavras — Eu. Não. Trepei. Com. Newman Small. Ele é uma página em branco na minha vida. Nunca botei os olhos nessa pessoa.

— Pois o seu primeiro ex diz que botou. Se lembra muito bem. Diz que ficou marcado. Foi torturante para ele. Tinha constantes pesadelos. Pegue uma uva, eu esterilizei.

— Jason? Ele disse isso?

Lynne sente um calafrio na espinha. Há um bom tempo não fala com Jason — quando foi a última vez? Há pelo menos um ano. Como ele pode se lembrar de algo que nunca aconteceu? Guardou alguma mágoa secreta? Foi acometido por uma doença cerebral? Estaria com Parkinson, Alzheimer, um tumor? Com certeza nada disso aconteceu: ela ficaria sabendo. Por que então anda inventando histórias sobre coisas que ela nunca fez, transgressões que não cometeu? Até ela tem dificuldade de se lembrar de todas as transgressões que cometeu; será que Jason também está se confundindo? Ou apenas sendo maldoso para se divertir à custa dela? É um caso a considerar.

Ela serve mais chá, adiciona leite, fazendo círculos com a colherinha, ganhando tempo. Quando já readquiriu pleno autocontrole, diz:

— Jason jamais diria uma coisa assim. Simplesmente não é verdade. Por que foi falar com ele?

Lynne tem lá suas suspeitas. Csilla está escrevendo um livro sobre a década de 1960. É uma série que vem desenvolvendo: a história social do Canadá, década a década. Livros de imagens comentadas. Modas da época, agitação social, políticos, vitórias no esporte, estrelas pop, subcelebridades. Jason é uma subcelebridade, ou foi; teve em certa época um programa de rádio no qual entrevistava outras subcelebridades. Lynne também teve seu momento de subcelebridade, foi como se conheceram. Poeta premiada ainda muito jovem, querendo dizer vinte e sete anos. *Poeta*, por definição, já é coisa sub, e *premiada* hoje em dia é um adjetivo comum: pode ser aplicado até a cervejas ou vacas. As verdadeiras celebridades da década de 1960 estão, em sua maioria, mortas, e Lynne mal lembra quem eram, quanto mais as sub. Depois de certo tempo, tudo que era verdadeiro vira sub.

— Mais um bolinho? — pergunta Csilla. — Converso muito com ele. Jason adora uma boa fofoca. Para mim é uma fonte incrível, uma verdadeira enciclopédia ambulante, sabe das sujeiras de todo mundo. Sabe onde estão enterrados os corpos.

— É possível, mas eu não sou um corpo. Ele jamais teria dito algo assim. Pode até exagerar, mas não mente. — *Ao contrário de você*, fulmina Lynne com os olhos, corrigindo em seguida: *ao contrário de nós*. — Ou não tanto — acrescenta.

— Tem uma vespa no seu prato — diz Csilla, abanando com as mãos.

— Vespa a gente não assusta. Se não a incomodar, ela não incomoda a gente — retruca Lynne. Ensinamento da categoria cerre-os-dentes-e-não-fique-histérica passado pela mãe.

— Por acaso, não é verdade — corrige Csilla. — Tenho sido muito boazinha com essas vespas. Semana passada separei um pedaço de bolo só para elas e uma delas me picou.

— Ingratidão é imperdoável, especialmente numa vespa — diz Lynne. — Qualquer um simplesmente acabaria com elas. É só cobrir o ninho ao anoitecer com um saco de papel e pulverizar até não sobrar nenhuma. Muito bem, quando e onde esse caso sórdido supostamente teria acontecido?

— Em 1967, em Ottawa.

— Ah, sim. Cada vez mais improvável. Ninguém tem um caso em Ottawa.

— Tem, sim — respondeu Csilla. — Funcionários públicos, por exemplo, o tempo todo. Por puro tédio.

— Mas ninguém viaja até lá para ter um caso. Por que alguém teria uma ideia dessas?

— Talvez se a outra pessoa estiver numa cadeira de rodas e tiver dificuldade para viajar — responde Csilla. — Questão de dedicação.

— Nem assim — retruca Lynne. — Em 1967 eu estava em Whitehorse. Foi só metade do ano, como bolsista. Jason vinha nos fins de semana. Logo, eu não tinha o menor motivo para ir a Ottawa.

— Você deve ter dito a ele que tinha a ver com a sua bolsa. Imagino que pegou um avião para Vancouver — explica Csilla. — Depois pegou o voo noturno para Toronto e trocou de avião. Deve ter aproveitado alguma oferta nas tarifas aéreas, tão jovem e dura na época. Eu admiro a sua força de vontade! Devia estar muito a fim de ir até lá. Onde marcou com Newman para esse encontro, ou seriam encontros? Devem ter sido muitos! No Chateau Laurier? Ele reservou um quarto para você, para quando descesse zonza do avião? E já estava esperando para cravar os dentes podres no seu pescoço?

— Csilla, não houve nada disso. Nunca, nunquinha.

— Não precisa ficar na defensiva desse jeito. Quem de nós não deu seus pulinhos na época? A pílula acabara de ser inventada. Estávamos ostentando nossa liberdade. Olho por olho, se eles podem, elas podem, essa coisa toda. Também tinha álcool na história, para não falar da maconha. Eu tinha uma minissaia e botas brancas até o joelho. Lembra?

— Eu reconheço tranquilamente os casos que tive — diz Lynne.

— E me envergonho profundamente daqueles jeans boca de sino, do casaco com gola Mao e dos macacões colados, com zíper na frente, se o que você quer é que eu confesse as coisas mais ridículas. Mas não tive nenhum caso com um sujeito chamado Newman Small. T'esconjuro, pé de pato mangalô três vezes!

Csilla ignora a apelação para gírias da infância; talvez não esteja familiarizada com a versão local.

— Jason diz que vocês brigaram por causa disso. Que você confessou. Perguntou se estava bêbada ou drogada, caso contrário como poderia sequer pensar num homem com dentes tão ruins? Newman Small! Jason diz que contrariava todas as regras da estética, e que depois disso deixou de te respeitar intelectualmente. Diz que essa história acabou com o casamento de vocês.

— Vou ligar para ele. Não acredito que esteja inventando essa história absurda — retruca Lynne, levantando-se com dificuldade da cadeira do jardim. — Obrigada pelo chá. Os bolinhos estavam deliciosos. Quero saber onde comprou.

— Ah, não comenta com o Jason — pede Csilla. — Se criar confusão por causa disso, nunca mais ele me conta nada!

Lynne se afasta do quintal arborizado passando pela lateral da casa de Csilla, com seus arbustos de sino-dourado precisando de poda, e atravessa o gramado, carente de água, em seguida desce a escada da varanda e chega à calçada. Ali fora brilha forte a luz do sol. Se esquentar mais alguns graus viramos fumaça, pensa ela, mas talvez só aconteça depois que eu morrer. O carro está a duas quadras. Apesar do calor, ela não pode se apressar. Seria desmaio na certa.

Está ruminando sobre dentes, os dentes da sua juventude. Não havia aplicação de flúor nem mesmo fio dental. Só palitos. E depois da guerra eram balas por todo lado, como ervas daninhas enjoativamente doces. Para não falar dos sorvetes, dos chicletes e dos refrigerantes. Devia ser uma conspiração dos dentistas, procurar por cáries; mas nem precisavam de muita ajuda. Ela se vê toda encolhida na cadeira do dentista aos oito, nove, dez anos, aguentando a terrível broca — mais parecia uma britadeira —, na época acionada por um pedal. O som de esmeril dentro da cabeça. A dor — por acaso já tinham anestesia? Devia haver alguma coisa, mas não funcionava muito. E depois o som do buraco sendo preenchido com a obturação — um rangido de trituração, parecendo que a pessoa pisava em isopor ou em meio metro de neve. Ainda restam obturações nos seus molares, cinzentas e certamente enviando mercúrio direto para o cérebro. Mas os dentes da frente são coroas: Deus seja louvado pelos implantes.

Como Csilla tinha escapado de tudo isso? Seria verdade — como afirmava a mãe de Lynne — que havia dois tipos de dentes, os moles e os duros, e Lynne infelizmente herdara os dentes moles da linhagem paterna, e o que não tem remédio, remediado está? Ou os stalinistas mantinham a Hungria num regime de tal carência de primeiras necessidades, como as balas, que Csilla fora poupada dos efeitos corrosivos da orgia açucareira do pós-guerra?

Ela se ocupa com esses pensamentos até chegar em casa e correr para o banheiro a fim de encarar os efeitos de tanto chá. Bebe, em seguida, um grande copo d'água para prevenir a desidratação e senta para organizar as ideias. O que vai dizer no telefonema a Jason? Existiria a possibilidade, ainda que remota, de que Csilla e Jason estivessem certos, de que ela de fato tivesse tido um caso com o misterioso Newman Small dos dentes estragados, por motivos absolutamente insondáveis, tendo ficado tão traumatizada depois, com a história, com a cena e com o rompimento com Jason, que esqueceu a coisa toda? Era possível.

Se pelo menos mantivesse um diário, agora poderia consultá-lo. Mas a vida passava depressa demais na época. Quando conhecera Csilla? Por volta de 1968? Numa festa chinfrim de um editor de poesia, talvez num porão, mas qual? Não foi de uma igreja. Num bar que nem existe mais. Csilla usava uma minissaia com estampas geométricas de cores fortes e um enorme relógio de pulso vermelho, laranja e azul, e também, sim, botas brancas até o joelho. Quantos parasitas masculinos no mundo da contracultura estavam apaixonados por Csilla, com seus cabelos louros esvoaçantes, o bronzeado de garota dourada e o sotaque europeu sexy? Muitos. Lynne se lembra daqueles enrabichados todos — poetas como ela, aos magotes — sussurrando-lhe ao pé do ouvido enquanto bebericavam vinho branco morno ou café igualmente morno, olhando fixo para ela por trás de pesadas olheiras e se queixando da crueldade de Csilla, por se recusar a ir para a cama com eles. Csilla algum dia foi capaz de sentimentos verdadeiros? Gostava mesmo era de negacear, impiedosa? Uma deusa de gelo? Tinha que haver algum motivo anormal para tanta resistência.

Em compensação, quantos se apaixonaram por Lynne? Ela nunca saberá. Mas Csilla dizia saber. Tinha uma longa lista dos supostos admiradores de Lynne, que costumava exibir para zombar deles, pois eram, sem exceção, galanteadores carentes e ridículos, nem de longe dignos dela. Mas como Csilla podia estar por dentro dos seus sentimentos românticos? Não havia como confirmar se o que dizia era verdade. Lynne não podia chegar para um desses rapazes e perguntar: "Desculpe, está apaixonado por mim?" Começariam a achar que era louca; mais doida ainda que o normal, já que poetisas são doidas por definição. De todo modo, tentar descobrir seria mera questão de curiosidade e gratificação do ego, pois nenhum dos integrantes da lista de Csilla despertara o interesse de Lynne: ela lera os poemas deles.

Alguns dos supostos cortejadores eram homens mais velhos e casados, com um emprego de verdade, dando a volta nas esposas para caçar emoções fáceis no mundo exótico da contracultura. O fim da década de 1960 foi uma época de grandes rupturas na vida de família: a chamada revolução sexual, pós-pílula, pré-Aids. Jovens hippies barbudos por toda parte, garotas de maxicasacos, depois saias paz e amor de estampas florais e botas da vovó, farta oferta de ácido e erva, e também — mais tarde — de outras substâncias. Era como se a família ideal da década de 1950 tivesse inflado feito balão para depois explodir. Os casamentos se estilhaçavam como vidro em chuva de granizo. Cinquentões se desfaziam dos ternos sob medida e jogavam fora as gravatas, denunciando o Sistema e usando colares de miçangas — pura vergonha alheia; enquanto isso, mães de quatro filhos chegavam à conclusão de que eram lésbicas e sempre tinham sido, o que explicava sua vida sexual insatisfatória. Todo mundo parecia em busca de uma identidade oculta e disposto a procurá-la de cama em cama. Inclusive Jason, inclusive Lynne. Então: Newman Small era um sinal dos tempos? Dano colateral? O que exatamente Lynne procurava no sujeito, ele e suas questões odontológicas?

Ela pega o telefone fixo — não se desfez dele, pois fenômenos climáticos extremos, como furacões e enchentes, podem derrubar as torres de telefonia celular, ou então a eletricidade pode cair numa tempestade de gelo e a gente fica sem ter como recarregar a bateria. Essas coisas acontecem.

Consulta os contatos no celular e disca o número de Jason. No fixo é menos provável que ele veja que é ela. Vai atender? Sim.

— Alô, Lynne — diz ele. — Como vai?
— Bem. E você? Teve Covid?
— Ainda não. E você?
— Também não. — Lynne inspira. — Jason. — Uma pausa. — Andei conversando com Csilla.

Agora ele faz uma pausa.

— Ah, sim? — diz, cauteloso.
— Falamos desse tal de Newman Small.
— Imagino — responde ele. Deu um riso? Jason gosta de rir dos pontos fracos dos outros, não dos próprios.
— Csilla está dizendo que você falou que eu tive um caso com um sujeito chamado Newman Small. Em Ottawa. Como pôde dizer uma coisa dessas? Você sabe que não é verdade. Eu jamais sequer estive com ele!
— Eu não disse nada disso — retruca Jason.
— O que disse, então? Deve ter dito alguma coisa.
— Csilla contou uma história confusa sobre um sujeito de dentes horríveis. Eu deixei que falasse, não tinha outro jeito mesmo, você sabe como ela é. E aí pediu que eu confirmasse.
— E você confirmou?
— Não. Não disse nada.
— Ela considerou como um sim.
— Ela considera que qualquer coisa é um sim — atalha Jason.
— Quando convém.
— Por que não desmentiu? — quer saber Lynne.
— Não adiantava — responde Jason. — Ela acredita no que quer acreditar, ou diz que acredita. Além disso, eu não tinha como confirmar nem desmentir. Quem é esse Newman Small? Como vou saber se você dormiu com um desconhecido de quem nunca ouvi falar? Não se pode refutar uma negativa.

— Está dizendo que também não sabe quem é Newman Small?
— Exato — confirma Jason, agora nitidamente rindo.
— Ela perdeu a noção mesmo — diz Lynne.
— Alguma novidade?
— Quer botar no livro. Meu caso com Newman Small. A tal série que está escrevendo. Escândalos de 1967 no mundo literário.
— Diga que vai processá-la.
— Não posso processá-la! — exclama Lynne. — É uma das minhas melhores amigas!
— Ainda? — pergunta Jason.

Uma semana depois, Lynne convida Csilla para o chá no seu quintal; elas costumam alternar.

Mas não serve bolinhos com chantilly. Opta por um cardápio mais protestante: peras fatiadas com fartura de iogurte de baunilha, tâmaras e barras de cereais da padaria vegana da esquina. Dia de calor mais uma vez, e Lynne levou para o jardim um ventilador de pé. Csilla parece bem, como sempre, num vestido leve de estamparia floral clara e manguinhas curtas de babados ondulando no alto dos braços. Talvez não bem como sempre, corrige Lynne em pensamento. Bem como possível.

Depois das formalidades de praxe — quem dentre os conhecidos comuns foi infectado, quem acabou no hospital, quem morreu, quem morreu de outras causas —, Lynne ataca o assunto que interessa.

— Falei com Jason — começa. — Ele diz que de modo algum te disse que eu tive alguma coisa com Newman Small.

— Mesmo? — Csilla ergue as sobrancelhas, incrédula. — Ele disse isso?

— Também disse que nunca ouviu falar de nenhum Newman Small.

— Não?

— Não. — Lynne dá tempo para a outra absorver, embora Csilla com certeza já saiba. — Esse tal de Newman Small existe mesmo? — pergunta então. — Não é invenção sua? Dentes estragados e tudo mais?

— E tem alguma importância? — faz Csilla, abrindo seu sorriso perfeito.

— Sim! — exclama Lynne. — Claro que tem.

Csilla baixa os olhos para a xícara.

— Mas é uma história ótima! — murmura.

— Com certeza. Mas não é verdade — retruca Lynne, séria e severa, em tom de acusação.

Como é que Csilla conseguiu fazê-la se sentir como uma professorinha enjoada e moralista que usa modelador e cinta bege?

— Nenhuma história é ótima por ser verdadeira — diz Csilla.

— É ótima porque é boa.

— A quantas pessoas você contou essa ótima história? — pergunta Lynne, duvidando que vá receber uma resposta direta.

Tem então uma visão de si mesma, ou da sua imagem bidimensional, num outdoor, com a cara desdentada e sorridente do inexistente Newman Small grudada nela. Agora mesmo é que nunca mais consegue se livrar dele. Quando uma história dessas cai no lago da sociabilidade, é praticamente impossível repescá-la.

— Não muitas. Só algumas — responde Csilla. Mentira, sem sombra de dúvida.

Lynne se cala. Ficou sem ar. Seria raiva ou estupor? Por que Csilla é tão falsa? Por que inventa essas narrativas absurdas? Não é a primeira vez. Pelo prazer de criar? Para fazer o mal, se divertir constrangendo as pessoas? Mostrar que a vida é uma farsa? Ou por algum motivo mais profundo e sutil? Ela não pode ignorar que acabará sendo desmascarada. O que espera? Uma bronca? Provar que ninguém presta, inclusive ela?

— Por que inventou um cara tão repulsivo? — pergunta Lynne. — Não podia ser um gostosão malhado? Claro que achou que seria mais divertido se parecesse quase um duende...

— Você está aborrecida comigo — diz Csilla em tom queixoso.

— Sim, bem aborrecida — confirma Lynne. — Você me fez parecer uma idiota. Qual é a sua?

— Provavelmente nem vai querer mais falar comigo — continua Csilla. Olhando para a mesa, ela brinca com a colherinha.

Mas como Lynne poderia ficar aborrecida a esse ponto? Tão aborrecida que nunca mais voltaria a falar com Csilla? Não, já está muito velha para cenas melodramáticas, portas batendo, nem consegue se encher de tanto sentimento de superioridade para tamanha indignação. *Pra mim você morreu* é como os jovens diriam hoje. Mas Csilla não está nem de longe morta para ela. Na verdade, Csilla é parte dela. O enorme relógio de plástico, as botas até o joelho, as invenções estapafúrdias. O vinho branco barato, os poetas medíocres, os pretendentes enrabichados. As duas sempre juntas, traquinando por aí feito gatinhas, felizes por terem um corpo, acreditando serem livres. Sentindo e causando dores. Flutuando por um breve instante fora do alcance do tempo.

— Acho que te entendo — diz Csilla. — Não sei por que eu sou essa peste.

Ela é extremamente hábil nisso, seja o que for: arrependimento, autoflagelação, driblar consequências? Sabotagem, para depois fugir? Ser bonita ajuda.

— Lembra quando roubou um mês inteiro das minhas pílulas anticoncepcionais e disse que não foi você? — pergunta Lynne.

— Naquele antigo porta-comprimidos de plástico? Comi o pão que o diabo amassou para conseguir outra receita, era difícil na época. Você acabou com duas semanas da minha movimentadíssima vida amorosa.

— Lamento informar, mas foram vendidas. No mercado paralelo, se assim podia ser chamado. Eu precisava do dinheiro, e as minhas é que eu não ia vender! — Csilla dá uma risada, mostrando os dentes infantis. — Sou mesmo uma peste.

Passado um momento, Lynne também acha graça. Aqueles dias com Csilla, todos aqueles anos, virando fumaça, evaporando. Passaram tão rápido.

— Você é minha amiga mais querida, e eu te amo — diz.

Csilla abre seu melhor sorriso, o inocente e angelical sorriso dos dentes perolados.

— E agora vem um *mas*...?

— Sem *mas* — diz Lynne.

MORTE POR MEXILHÃO

✦

HIPÁCIA DE ALEXANDRIA ESTÁ FALANDO

*Mas por que mexilhões?* Eu tinha tempo para tentar entender, mas não muito. Fora arrancada da minha carruagem e arrastada pela rua — pelos cabelos, diriam alguns mais tarde, mas meus braços e pernas também serviram para meus algozes. Deviam ter levado as conchas de mexilhão de propósito. Com certeza tinham um plano, traçado com antecedência. Por que não usar facas simplesmente? É o que me pergunto agora. Muito mais eficiente.
Mas eficiência não era a maior preocupação. Eles estavam profundamente interessados no simbolismo. As conchas, então, deviam simbolizar algo para eles, embora eu não saiba ao certo o quê. Diziam que Afrodite tinha nascido de algum tipo de bivalve. Duas conchas que se abrem, revelando um conteúdo polpudo e salgado, mas saboroso. Entendam como quiserem.
De modo que fui arrastada pela rua, por sinal, pavimentada com paralelepípedos: bem irregular. Todos os envolvidos no ato eram homens, embora algumas mulheres assistissem, olhando assombradas para mim: não era eu a confiável e venerada confidente dos governantes da cidade-rainha do venerável Império Romano, uma cidade civilizada, próspera, vibrante e tolerante? E, se aquilo acontecia comigo, o que não estaria à espera delas? A

maior emoção, para elas, não devia ser piedade nem indignação, mas medo. Nenhuma das mulheres assistindo ao incidente saiu em minha defesa. Cobriram mais o rosto com seus véus e deram as costas, fingindo não ver nem ouvir. Não posso acusá-las. Simplesmente poderiam tornar-se novas vítimas — danos colaterais, como se diz hoje em dia. (Eu também não fingira ignorar outros que eram levados pelas ruas para um destino final? Sim. Só que aqueles espetáculos eram permitidos por lei, protesta uma voz dentro de mim. Execuções sentenciadas em processos penais. De qualquer maneira, dei as costas. Uma sutil linha de demarcação. De certos pontos de vista, nem há linha alguma.)

Já disse que, a essa altura, eu estava gritando? Claro que estava. O corpo grita, queira você ou não. Para que alguém não grite em circunstâncias assim é preciso praticar as mais extremas formas de autocontrole, e desde a mais tenra idade. É preciso treinar. O que eu não fizera: nunca tinha andado sobre carvão em brasa, vivido numa caverna com escorpiões, enfiado agulhas quentes por baixo das unhas. Era professora e matemática, e não asceta. Não via necessidade de nenhum exercício de controle de gritos. Portanto, gritei. Muito.

Mas os gritos certamente é que são o lance nessas torturas — na verdade, em qualquer tipo de tortura: reduzir uma pessoa ao básico. *Está vendo só? Não tem essa história de que a mente tem vida própria. Não passa de invenção de vocês. Sua verdadeira identidade nada mais é que esse pedaço de carne doída e o que pode ser extraído dela: uivos, súplicas, líquidos de variados tipos.* As alternativas no manual são limitadas pela natureza do corpo humano: determinado número de coisas que podem ser feitas com ele.

Tudo foi bem barulhento. Além dos meus gritos, não foi pouco o berreiro ao redor. Quando se metem numa multidão homicida, as pessoas insuflam umas às outras com gritos entusiásticos. Vocês mesmos já viram, nos jogos de futebol. "Xingamentos obscenos" é como costumamos nos referir ao que é gritado. No meu caso, os ataques obscenos eram vitupérios contra minha virgindade ("Puta depravada!"), minha suposta religião ("Panteísta perversa!"), imaginárias práticas de feitiçaria ("Bruxa imunda!") ou então sugestões brutais ("Vamos acabar com ela!").

Vou poupá-los dos detalhes do que aconteceu depois, aflitivos demais. Muitos no mundo de vocês imaginam que houve progressos desde a minha época, que as pessoas se tornaram mais compassivas, que havia muitas atrocidades antigamente e que, hoje em dia, diminuíram, embora eu não entenda como alguém que tenha prestado o mínimo de atenção possa manter uma opinião assim.

Mencionarei apenas que minhas roupas foram rasgadas. Costume banal nesse tipo de festança, arrancar violentamente os trajes; o objetivo é humilhar. Em seguida, fui esfolada viva com as conchas, que não eram muito pontiagudas e, portanto, demoraram mais para descascar minha pele. O esfolamento ocorreu num santuário cristão, numa espécie de sacrifício humano para exaltar a ideia que tinham do seu deus, imagino. Ah, e meus olhos foram arrancados, embora eu não saiba ao certo se isso foi antes ou depois de ter morrido. A essa altura, observava tudo de uma posição perto do teto, de modo que provavelmente estava morta. Mas a gritaria era de tal ordem enquanto me arrancavam os olhos — quanto fervor, quanto entusiasmo, quanta impaciência de participar — que não pude ter uma visão clara.

Se fosse hoje, teriam tirado fotos com a câmera do celular, posando com as conchas vermelhas. Estou por dentro dos hábitos e das tecnologias mais recentes, como veem. Teriam feito vídeos dos meus olhos saltando para fora. Um dos cavalheiros os jogou no chão para pisoteá-los. Fiquei triste com isso. Gostava dos meus olhos, me ajudavam a observar o céu, sondar os caminhos das esferas divinas. "Adeus, olhos queridos", sussurrei.

Atualmente, vejo perfeitamente sem eles. Nesta fase do ser, somos capazes de ver pelos olhos dos outros. No momento, vejo pelos de vocês.

Concluída a ação principal, meu corpo foi desmembrado e as diferentes partes foram conduzidas pelas ruas, numa espécie de parada, até um lugar fora de Alexandria, para onde os criminosos eram levados a fim de serem queimados. E então o que restou de mim foi incinerado.

Havia muito sangue, como podem imaginar. Alguns daqueles homens se lambuzaram no rosto com ele. Alguns lambiam os dedos. As pessoas se deixam levar facilmente. Quantos não terão acordado no dia seguinte sem lembrar direito o que fizeram? Alguns eram casados. Será que as esposas perguntaram: "O que é esse sangue na sua túnica?" Muito provavelmente não. Um marido com sangue na túnica não vai gostar que lhe façam perguntas. As roupas foram batidas nas pedras do regato onde eram lavadas, e meu sangue desceu pelo rio até o mar.

O papel da esposa era ficar de boca fechada e limpar qualquer sujeira que pudesse dar problema. E assim, no reduto doméstico, os lábios se mantinham cerrados, certos assuntos eram evitados.

"Soube do assassinato da nossa venerada e amada sábia, astrônoma, filósofa, verdadeira joia de Alexandria, além de conselheira do governador?"

Esse comentário não foi feito.

O cabeça era um conferencista. Os conferencistas eram homens instruídos: não pensem que estamos falando de uma súcia de camponeses ignorantes. De qualquer maneira, sabiam ler. Era o caso de vários deles, pelo menos. Muito embora, uma vez iniciada a confusão, todo tipo de gente se juntasse, o que era mesmo de se esperar. Quando algo emocionante acontece, quem vai querer ficar de fora?

Então é isso. Por que aconteceu? Política, disseram alguns. Disputa de poder entre o governador nomeado pelos romanos e o bispo cristão, para ver quem tinha a palavra final nas questões relativas a Alexandria. Manifestações de choque e horror; recriminações e escusas a meia-voz: "Não é a mensagem central da nossa fé", e assim por diante. Formou-se uma comissão para investigar o incidente. O guarda-costas do bispo estava envolvido, até aí nenhuma surpresa — aqueles guarda-costas eram sabidamente um bando de capangas e assassinos —, mas ninguém foi levado aos tribunais. Fazer as coisas em bando dá segurança. Quem arrancou o primeiro olho? Depois disso, quem se importava em saber quem fez o quê?

Na Outra Vida, por sinal, as coisas são diferentes. Não há mais segredos; tudo se sabe. Há julgamentos. Provas são apresentadas: eu mostrei meus olhos dilacerados, meus membros arrancados. (Essas imagens é que deram origem ao culto de vários santos, concluiu-se mais tarde. Santa Catarina de Alexandria, por exemplo, com a cabeça cortada. Santa Lúcia com os olhos numa bandeja, ou, em certas imagens, num galho com dois ramos e um olho em cada, como num lornhão.)

Eu nunca fui vingativa. Perdoei meus assassinos, mas a punição que sofreram neste outro mundo não dependia de mim.

Houve quem dissesse que o meu assassinato foi um momento de virada, marcando o fim do chamado mundo antigo. E, com certeza, se seguiram tempos de generalizada iconoclastia. O advento dos cristãos levou à destruição de tudo que lembrasse os deuses e semideuses, então objeto de confiança e veneração. Estátuas, inscrições, chafarizes, mosaicos, afrescos, vasos, pergaminhos, papiros — tudo isso devia ser banido. Quando fragmentos do nosso extinto mundo são escavados — Ártemis sem o nariz e os braços, Zeus com um pênis quebrado, uma nereida sem mãos, uma dríade sem pés —, vocês se rejubilam por terem encontrado verdadeiros tesouros. De valor inestimável, dizem. E o mesmo ocorrerá quando chegar a vez do mundo de vocês. A bola de demolição já foi posta em movimento, embora não em nome da religião, ou pelo menos não oficialmente.

Mas, embora a arte antiga acabasse soterrada, novas formas de arte foram criadas, em parte inspiradas em mim. Ao longo dos séculos, tenho sido tema de muitas obras; predominam estátuas clássicas de expressão nobre, mostrando-me muito mais jovem e bela do que de fato era. Façam as contas: eu tinha pelo menos cinquenta anos ao morrer, na verdade mais para sessenta. Como ninguém se recorda de como eu era — até a minha imagem na lembrança das pessoas mais próximas ficou confusa, por causa do fim sangrento —, os escultores se sentiram livres e souberam aproveitar. Quanto cabelo ganhei! Que poses mais graciosas! E a elegância das roupagens! Não que eu esteja reclamando. Pergunte a si mesmo: você gostaria de ser lembrado como de fato é, na verdade nua e crua, ou numa versão melhorada? Seja sincero.

Além das estátuas, houve várias pinturas de teor quase pornográfico, a maioria do século XIX — época particularmente sexualizada, como pude observar. O que interessava esses pintores era evidentemente o fato de minhas roupas terem sido rasgadas, o que lhes permitia pintar uma mulher nua em aflição, assunto que sempre é de interesse para certo tipo de homem. Em várias dessas pinturas o corpo da mulher está completamente descoberto; e, no entanto, embora eu tivesse sido arrastada pelos paralelepípedos, como relatei, não se vê o menor arranhão.

Na mais alarmante dessas pinturas, meu corpo — de uma mulher de vinte e cinco anos — adquire a coloração branco-esverdeada de um peixe morto. Fui aquinhoada com cabelos longos até o chão, de cor alaranjada, e os sustento diante da região púbica com uma das mãos, erguendo o outro braço em gesto defensivo. Perfeitamente inútil, como enfaticamente nos tem mostrado a história. A história sempre está nos dizendo essas coisas, os pintores não se cansam de pintá-las, ou era o que faziam nas épocas em que ainda pintavam imagens de pessoas e acontecimentos, em vez de embrulhar árvores com panos e coisas do gênero. Napoleão na manhã da Batalha de Waterloo. A balsa da *Medusa*. A carga da Cavalaria

Ligeira. Eu mesma, logo antes de ser esfolada e desmembrada. Todo mundo sabe como essas coisas acabaram.

Mas, agora que estou morta há tanto tempo, qual o meu significado? Para vocês, quero dizer, no seu mundo, a terra dos que vivem temporariamente. Talvez se possa dizer que sou uma sortuda pelo simples fato de ter algum significado: em sua maioria, as pessoas mortas há tanto tempo quanto eu não significam absolutamente nada, pois ninguém entre os que ficaram sabe nada a seu respeito. Derreteram como gelo, evaporaram feito fumaça.

Eu, por outro lado, continuo existindo entre vocês, mas como uma multiplicidade. Padroeira das cientistas do sexo feminino. A última dos helenos. Figura coadjuvante na história do neoplatonismo. Mártir da filosofia. Ícone das feministas, embora pudessem ter escolhido alguém com mais sorte. Heroína de vários romances e peças não muito bons, mas de nenhum filme ou série ainda. Tema de diversos poemas sinceros, porém ruins. E, ironicamente, exemplo de virtude cristã. O que realmente faz a pessoa pensar...

Mas vocês me chamaram aqui por um motivo. Queriam que eu contasse o que realmente aconteceu, e foi o que fiz. Agora fazem outra pergunta: valeu a pena? Minha vida. A vida que eu escolhi. Teria sido mais feliz se não tivesse sido uma respeitada figura pública, se seguisse o padrão habitual para as mulheres da época — casar, ter filhos? Não tenho como responder, posso apenas dizer que, uma vez feita determinada escolha, ficam excluídas as alternativas. Talvez eu não tivesse acabado servindo de treinamento para açougueiros, mas nunca se sabe. Muitas mulheres anônimas foram mortas simplesmente por existirem.

Eu tento ver o lado positivo: não tive de suportar as indignidades da idade muito avançada. O que é melhor, pergunto-me, uma pocinha d'água ou um pôr do sol? Ambos têm seus encantos.

# VALE-TUDO

✦

*E*stamos em algum momento do futuro. Ou de algum futuro. Para a sorte dos escritores, existem muitos futuros, e poucos podem ser refutados de forma explícita. Seremos vagos sobre quando, precisamente.

*Nesse futuro, uma doença sexualmente transmissível — ou, digamos, uma doença passada por qualquer tipo de contato com fluidos, inclusive beijos — assolou a humanidade, que precisou se adaptar para sobreviver. A história é contada do ponto de vista de uma das matriarcas incumbidas de arranjar casamentos entre jovens não contaminados — o que deve ser feito para prevenir doenças e assegurar a geração de bebês livres de micróbios.*

Sharmayne Humbolt Grey assinou na linha indicada. Na juventude, os amigos a chamavam de Sharm; mas seu nome foi perdendo a força com o tempo, exceto para os velhos amigos (não restam muitos) — agora quase sempre ela era chamada apenas de Primeira Mãe.

Ela acrescentou a data, meados de junho. Ainda gostava da ideia de um casamento em junho, pois, embora as coisas tivessem mudado muito, as flores de laranjeira perduravam. Em seguida, fechou o documento com o selo da Casa dos Pequeninos. A imagem era um símbolo remanescente dos primeiros tempos da

Casa. Mostrava duas figuras parecendo fechaduras antigas, com uma maçaneta no alto de um triângulo, uma grande, outra menor, e duas varetas representando pernas que saíam por baixo. Eram supostamente mãe e filho, embora só desse para compreender se alguém explicasse.

Ela estivera presente no início, quando a marca foi criada. Sentaram-se todas ao redor da mesa na sala de jantar da época, atualmente o Gabinete da Primeira Mãe, tomando café e, na verdade, cerveja também, entre risos de entusiasmo. Inclusive inventaram o lema da Casa nesse dia. Os Pequeninos. Muito carola, pensou Sharmayne na ocasião, mas foi bom para levantar dinheiro. Elas sempre precisavam de mais na época, quando o tecido social se esgarçava, quando as Casas eram uma ousada novidade, uma experiência, uma tentativa de resolver um problema crucial. Ela lembrava com repugnância os pratos e copos grosseiros, as colchas absolutamente básicas, os sacos de lixo verdes cheios de roupas doadas, algumas não muito limpas. Aceitavam o que viesse e se sentiam gratas. Agora que o sistema de Casas fora adotado pelo governo, dinheiro não era mais problema.

Sharmayne se levantou, firmando-se na escrivaninha, e se voltou para o espelho de corpo inteiro que mandara instalar no gabinete dois anos antes, depois do dia em que entrou na Assembleia Geral com a saia suspensa nas costas e só se deu conta quando uma das meninas começou a soltar risadinhas. As meninas ainda davam risadinhas, os garotos ainda abafavam o riso; isso não tinha mudado e provavelmente nunca mudaria. Mas ela não queria dar motivo para risinhos, abafados ou não. Se estivesse parecendo mais ridícula que o normal, queria ser a primeira a saber.

Procedeu então à revista, começando pelos sapatos. Sapatos noiva de Frankenstein, era o que pareciam — mais ortopédicos, impossível —, mas a época de se torturar por vaidade havia muito se passara. Cadarços devidamente amarrados; uma pena aqueles tornozelos inchados, mas que mais esperar aos oitenta?

Saia azul-marinho na altura adequada; mangas compridas com babados nos punhos, um laçarote no pescoço, escondendo a pele de peru balançante; o símbolo da Casa num medalhão de prata, preso a um colar de pérolas de uma volta. Ela passa os olhos pelo rosto — um rosto perfeitamente apresentável, mas já gasto, claro —, ajeita para trás os cabelos — *aqui* que algum dia vai tingi-los, como a vaca da Primeira Mãe Mabel com seu vermelho de hena aos setenta e nove! — e se empertiga o máximo possível. Hoje ela será apenas uma figura decorativa e como tal deve se apresentar, mas não é tirada do armário só em ocasiões especiais: ela toma as decisões mais importantes, as que requerem seu tipo de experiência. Escolhe as noivas, por exemplo.

E também fechou o acordo da véspera, embora não fosse propriamente agradável. Aquela bruxa avarenta da Primeira Mãe Corinna, que cuidava das mulheres e crianças abusadas na Asas Protetoras, foi dura de roer na barganha. Mas Sharmayne não era nenhuma molenga — nos tempos áureos, era encarregada de tratar de problemas com cheques sem fundos nos bancos, porque sabia negociar.

Dispunha de material de primeira para aquela transação; todo mundo sabia, inclusive a Primeira Mãe Corinna. Sharmayne calculara que, mesmo tentando blefar, Corinna aceitaria ceder na questão financeira para ter todas as garantias de um produto puro, e foi o que ela fez. A Casa dos Pequeninos tinha uma reputação ilibada.

Havia quinze anos ninguém de lá tinha ido parar no Vale-Tudo, um recorde entre todas as Casas. A Asas Protetoras se vangloriava do próprio recorde, quase igual, como enfatizara Mãe Corinna. Mas Sharmayne contra-atacou com o boato de que a Asas ainda usava pipetas culinárias para inseminação, em vez de sessões íntimas: tão antinatural, quase um sacrilégio! Corinna tropeçou um pouco nas palavras e negou, mas ficou suficientemente vermelha e acabou baixando o preço.

Sharmayne começou a andar, o que ultimamente se tornava uma verdadeira empreitada. Foi seguindo o seu caminho, pé esquerdo, bengala, pé direito, passando pela porta e se adiantando no corredor, parando para se encostar na parede. Aquela era a porta da suíte de hóspedes, para funcionários visitantes das outras Casas. Mais adiante no corredor — pé esquerdo, bengala — vinha a porta da creche para hóspedes, ainda seguindo os padrões montessorianos do início do século XXI. Sharmayne gostava de antiguidades; sentia saudades, emoção que de uma hora para outra resolvera reprimir na idade madura, mas agora se sentia livre para resgatar.

Recostou-se na porta da creche, olhando lá para dentro, recordando os momentos de alegria na escolha dos blocos de brinquedo, das mesinhas e cadeirinhas vermelhas e amarelas, compradas a preço de ocasião, claro, todo mundo feliz com a pechincha. Engraçado como as Casas tinham começado, na época; empreitadas artesanais todas elas, nos bairros menos abastados das cidades. Não ocupavam três ou quatro quarteirões cada, como hoje. Abrigo para mulheres espancadas pelos maridos, algumas delas tinham experimentado na pele; refúgio para adolescentes vítimas de abuso; uma ou duas começaram como cooperativas de lésbicas. Todo aquele idealismo, com direito a mingau empelotado e café instantâneo. Um dos grandes luxos na vida era café de verdade. Sharmayne fazia questão, seu status permitia.

Até se envergonhava agora, lembrando como eram sérias e, para dizer a verdade, arrogantes e donas da razão, ela e as outras Mães; mas, se não fossem elas, onde estaria todo mundo a essa altura? Até os políticos tinham entendido que a Casa era a única maneira de a espécie humana chegar à geração seguinte. Os velhos rituais aleatórios de paquera, a monogamia por livre e espontânea vontade em regime frouxo, tudo aquilo simplesmente não funcionava mais: os índices de mortalidade já eram muito altos.

Mas, na maioria das vezes, dera trabalho convencer as pessoas. Sharmayne lembrava-se das manchetes dos jornais: escolas e escritórios fechados, cidades e subúrbios inteiros isolados; os testes compulsórios, a falência do sistema de saúde, a caça às bruxas, os processos de direitos civis, vencidos e depois perdidos de novo e de novo, num clima de medo cada vez mais generalizado. E houve também as revoltas em hospitais, multidões enfurecidas arrastando para a rua os pacientes das alas de vítimas da epidemia. Os cabeças vestindo uniforme de amianto para combate a incêndios; aquele cheiro de gasolina derramada e carne queimada.

A nova classe de doenças fazia o herpes, a gonorreia — resistente à penicilina —, a sífilis de cepa R e a Aids parecerem inofensivos como uma coriza. Eram vírus que se disseminavam mais rápido, matavam mais rápido; alguns sofriam mutações com tanta rapidez que nem eram rastreados nos testes. Homens e mulheres podiam portá-los durante anos, sem que fossem detectados, espalhando-os por toda parte.

No fim das contas, quando os collants de corpo inteiro e os anteparos labiais "para beijar com confiança" se revelaram quase sempre um fracasso, quando se verificou que falsificavam certificados de virgindade, quando a Sociedade dos Cavalheiros Castos caiu em total desmoralização, restou apenas uma proteção segura: se não dava para controlar as doenças, era preciso evitar contato, qualquer contato. Foi quando as Casas começaram a erguer muros e investir em arame farpado, cercas elétricas e cacos de vidro no alto dos muros. E também passaram a expulsar os rebeldes.

— Nossas casas são santuários e estamos em estado de sítio — Sharmayne surpreendeu-se dizendo certa vez. — Temos que pensar nas crianças.

Meio ofegante, Sharmayne faz nova pausa na passarela suspensa que liga a Primeira Casa à Segunda Casa no complexo da Casa dos Pequeninos. As diferentes Casas podiam ter sido derrubadas para construir um monstrengo de aço e vidro, como aquele tumor da Asas Protetoras em Parkdale, mas Sharmayne preferia que as Casas parecessem casas de verdade. Era mais aconchegante, apesar do trabalho que dava a manutenção dos tijolos do século XIX.

A passarela era um dos seus pontos de observação favoritos. Dali, via o pátio de recreação dos meninos, à esquerda, onde os menores aprendiam rudimentos dos Jogos de Guerra. À direita, separado por um muro alto, o pátio das meninas. Sharmayne se lembrava das histórias da avó sobre os pátios de recreação dos meninos e das meninas, e como as achara engraçadas certa vez.

Lá embaixo, na recreação das meninas, as de doze anos jogam Vale-Tudo. Cada time representa uma Casa; o pátio foi demarcado como um gigantesco tabuleiro de Banco Imobiliário, com casinhas do tamanho de casas de bonecas. O Vale-Tudo também era jogado como Banco Imobiliário, mas com regras adaptadas para a realidade atual. Não havia mais hotéis; em seu lugar, para cada Casa em determinada propriedade, o jogador tinha uma noiva para barganhar, e um noivo para cada quatro noivas. Os noivos tinham mais valor porque, como todo mundo sabia, era mais difícil encontrar algum que fosse puro. Entre as cartas Sorte, algumas representavam as diferentes cepas de doenças e, onde antes havia a casa Cadeia, agora se encontrava a casa com a indicação Vale-Tudo. Pelo que Sharmayne se recordava do jogo, era possível sair da Cadeia com uma carta especial ou vários lances de dado. Mas, uma vez no Vale-Tudo, o jogador não saía mais, no jogo e na vida real.

As vozes das meninas sobem até Sharmayne: jovens, barulhentas e cheias de vida.

— Esse velho vesgo imprestável não vale uma das minhas noivas Classe A e duas Casas! Posso te dar uma Classe B e uma Casa!

— O quê? Por esse lixo? Sem essa!

Sharmayne sorri, com certa tristeza. De algum jeito elas precisavam aprender a barganhar — um dia poderiam ser Mães —, mas eram tão ingênuas. Haviam visto os filmes de propaganda e estavam devidamente assustadas, mas não tinham ideia do horror que o Vale-Tudo podia ser na realidade.

Agora toda cidade tinha um Vale-Tudo, e até dois ou três, dependendo da necessidade. Toronto tinha dois: um num vasto terreno a oeste, onde antes havia uma praça; o outro, ao norte, num parque de diversões abandonado desde a época da epidemia, quando as pessoas começaram a evitar aglomerações. Cada Vale-Tudo tinha cercas elétricas, holofotes, cães de ataque e guaritas. A comida era lançada diariamente de helicópteros. Drones eram usados apenas para a contagem. Podiam ocorrer brigas, assassinatos, mas sem interferência externa. Nem dava para imaginar os horrores à sombra daquelas muralhas.

Em cada Vale-Tudo, a total liberdade sexual era não só permitida, mas estimulada, pois assim, acreditava-se, os habitantes acabariam mais rápido uns com os outros; muito embora se comentasse que era possível desenvolver imunidade ou entrar em remissão, sobrevivendo por anos. Os bebês, quando havia, eram considerados caso perdido. De vez em quando alguém tentava fugir e o corpo podia ser visto à distância, boiando num lago, pendurado numa árvore, pendendo dos trilhos de uma montanha-russa desativada que ainda assim — mesmo em ruínas — parecia prometer algum tipo de prazer livre e inconsequente. Uma espécie de liberdade, talvez.

Sharmayne estremeceu de leve, lembrando que por pouco não fora mandada para um Vale-Tudo certa vez. A castidade estava fora de moda, a antiga família nuclear se desintegrava, todo mundo se divorciava pelo menos uma vez, todo mundo pulava a cerca, ou pelo menos era o que diziam os donos da verdade na televisão. Aos vinte anos, ela ouvia com polido desinteresse as histórias de horror da época anterior à pílula — garotas com a vida arruinada para sempre, casamentos às pressas com a barriga crescendo, abortos clandestinos nas mãos de carniceiros. Ela e as amigas faziam mais ou menos o que bem entendiam com quem bem entendiam, apenas tomando o cuidado de evitar algum maluco ou revoltado. Rolavam umas conversas sobre compromisso no relacionamento, mas o sexo era casual, e não algo que precisasse mexer muito com emoções. No ensino médio, tiveram que estudar *Romeu e Julieta*, e parecia algo de outro mundo. Ela ainda ouvia os garotos no corredor, nos intervalos, esgrimindo provocações com voz de falsete: "Romeu, ó Romeu, por que és Romeu?" Havia anos que a peça fora retirada do currículo da Casa. Dava ideias perigosas aos jovens.

Sharmayne consulta os dígitos gigantes no relógio de pulso. Precisa parar com esses devaneios, caso contrário alguma delas — alguém querendo muito ser a Primeira Mãe — vai espalhar boatos de demência. Nos casamentos, ontem como hoje, não pega bem o noivo se atrasar. A cerimônia será dentro de uma hora e meia, e ela ainda tem que buscar o pobre Tom e seus padrinhos para levá-los ao Salão Solene. Elas gostavam de providenciar o casamento o mais rápido possível depois de feito o acordo, para evitar mudanças de ideia e prevenir ataques de pânico. O noivo era simplesmente informado, ninguém *pedia* a sua mão. Um belo dia estava nos Jogos de Guerra com os amigos e, no seguinte, casado, num lugar completamente diferente.

A Primeira Mãe Corinna vai chegar com pontualidade acompanhando Odette, a parte da Asas Protetoras no trato, sua contribuição para o futuro da espécie humana. É uma moça corpulenta, com um problema de acne tardia; razoavelmente adepta do linguajar chulo, revelou-se rebelde demais, como muitas na época. Nas entrevistas, não parava de fazer perguntas sobre altura, cor dos olhos e outras coisas que não eram da sua conta.

— Isso quem tem que saber são as Primeiras Mães — acabou dizendo Sharmayne. — Aqui a gente cuida muito bem do planejamento genético. Ele é um bom rapaz, limpo, e isso é tudo o que você precisa saber. Talvez um pouco temperamental, mas, se pegar leve com ele no início, vai ficar tudo bem.

Ela teve aulas de etiqueta (nada de comentários depreciativos sobre a genitália, nada de expressões de nojo), mas como saber se seguirá as instruções?

Pé esquerdo, bengala, pé direito, pausa. É no próximo corredor, ou seria no outro adiante? Depois, alguns degraus: apenas três para subir, mas até isso começa a parecer muito. Ela salta os degraus em pensamento e segue para a Sala do Noivo, onde sempre é dada a festa na véspera, com os veteranos casados da Casa dos Pequeninos embebedando o noivo, contando piadas de mulher para abrandar o terror e passando a noite inteira com ele para se certificar de que não tentará fugir. Não que ele tenha para onde fugir, embora certa vez um infeliz tenha sido encontrado escondido num cesto da lavanderia.

Um dia, quando ela já não estivesse viva, talvez não houvesse mais doenças, mortas de inanição: extintas, como a varíola, por falta de transmissores. Os Vale-Tudos ficariam vazios. E talvez não fossem mais necessários todos aqueles medos e restrições. As próprias Casas já consideravam assimiladas as formas desejáveis de comportamento social, e ela esperava que os homens desses novos tempos pudessem ter alguma independência, algum respeito próprio.

Talvez essa esperança fosse mera nostalgia, seu vício secreto. Ela sabia que era uma fraqueza, mas ainda assim sentia pena dos noivos, ficava triste por mandar os rapazes da Casa dos Pequeninos para outra Casa; e esse rapaz, Tom, era um querido. Ela se perguntava se deveria contar-lhe o muito que fizera pela Casa dos Pequeninos por causa dele. Mas era melhor não: poderia subir-lhe à cabeça, e ele precisava estar alerta e sem fazer alarde na Asas Protetoras. Vários casos de espancamento de maridos tinham ocorrido lá nos últimos anos — desmentidos, claro, pois não se podia comprometer o sistema, mas provavelmente havia um fundo de verdade.

Só dois filhos, vai dizer-lhe. Precisa gerar apenas dois, é o que está no contrato. Cumprida essa obrigação, você poderá escolher: permanecer na Asas Protetoras, participar de uma das atividades e chegar a Marido Sênior, o que não deixa de ter suas vantagens;

ou pedir para ser trocado com alguma outra Casa e tentar a sorte com outra noiva, se chegar à conclusão de que sexo não é tão apavorante como imaginava. Ou então optar pelo celibato e os Jogos de Guerra. Vai depender de como se sentir. Mas primeiro terá que fazer os dois filhos.

Ela não lhe contará a verdade sobre os Jogos de Guerra — a melhor maneira de eliminar muitos machos excessivamente agressivos e problemáticos que poderiam representar uma ameaça ao domínio das Primeiras Mães. Afinal, ele tem apenas dezesseis anos; tempo de sobra para chegar às duras verdades mais tarde. Dará um tapinha no seu braço, beliscará sua bochecha, animando-o, dirá que está lindo: eles gostam. Ela é uma boa moça, prosseguirá, quadris largos e nem um germe para contar história. Praticamente nenhuma espinha. Desnecessário entrar muito em detalhes; logo ele mesmo fará suas descobertas.

E então ajeitará o véu no rosto dele: azul-marinho para os rapazes, mas branco ainda para as moças, combina com as flores de laranjeira. O véu era obrigatório então. Cobria uma infinidade de pecados.

## METEMPSICOSE:

## OU A JORNADA DA ALMA

✦

Eles tinham razão sobre a alma: ela existe. Mas nada mais do que nos contavam era verdade, no fim das contas. Você provavelmente já viu um destes diagramas: um organismo considerado primitivo, como um caracol, é mostrado com um globo de luz brilhando por dentro. O globo representa a alma. Se o caracol se comporta bem, ao morrer, a alma tem permissão para reencarnar num organismo supostamente superior, como um peixe. Pulando de pedra em pedra no rio orgânico — ou melhor, já que se acredita que o avanço da alma é vertical, e não horizontal, de degrau em degrau na escada da Grande Cadeia do Ser —, a alma do caracol bem-comportado finalmente chega ao cume da criação, e — ó, júbilo! — renasce como ser humano. É assim que a história é contada.

Mas estou aqui para lhe dizer que pouquíssimo dessa fantasia é verdade.

Por exemplo, eu mesmo saltei direto de caracol para ser humano, sem peixes barrigudinhos, tubarões-peregrinos, baleias, besouros, tartarugas, jacarés, gambás, ratos-toupeiras-pelados, porcos-formigueiros, elefantes nem orangotangos pelo caminho. Sequer tive que ser concebido, gestado, nascido e depois criado desde bebê, com todas as secreções, o sangue, os arrotos, os vômitos, a urina, as brotoejas, os dentes nascendo, os ataques de pelanca, as dores e a choradeira acarretados por esse processo.

Eu estava trucidando uma folha de alface, a boca de dentes ásperos abrindo e fechando como uma válvula de carne, ao mesmo tempo em que avançava patinando no lodo lustroso gerado por mim mesmo. A maravilhosa mancha verde ao meu redor, o rendilhado que eu produzia, o cheiro de clorofila, a suculência — tudo aquilo, para mim, era o paraíso. Viver o momento presente — é o que sempre se recomenda aos seres humanos. Mas os caracóis não precisam de recomendação. Estamos o tempo todo no momento presente, e o momento está em nós.

O que aconteceu depois? Um sujeito decidido a me exterminar estava às voltas com um pesticida ecológico, que consistia — e eu nem deveria estar contando isso a ninguém — em café frio com meia xícara de sal, num borrifador. *Espera aí!*, eu deveria ter gritado às primeiras gotículas que irritaram meu delicado pescoço. *Me poupe! Eu faço parte do ecossistema! Contribuo para as cascas de ovos dos filhotes de passarinhos!*

Por acaso eu sabia disso na época? Não. Caracóis não vivem preocupados com o lugar que ocupam no universo. Depois é que fui pesquisar o lance da casca de ovo; tem a ver com a ingestão de cálcio. (E, de qualquer maneira, eu não poderia ter gritado: todo mundo sabe que os caracóis são mudos.)

Nem tive tempo de retrair os pedúnculos oculares e me recolher à minha carapaça protetora. Minha alma miniatura de caracol, uma espiral translúcida de luz levemente fosforescente, foi arremessada para o alto — o alto espiritual, entenda-se, onde as regras são um pouco diferentes — e abriu caminho pelas iridescentes nuvens de arco-íris, pelos sininhos tilintantes e pelos sons ondulantes de tererim dessa região, indo dar direto no corpo de uma funcionária de nível médio do serviço de atendimento aos clientes de um dos maiores bancos.

Não vou dizer qual banco. Suponho que os bambambãs não iam gostar se soubessem que uma atendente do SAC não passa, no fundo, de um caracol. Nem sequer um caracol exótico, mas um daqueles comuns de jardim mesmo.

— Com posso ajudar? — eu estava perguntando de repente.

A sensação na boca era de rigidez; aquela boca de mulher não era flexível como minha boca de caracol, e os dentes eram blocos canhestros. Nem preciso dizer que me sentia desencarnado, além de totalmente inadequado para o trabalho ao qual minha moldura humana devia ter sido treinada. O trabalho consistia em atender telefonemas de clientes enfurecidos, com queixas sobre o serviço prestado. O banco tinha perdido o dinheiro deles, ou parte do dinheiro, ou calculara errado os juros. O extrato não batia. O banco não tinha enviado o talão de cheques a tempo, o prazo para pagar as contas tinha vencido e... não, cheques digitais não serviam. O banco tinha impingido algum produto ou serviço que eles não queriam. A proteção do banco contra fraudes e hackers era um lixo.

Minha moldura humana fora exaustivamente treinada em técnicas de apaziguamento, a ordem era acalmar e tranquilizar. Funcionava em piloto automático, como um robô de carne. Pronunciava não sei quantas vezes a expressão *vamos estar verificando*.

Enroscado dentro da casca do crânio da humana, onde nossas duas almas compartilhavam espaço, eu me vi cochichando:

— Por que está se lamentando? Pelo menos ninguém borrifou pesticida de caracol em você.

Na verdade, essas palavras saíram pela minha boca humana quando ainda havia um cliente do outro lado da linha.

— Pesticida de caracol? Como é?

Ninguém quer saber mesmo "como é" quando faz essa pergunta. Isso eu descobri. Querem que você saiba que ofendeu a pessoa.

— Sinto muito — respondeu minha boca humana. — Parece que estamos tendo interferência de uma estação de rádio. Está parasitando nossa frequência. Já aconteceu antes.

O refúgio de caracol em forma de mulher onde eu me abrigava não sentia o menor remorso de mentir, aparentemente. Mas eu estava perplexo: caracóis nunca mentem e, portanto, não reconhecem a mentira como uma categoria.

Logo depois eu conheceria outro tipo de clientes, mais queixosos, mais desesperados. Esses tinham respondido a mensagens de texto supostamente enviadas pelo banco, dizendo que havia uma irregularidade na conta e pedindo para confirmar seus dados. O que tinham gentilmente feito, para descobrir em seguida que a mensagem não era do banco coisa nenhuma, mas de um golpista que surrupiou-lhes a poupança inteira.

— Que desagradável — murmurava o rosto da mulher. — Vou acionar o nosso controle de fraudes.

— Mas e o meu dinheiro? Já era? Vou conseguir de volta?

— Vou estar transferindo o senhor.

Caracóis não têm dinheiro. Não precisam. E, apesar disso, lá estava eu, obrigado a ouvir aquelas conversas irritantes sobre um assunto que não me interessava em nada.

Num gesto de heroica mobilização da minha força de vontade caracolante, usurpei o controle da nossa boca conjunta e a usei para falar em meu nome.

— O senhor respondeu à mensagem? — perguntei à sétima vítima incauta. — Forneceu suas senhas? Foi mesmo de uma estupidez inominável!

— Como é?

O que estava eu fazendo naquele corpo não solicitado? Que força me acorrentava àquele cômodo, àquela mesa, àquele telefone? Minha transição do corpo de caracol fora tão rápida que nem me dei conta da forma da nova carapaça! Naturalmente, também não sabia como era minha forma quando ainda caracol. Caracóis não se interessam por espelhos.

Finalmente o relógio bateu cinco horas. Meu cérebro humano — a parte de carne pensante daquele corpo estranho, e devo aqui informar que a alma de fato é distinta do cérebro —, aquele cérebro humano entendia de relógios. E assim eu, ou talvez ela, podia me desconectar e ir para o banheiro. Onde novos tormentos me aguardavam.

Estávamos trabalhando num lugar que supostamente seria "em casa", por causa de algo chamado Covid. (Tratava-se de um vírus. Os caracóis têm seus próprios vírus, e também muitos parasitas — não vamos nem falar dos que são específicos do pulmão —, mas Covid não está entre eles.) O banheiro, então, era "meu", se é que posso usar esse pronome possessivo para me referir a um ambiente que, apesar de vagamente familiar, parecia muito estranho. Estava impregnado de aromas inebriantes. Pude detectar algo que depois descobriria ser sabonete de amêndoas, e também aromatizante de ar cítrico e uma vela perfumada: pétalas de rosa e flores de laranjeira. Era a mais tentadora. Tive que resistir ao impulso de comê-la.

Nosso ato seguinte foi olhar no espelho. Havia um rosto, um rosto orlado de cabelos, um rosto com um nariz protuberante horrível bem no meio, um rosto humano simétrico que eu certamente já vira antes, ou digamos que minha imagem no espelho era uma miragem que gerava uma miragem semelhante no tecido cerebral envolvendo minha minúscula alma enroscada de caracol. Perfeitamente aceitável em matéria de rostos, creio eu. Os humanos achariam atraente. Nenhum defeito mais saliente. Descobri que podia fazê-lo sorrir e se contrair. Botei então o rosto para trabalhar, para checar o leque de possibilidades. Botei a língua para fora. Finalmente, pensei, uma parte do corpo com a qual podia me identificar: molhada, flexível, retrátil, dotada de sensores químicos. Muito parecida com um caracol, apesar da coloração rosada.

Meu interesse em manipulação de línguas não demorou a fenecer, e eu me voltei para outras questões. Embora caracóis tenham olhos, nossa visão é limitada: examinamos o ambiente pelo tato e pelo cheiro. Mas, apesar do forte desejo de cair de quatro e lamber o chão, tratei de me controlar. Realmente não dava para esfregar minha língua emprestada em tudo naquele banheiro. Eu precisava focar. Voltei a atenção para as instalações.

Havia uma pia no banheiro. E um vaso sanitário. Na hora, eu não conhecia a nomenclatura, mas deduzi a finalidade. Nem preciso dizer como fiquei pasmo com esse utensílio duro, brilhoso e cheio d'água, para não falar das funções corporais a que se destinava. Caracóis não pensam muito nas próprias excreções, que são inofensivas e de agradável tonalidade verde. Eu teria preferido ignorar a coisa toda, por assim dizer, mas não tinha muita escolha. Era no chão, no vaso, ou nada. Nosso corpo prendeu a respiração e mandou ver. Nesse banheiro também tinha uma banheira com chuveiro. O corpo humano é muito seco por fora, carece daquele exuberante revestimento mucoso que torna o corpo dos caracóis — à parte a concha — tão flexível e sinuoso. A ideia de entrar na água era tentadora. Tiramos a calça de moletom e a camiseta de manga comprida com os dizeres *Isto não é uma broca* — tinha a imagem de um martelo, piada que na hora eu não entendi — e deslizamos para a água quente saindo da torneira que acabava de ser aberta.

Eu estava mergulhada na banheira, tentando não olhar para a assustadora extensão de carne mamífera molhada saindo do meu pescoço, ao mesmo tempo em que sentia meus tecidos ficarem a cada minuto mais gastropódicos, quando a porta do banheiro se entreabriu.

— E aí, linda? — disse alguém.

A palavra *linda* devia se referir ao nosso corpo compartilhado, pois era a única entidade viva visível no ambiente. Ainda assim, levei um susto. Instintivamente tentei me recolher à minha concha, mas lembrei que não a tinha mais. A porta se abriu completamente e entrou outro ser humano. Como era um adulto do sexo masculino, sua energia era alarmantemente semelhante à do cretino que pouco antes me borrifara com um mata-caracóis.

O homem carregava uma grande sacola de papel. O ambiente foi tomado por um fedor nauseabundo de carne queimada. Algumas espécies de caracóis são carnívoras, mas não sou dessas.

— Comprei costelas — retumbou a voz grave e profunda. A notícia não me dizia nada. — Trouxe broa de milho também. Sei que você gosta.

— Ótimo — conseguimos gorjear. — Costelas.
— E uma garrafa de Pinot. Quando tirar esse corpinho gostoso da banheira, vamos comer, e depois quem sabe... Netflix? — A última palavra foi pronunciada como uma carícia.
— Netflix... — sussurramos.
O cérebro hominídeo que me aprisionava aparentemente reconheceu a palavra. Seria algum tipo de alimento?
O homem, que agora me parecia uma espécie de quase cônjuge, contorceu os músculos faciais num riso descompensado e fez contato visual, com um olhar que registrei como sinalização sexual, como no primeiro roçar hesitante de um macio tentáculo de caracol contra outro.
— Quanto mais quente melhor — disse, enigmático, ao se retirar, deixando a porta aberta.
Saímos da banheira com esforço e puxamos pela memória muscular, para a sequência de movimentos que se seguiu. Secamos com leves tapinhas nossa pele enrugada, inspecionamos os dedos dos pés — que estranho ter dois pés! Os caracóis têm um só — e demos um jeito de entrar no roupão não propriamente imaculado que estava pendurado no gancho junto à porta. Era de uma tonalidade rósea enjoativa, como a língua. Nosso cabelo estava úmido, o que me deu certa ansiedade. Caracóis não se preocupam com cabelo, ao passo que os humanos — como eu logo descobriria — pensam no assunto o tempo todo. Ter, não ter, arrumar, reclamar quando arrumado por outros, enrolar, trançar, prender, cortar, arrancar... Na investigação do passado distante em busca de suas origens pré-históricas, tema que os obceca, os humanos até que não escolhem mal quando adotam o cabelo como *leitmotif*.

Enrolamos o cabelo em outra toalha e cautelosamente avançamos em direção à sala. O namorado — pois se tratava de um — tinha disposto as costelas e a broa de milho em dois pratos, com uma porção de salada de repolho para cada. Estavam numa mesinha junto à janela. Aparentemente, morávamos num apartamento, com uma bela vista. A vista era de outros prédios do condomínio, um lago, o céu. O cérebro humano estava se lembrando da vista? Estava. Essa memória estava aniquilando minhas memórias de caracol, como um palimpsesto? Estava. Senti uma tonteira. Muita coisa para absorver.

Eu nos sentei na cadeira oferecida.

— Tem alface? — perguntei timidamente.

— Tem salada de repolho. — O namorado sorriu, um sorriso agourento de onívoro.

Como explicar que eu não podia comer salada de repolho? O vinagre do molho, detectável a um quilômetro pelos meus sensores de caracol, mais parecia uma labareda.

O namorado estava abrindo uma garrafa de cerveja. Finalmente uma boa notícia. Caracóis adoram cerveja; gostam do levedo, pois tem cheiro de plantas em fermentação. Infelizmente, muitas vezes usam cerveja para nos afogar.

— Prefiro alface. Estou com um problreminha na barriga. É mais fácil de digerir. Tem aí?

— Sei lá — respondeu ele. Abriu uma porta branca, olhou lá dentro. Ah, sim, o cérebro humano me lembrou: uma geladeira.

— Nadinha. Deve ter acabado. Tem uma cenoura.

— Também quero cerveja — falei.

— Você? Mas você detesta!

— Não mais — corrigi.

— O que você quiser, docinho — disse ele. — Até a minha cerveja!

Nossa boca deu uma bebericada na garrafa oferecida: até que enfim uma coisa que me agradava nessa vida humana.

Brinquei com a cenoura — não estava estragada, portanto estava dura demais. Arrisquei depois um pedacinho de broa de milho, mas era muito áspero, feito areia. O namorado, Tyler — seu nome apareceu na minha consciência como uma fileira de letras indistintas, como se estivessem escritas na névoa —, abocanhava as costelas, segurando cada uma com as garras avantajadas e arrancando a carne do osso com os enormes dentes brancos. O processo todo era muito grosseiro — tão diferente das delicadas raspadelas dos caracóis! Fiquei observando enojado, mas fascinado.

— Sem fome, amor? — perguntou ele entre uma mordida e outra.

— Mais ou menos — respondi com minha voz de bancária, sorrindo de um jeito que era para parecer simpático.

Esperava que a cerveja fosse minimamente nutritiva. Se ficasse presa muito mais tempo naquele corpo humano, o que haveria de comer? Amanhã, levaria o corpo às compras. Fazer um estoque de brotos de ervilha e algumas frutas passadas.

— Como foi seu dia? — quis saber Tyler.

Olhei para ele do outro lado da mesa, já começando a flutuar um pouco na onda da cerveja. Dava para ver que ele era atraente, para um humano. Tinha um bocado de cabelo, escuro, e alguns músculos.

— O de sempre — respondi. — Mas acho que fui grosseira com um correntista.

— Você? — fez ele. — Impossível! — E soltou uma risada, expelindo pedacinhos de costela. — Você não seria grosseira nem com o Godzilla!

Era essa então a persona da minha hospedeira, antes de ser possuída por um caracol: mole, flácida, uma boa mosca morta. Por isso ficara disponível para a minha alma? Sem força interior?

— Aposto que estavam monitorando as chamadas. Posso ser demitida — eu disse, na verdade, mais manifestando esperança do que qualquer outra coisa.

— Sem chance — atalhou ele. — Você é boa demais para esse emprego. Caramba, é boa demais para mim!

Ele deu a volta por trás da cadeira e começou a massagear nossos ombros. Ia lambuzar o roupão cor-de-rosa de molho de carne fedorento. Me veio uma vaga imagem mental de máquina de lavar: por acaso tínhamos? Ele beijou nosso pescoço e tacou uma lambida exploratória.

Foi uma manobra de paquera — até entre caracóis teria sido vista assim —, e logo em seguida ele e o nosso corpo estavam envolvidos nas primeiras etapas de um evento de acoplamento, que levaram com indecorosa rapidez às etapas posteriores, enquanto minha pequena alma verde era arrastada na confusão como um bebê amarrado num trem-bala. Como são rudes os métodos sexuais dos humanos, em comparação com os dos caracóis! Quanta precipitação! Sem aquelas lentas e escorregadias carícias de tentáculos, nenhum verdadeiro entrelaçamento, ninguém se envolvendo e se enroscando realmente em irresistível volúpia. Os caracóis podem deixar rolar durante horas. Os humanos, não.

Como eu poderia explicar o que queria? Não podia simplesmente soltar: "Sou hermafrodita." Não me entenderiam. Nem podia dizer ao namorado que queria inserir meu pênis em seu poro genital — que ficaria mais ou menos perto do ouvido, se ele tivesse esse poro — ao mesmo tempo em que ele inseria o seu no meu. E sobretudo não podia dizer que queria acertar um dardo do amor nele, para dar ao meu esperma mais chances de fertilizar os óvulos dele. Meu cérebro-mente humano racional sabia que ele não tinha óvulos, mas sexo não tem nada de racional, certo? É uma coisa de sentimentos, e era assim que eu me sentia.

E, de todo modo, eu não tinha nenhum dardo do amor. Uma faca de carne mais longa não serviria, e poderia até matá-lo. O que não estava nos meus planos. Mas impulsos são impulsos. Eu mal conseguia me segurar.

— Algo errado, amor? Você está estranha — disse Tyler ao dar por encerrado o ato.

— Estou me sentindo meio estranha mesmo.

Até onde eu podia revelar, sem que ele me considerasse lelé da cuca?

— Estranha como?
— Tem algo errado no meu corpo.
Houve uma pausa. Já tinha escurecido: eu não conseguia ver o rosto de Tyler. Ele devia estar pensando. A mão que afagava meus cabelos se retraiu.
— Ah — fez ele. — Vai ver que pegou alguma coisa.
— Não — respondi. — Estou muito bem. Mas parece que o corpo não é meu.
— Como assim? Seu corpo é maravilhoso.
— Talvez para os outros — insisti. — Só que para mim, não. Eu devia estar num corpo diferente.
Fez-se uma longa pausa, que tomei por um sintoma de pensamento.
— Quer procurar um médico? — disse ele, mais como uma declaração do que uma pergunta.
— Sim — respondi. — Acho melhor.
Notei que ele não perguntou em que tipo de corpo eu sentia que devia estar.

Tyler trabalhava como técnico de som em programas de televisão, por isso não foi difícil para ele encontrar um psiquiatra. O médico foi muito bem recomendado por um amigo, disse. Estava acostumado a lidar com gente diferente.
— Diferente como? — perguntei.
— Sabe como é. Atores.
Só consegui marcar consulta para duas semanas depois, e enquanto isso entrei mais um pouco na minha encarnação humana, como se esticasse um macacão de borracha. A essa altura, graças às vias neurais do meu cérebro humano, eu lembrava quase tudo do estilo de vida da hospedeira. Sabia o que se esperava de mim naquele disfarce; enunciava as frases, cumpria os rituais, mas continuava convencido de ser, na verdade, um gastrópode terrestre.

À noite, me enroscava o máximo possível e puxava a coberta até a cabeça. Sonhava com folhas, troncos úmidos e outros caracóis.

O psiquiatra era um sujeito baixo de óculos e bigode que parecia saído de um desenho infantil. Tinha um caderno de anotações. Abriu-o e perguntou qual seria o meu problema. Respondi que estava preocupada com o fato de ter um nariz. Ele tentou não demonstrar surpresa.

— Ah — disse. — Dismorfia corporal.

— Não — retruquei. Eu andara me inteirando da terminologia. — Não quero um nariz diferente. Simplesmente não quero ter nariz. Quer dizer, não um nariz projetado assim para a frente.

— Já pensou em cirurgia plástica?

Era um truque chamado "entrar no delírio do paciente". Eu estava preparado.

— Não quero alterar este corpo — insisti. — Quero que ele seja retirado. Estou no corpo errado.

— Ah — fez ele de novo. — Está no corpo errado.

— Não quero ser homem — afirmei. — Se é o que está pensando.

— Ah.

Ele parecia desapontado, mas ao mesmo tempo interessado. Brincava com a caneta. Já estaria imaginando uma dissertação submetida à avaliação dos pares para ser publicada?

— Mas eu tenho um pênis — prossegui. — Só que não é um pênis humano. O meu verdadeiro eu tem um pênis.

— Oi?

— Fica perto do ouvido.

Ele parecia confuso. Pousou a caneta na escrivaninha.

— E também tenho óvulos — disse eu. — E um dardo do amor. Quer dizer, no meu corpo verdadeiro. O corpo onde não estou agora.

— Um dardo do amor? — As sobrancelhas dele se ergueram.

— Você tem uma arma?

— Não exatamente uma arma. É um gipsobelo — expliquei. — É feito de cálcio. Eu o enfio na minha parelha. Quer dizer, enfiaria, se estivesse no meu verdadeiro corpo.

— Ah.

Ele me olhava com certa inquietude. Não só para mim, mas para a porta atrás de mim.

— Não é enfiar como se fosse uma faca — continuei. — Mais como se fosse um canudinho.

— Entendo — disse ele. — E o seu verdadeiro corpo, como dizia...

— Na verdade eu sou um caracol.

Fez-se silêncio.

— Acho que está na nossa hora — avisou ele, embora ainda faltassem pelo menos cinco minutos. — Nos vemos semana que vem?

— Acho que não vai adiantar — respondi, pegando a bolsa. Tinha levado algum tempo para me acostumar com o acessório. Caracóis não precisam de bolsas.

Saí do consultório desesperado. Que crime cometi?, me perguntava. O que foi que fiz de tão errado quando ainda era caracol? Quanto tempo ficarei preso neste purgatório? Que penitências tenho que pagar para me libertar?

Talvez fosse um problema religioso, pensei. Comecei a frequentar igrejas, me insinuando no interior quando havia poucas pessoas. Eram escuras e meio úmidas, como a parte inferior das folhas, com leve cheiro de mofo, o que me reconfortava. Comecei a rezar. *Ó, Deus, ou quem quer que seja responsável por esta confusão toda, por favor, me tire daqui! Que minha pequena alma possa sair desta canhestra jaula gigante! Nem preciso voltar a ser caracol, embora prefira. Quem sabe uma tartaruga. Uma rã? Não, agitado demais. Algo tranquilo, algo vegetariano...*

Mas aí comecei a ter dúvidas. E se, no fim das contas, eu não tivesse alma de caracol? E se eu fosse realmente aquela mulher — ela se chamava Amber —, se eu fosse a Amber e sempre tivesse sido a Amber, e estivesse passando por um surto psicótico? Por que teria acontecido uma coisa assim? Seria o caso de apagar todas as memórias da minha existência de caracol? Ficaria mais feliz? A essa simples ideia, entrei num verdadeiro frenesi. Seria o caso de pular da varanda e acabar com aquele corpo indesejado, na esperança de reencarnar mais uma vez? Mas eu podia acabar virando algo ainda pior. Uma sanguessuga. Um ácaro de sobrancelha. No mínimo uma lesma.

Essa fase passou, com a ajuda de balinhas de cannabis fornecidas pelo Tyler. Foi muita gentileza dele. Descobri que, se comesse o suficiente, dava para aguentar o tipo de acasalamento dele, às vezes até gostar. Cheguei à conclusão de que, se não dava para saltar do ônibus, era melhor apreciar a paisagem, e, assim, eu e meu corpo usurpado fazíamos o possível.

Passadas mais duas semanas, perdi o emprego de bancária. Na verdade, praticamente o larguei. Não tinha a energia necessária para a função — todas aquelas vozes infelizes — nem estava minimamente interessado no que diziam. Quem queria saber de CDIs? Eu não. "Juros" e "taxas de câmbio" eram invenções sem a menor relação com o mundo real: não comiam, não procriavam nem defecavam. Esses fragmentos da ideosfera humana rodopiavam ao meu redor como fumaça, em constante mudança, impossíveis de captar de alguma forma tangível ou satisfatória.

Depois de deixar o emprego no banco, dei para ficar dormindo no apartamento, enroscada no pufe, com minha minúscula alma espiralada reluzindo no interior do seu domicílio carnal. Quando não dormia, cochilava, num estado limítrofe em que tinha a sensação de estar hipnotizada. Passava horas contemplando as mãos — os círculos concêntricos das pontas dos dedos, as linhas percorrendo as palmas —, imaginando como seria deslizar pelos caminhos da minha própria pele com meu escorregadio pé de caracol, que mais parecia uma língua.

Tyler passou a perguntar quando eu começaria a procurar outro emprego. Achei que estava ansioso por eu não estar mais contribuindo com o aluguel, mas sua ansiedade me deixou indiferente. Até que disse que talvez eu estivesse com algum problema de saúde — arriscou mononucleose — e quem sabe não deveria procurar um médico...? Respondi que estava só muito cansada. Ele achou que não era normal, e, além do mais, eu vinha perdendo peso: precisava parar de comer apenas legumes e verduras. Eu disse que ia tentar, mas enquanto isso ele não podia comprar mais alface? Tinha acabado. A feira livre seria uma boa pedida, sugeri. Vendiam produtos locais. Depois que Tyler saiu com a ecobag, virei o pufe de ponta-cabeça e me meti ali embaixo. Tão quentinho e escuro, e levemente úmido.

Quando estávamos almoçando — uma salada deliciosa, embora Tyler tivesse adicionado bacon —, Tyler achou uma lesma na alface romana.

— Prova de que é orgânica — disse, se levantando. — Vou jogar essa meleca na privada e dar descarga.

— Não — gritei.

Ou achei que tinha gritado, mas não saiu nenhum som. Eu perdera a voz. Teria perdido a habilidade de falar de tanto pavor? Agora que Tyler se revelava um assassino, não tinha como eu ficar com ele. Enquanto ele estava no banheiro se livrando da minha parenta, fui saindo de mansinho do apartamento e passando pelo corredor em direção ao elevador. Ainda estava vestindo a calça de moletom e a camiseta, apenas com um casaco leve por cima. Aonde poderia ir?

Tomei a direção da praça mais próxima, mas era aberta demais. O céu cheio de pássaros esvoaçando era assustador para mim. Encontrei uma ponte ferroviária e me agachei embaixo, encostada no cimento úmido da parede. Ficaria ali, decidi. Estávamos em outubro: cavucaria o solo antes que congelasse; ia hibernar. Se ao menos pudesse subir lentamente pela parede até as suculentas ervas que via por uma fenda na estrutura de ferro... Mas não, não funcionaria, pois eu não era um caracol. Ou era?

Aguentei firme ali durante várias horas, agachada, me abraçando, tiritando, ignorada pelos transeuntes. Alguém me deu dois dólares. Eu sentia meus tecidos se contraindo, se enrugando. A sede me levou de volta ao apartamento.

— Aonde foi, meu bem? — perguntou Tyler, me vendo beber água sem parar na cozinha.

— Saí — consegui resmungar. E caí nos seus braços: devo ter desmaiado.

Ao acordar, estava num hospital com um cateter no braço. Desidratação grave, disseram. E subnutrição. Sopa substancial, gelatina na sobremesa, creme de ovos: foram as prescrições. Eu conseguia engolir, apesar do esforço. Pelo menos era tudo úmido.

Agora estou no apartamento de novo. Tyler raramente está por aqui. Diz que vai malhar, mas ninguém pode ir tanto assim à academia. Ele está me evitando. Na verdade, deve estar meio receoso de mim. Com certeza está se acoplando com outra mulher — sem dúvida, um substituto do exercício intenso, semelhante ao da academia, para ele. A um quilômetro eu sinto nele o perfume de almíscar dela. Mas não me importo: caracóis podem sentir paixão, mas não sabem o que é ciúme. Talvez essa caçadora ilegal de namorados queira se enroscar conosco, espéculo, sem pensar muito. Será que dou a sugestão a ele? Os caracóis gostam de *ménage à trois*. Isso entrando naquilo e nisso e naquilo, uma espécie de coroa de flores de interconexão sedosa, porém muscular... Não, Tyler no fundo é um puritano — logo se vê, pelo vício em ginástica — e, como todo bom puritano, tem tendências monogâmicas. Uma pena.

Passam-se os dias. Eu espero para ver como as coisas evoluem. Medito. Talvez esteja entendendo o fenômeno no sentido inverso.

Talvez eu fosse uma mulher no começo — quem sabe até esta mulher específica, Amber, com seu guarda-roupa de camisetas piadistas —, e aí fui introduzida num caracol para aprender algo de transcendental importância para a minha alma. Mas o que seria? Desfrutar do momento presente, na riqueza de nervuras e células das folhas comestíveis, na estonteante, inebriante fragrância das peras apodrecendo? Valorizar as alegrias simples do universo, como a conjunção com outro caracol, ou outros caracóis? Seria isso? Perdi algo? As coisas são o que são? Eu sou o que sou? Que sou eu? Por que eu preciso sofrer? Enigma dos enigmas. É isto que significa ser humano, imagino: questionar as condições da existência.

Mas não é para ser tudo uma penitência. Tem o lado positivo. Em seu próprio corpo, os caracóis não veem as estrelas, mas com esses olhos emprestados, agora, pude vê-las. As estrelas são uma maravilha. Talvez me lembre delas quando voltar a ser caracol, se um dia essa graça me for concedida.

Tem que haver um propósito. Devo estar aprendendo alguma coisa. Não posso acreditar que seja tudo aleatório.

Preciso me manter positivo até que minha atual hospedeira de pele e tecidos se consuma. Então minha pequena e brilhante alma espiralada vai subir e voar em meio às nuvens iridescentes e à música em tonalidade menor do reino espiritual intermediário, para mais uma vez encarnar. Mas como o quê?

Qualquer casca que não seja esta. Qualquer concha diferente desta.

ESVOAÇANTES:

UM SIMPÓSIO

✦

Myrna chega à casa de Chrissy e toca a campainha. Ouve-se o sinal sonoro, mas… nada. Ela entra. — Sou eu — anuncia, ou melhor, grita. — Não devia deixar a porta destrancada! Podia ser um *serial killer*!
— Um minutinho só — berra Chrissy lá de dentro.
O vestíbulo de ladrilhos cor-de-rosa pelo menos é mais fresco. Myrna se olha no grande espelho oval, com sua moldura de madeira turquesa, o laço de fita esculpido no alto, um certo ar rústico francês. Chrissy não resiste às chamadas lojas de antiguidades, por mais que o conteúdo seja fajuto. Restos dos outros; era o mesmo antigamente no gosto para homens. Aquela coisa devia estar num quarto.

— Cacete, como está quente — resmunga Myrna consigo mesma, tirando o chapéu de palha de abas largas e ajeitando para trás umas mechas soltas do cabelo exageradamente ruivo.

Não devia ter deixado Antonio fazer o que queria com suas tesouras de prata. Ele chegou a se desculpar indiretamente pelo resultado. Podiam ajeitar a coloração da próxima vez, disse, e, enquanto isso, a situação estava realmente dramática, então melhor aproveitar.

Além disso, não devia ter escolhido esse vestido sem mangas, por uma ou duas razões: primeiro, queimaduras de sol; depois, tríceps flácidos. Os halteres não estão adiantando, embora talvez fosse melhor se ela não se limitasse a olhar para eles. Verde não é a sua cor. Pelo menos não esse verde-limão, que dá um ar de icterícia à pele.

Para que tanta vaidade?, pergunta ao reflexo no espelho. Já passou da época, e muito. Ninguém liga mais para a sua aparência hoje em dia.

Ela segue para a sala de estar de Chrissy. O tapete cor de aveia dá uma sensação esponjosa sob os pés, como se pisasse em musgo úmido: Toronto antigamente ficava num pântano; ainda fica, considerando a umidade. Está tudo nos lugares de sempre: o vaso mexicano de flores secas e ramos salpicados de roxo, azul-piscina e prata, as almofadas decorativas com bordados — do coletivo de mulheres de Bangladesh —, a ampliação emoldurada da capa recusada do único livro de sucesso de Chrissy, *Esvoaçantes: Mulheres nas alturas*. É a capa que ela queria, mas a que lhe tinham impingido era muito mais básica: laranja, com a pequena imagem de um biplano ultraleve. A capa precisava passar uma mensagem direta, disseram. Tinha que causar impacto vista pelo celular.

*Esvoaçantes* foi uma incursão na análise feminista interdisciplinar, ou pelo menos era o que Chrissy dizia. (Pseudo-bobagem, zombara Myrna, que se considerava mais rigorosa.) Chrissy havia ensinado mitologia e folclore em certa época, na terceira melhor universidade de Toronto; seu livro começou como um artigo acadêmico sobre mulheres imaginárias que negavam as leis da gravidade.

Mas *Esvoaçantes* não se limitava a Íris, a mensageira do arco-íris enviada pelos deuses; ou às harpias, com suas asas e garras; ou à velhota lançada aos céus em uma cesta, como em uma antiga música infantil; nem às Flores e Fadas de Cicely Barker; ou a Mary Poppins descendo de uma nuvem, amparada por um guarda-chuva mágico; ou a Sininho, a minúscula fadinha cintilante de *Peter Pan*; ou às Benandanti italianas que combatiam em pleno voo as feiticeiras malvadas, para salvar a colheita; ou a Dorothy de Oz com seu cãozinho, Totó, quase o tempo todo nas alturas.

Chrissy passara da ficção e da mitologia para a vida real: mulheres atiradas de canhões, acrobatas seminuas caindo para a morte, Amelia Earhart e seu misterioso desaparecimento, e as Bruxas da Noite, as destemidas pilotos do regimento soviético de biplanos de compensado, que despejavam morte na escuridão durante a Segunda Guerra Mundial.

O que significavam essas mulheres voadoras para quem as observava, fosse numa página ou olhando para o alto? Chrissy propunha várias teorias. Uma delas era sadismo sexual — haveria quem gostasse de ver lindas acrobatas se debatendo, aterrorizadas — e outra, o compreensível desejo feminino de escapar às limitações de um corpo físico preso à terra. Que garota nunca sonhou em decolar?

Houve reclamações de leitores: pensavam ter comprado um livro sobre as esquadrilhas de combate dos Aliados e deram com um bando de fadas. "Fadinhas do caralho", para ser exata, pensou Myrna, a quem Chrissy mostrara algumas cartas recebidas. Por que não leram o resumo?, perguntou Chrissy, magoada. Por que diziam coisas tão horríveis? *Vadia feminazi cretina* não era expressão que se usasse num debate acadêmico sério, embora o termo *feminazi* tenha sido inventado por um professor universitário. E por que foi que dois críticos falaram de *futilidade* a respeito das ideias dela, enquanto um terceiro a considerava uma *cabeça-de-vento*?

— Quem publica um livro e tem uma parte do corpo que começa com V vai sempre atrair ódio feito ímã — disse Leonie, tentando consolar Chrissy. — É automático. Ninguém escapa. — E acrescentou, como costumava fazer: — Era pior na Revolução Francesa. Podiam cortar a sua cabeça se você não dissesse "cidadão".

A Revolução Francesa era a matéria que Leonie ensinava na segunda melhor universidade de Toronto, na época em que ainda se dava alguma importância à história.

Ela também havia publicado um livro: *Termidor!* Inicialmente, tentou as editoras acadêmicas, mas nada feito: disseram que a ênfase sensacionalista em atos de violência impedia que o livro fosse levado a sério. Mas uma editora comercial de tamanho médio vislumbrou possibilidades. Decidiram eliminar o subtítulo de Leonie: "Represálias políticas extra-judiciais e matanças por vingança durante a reação termidoriana na Revolução Francesa, e o legado que nos deixaram." Pesado demais. Acrescentaram o ponto de exclamação, para maior dramaticidade, e usaram letras marrons estilo Belle Époque sobre fundo vermelho, inspirando-se nos cartazes de Toulouse-Lautrec no fim do século XIX. Quando Leonie protestou contra o anacronismo, os editores arregalaram os olhos: não era tudo francês? E a cor não sugeria sangue ressecado? O que mais ela queria?

A capa foi um desastre, segundo Leonie. Claro que ela foi criticada por certos pedantes da Academia por causa do contrassenso histórico da fonte escolhida, mas nas livrarias houve quem achasse que *Termidor!* era um livro de culinária sobre frutos do mar, com ênfase em lagostas — o crustáceo favorito de Toulouse-Lautrec —, e ficasse indignado ao se deparar com um desenho de Olympe de Gouges sendo guilhotinada por reivindicar liberdade, igualdade e fraternidade para as mulheres, uma reprodução do quadro a óleo que retrata Robespierre levando um tiro na cara e uma gravura com contrarrevolucionários enfurecidos massacrando prisioneiros jacobinos com sabres, porretes e pistolas. Uma escritora interessada em coisas tão depravadas só podia ser um monstro sanguinário.

Leonie também recebeu cartas sórdidas. Na maioria dos casos, os remetentes não tinham lido o livro e reagiam à sua foto publicada na imprensa. Tinham saído algumas resenhas, pois execuções em massa e ondas de pânico cultural sempre davam assunto, segundo os editores dos cadernos de cultura. Certos missivistas do sexo masculino diziam não conseguir emprego por causa de Leonie; outros se limitavam a agitar os epítetos de sempre — "Vaca prenha", "Bruxa horrorosa", "P___a maluca" e afins —, enquanto algumas do sexo feminino acrescentavam "Você só pode ser doente", "Por que tanto negativismo?" e, o golpe de misericórdia, "Fiquei muito decepcionada".

— Não liga — aconselhou Myrna, vendo que Leonie até chorava, doída. Melhor dizendo, quase chegava a chorar; a geração dela não se permitia chorar de verdade em público. Seria sinal de fraqueza, coisa de mulherzinha: era preciso acabar de uma vez com esses estereótipos. — Muita gente gostou do seu livro.

— Não muita — retrucou Leonie. — E os outros fizeram comentários vulgares.

— Comentários vulgares existem desde que se começou a escrever. Você precisava ver as paredes das tabernas de Pompeia.

— Que se danem as paredes das tabernas de Pompeia — choramingou Leonie. — Por acaso eu sou uma p___a maluca?

— Menos que a maioria — garantiu Myrna.

— Isso tudo é história, é o que aconteceu, o que as pessoas fizeram. Por que estão me crucificando por escrever sobre o assunto?

— A maioria das pessoas não quer saber o que os outros fizeram — continuou Myrna. — Preferem comer lagostas.

*Concordo com elas*, acrescentou para si mesma. Cabeças cortadas não espalham alegria, para que se preocupar com elas? Sim, aconteceu, mas nem todo mundo está louco pelo clarão ofuscante da Verdade.

Em certa época, Myrna estudou insultos e linguagem ofensiva como fenômeno social e linguístico. Continuou estudando depois de se aposentar da melhor universidade de Toronto, mas por conta própria. Ela notou que na internet as mulheres de espírito crítico passaram a usar *decepcionada* com frequência cada vez maior: o termo praticamente substituiu *chocada e indignada* quando se queria dar um tiro certeiro, mais ou menos como uma variante mais rápida de um vírus toma o lugar de outra mais lerda.

E, agora, aqui está a capa recusada de Chrissy, bem à vista na sala de estar. Um céu azul pálido, um multicolorido balão de ar quente vitoriano. Três jovens senhoras enluvadas e cobertas de babados — azul-claro, rosa e mimosa —, com amplos chapéus amarrados no queixo por um véu, se debruçam no cesto de vime. Acenam alegremente para o observador enquanto passam por cima de árvores e telhados e torres e rios, arriscando-se um pouquinho, desfrutando da vista. O sol se põe, ou talvez esteja nascendo, sobre nuvens róseas e fofas. Tempo bom pela frente, ou ruim? Chrissy nunca foi categórica sobre esse aspecto.

Leonie já chegou. E não perdeu tempo: tem na mão um copo, gim-tônica com lima-da-pérsia, sua preferência de sempre. Está deitada na chaise-longue de veludo cereja, esticando as pernas compridas. Calça palazzo branca, sandália plataforma vermelha, um top florido de parar o trânsito. Enormes brincos pendentes de plástico laranja. Hoje não está de peruca; rarefeitos, os cabelos de um branco sujo ainda estão crescendo, depois da segunda sessão de químio. Ela preencheu as sobrancelhas. Logo depois da operação e da radioterapia, teve uma fase em que pintava bigodes de gato no rosto, mas já superou.

— Que tal a gostosona aqui? — pergunta Leonie.

Era a saudação habitual quarenta anos atrás. Agora provavelmente seria *fodona*, pensa Myrna. *Foda* virou pontuação para os netos adolescentes. Mas os menorezinhos não chegaram lá, ainda estão na fase do cocô.

*Foder*, antes, era impublicável, ao passo que insultos raciais e étnicos eram comuns, mas agora é ao contrário. Myrna toma nota dessas mutações verbais, pois o que não pode ser dito sempre foi um *leitmotif* nas culturas humanas. Caluniadores e escatologistas façam fila aqui; amaldiçoadores e blasfemadores, ali. Palavras-tabu que dão azar lá atrás, por favor. Quanto a *foda*, ela publicou certa vez uma dissertação a respeito no *Maledicta: Jornal Internacional da Agressão Verbal*. "'Que se foda' e 'foda boa': significados negativos e positivos de uma palavra problemática."

— Mais gostosa, impossível — responde Myrna. — Se bem que gostoso é uma questão... de gosto.

Ela podia ter dito "Depois a gente vê isso", resposta que costuma ser mais usada no caso. Ou poderia ter arriscado "Depois a gente fode e vê isso", ou seria "Depois a gente vê isso na foda?" Ou, quem sabe, "Vamuvê isso numa foda irada?"

Ela acabou de usar *irada* como palavra modificadora? Que expressão horrenda! Como é fácil ser tragado pelo dreno verbal e cair no poço sem fundo das modas vocabulares!

— Meu Deus, o que houve com seu cabelo? — pergunta Leonie. — Suco de beterraba?

— Discuti com um feiticeiro — responde Myrna. — Ele tentou me transformar num orangotango, mas só funcionou parcialmente.

— Vai crescer — promete Leonie. Mas aí, sentindo que pegou meio pesado, dá uma recuada: — Não, mas ficou muito legal.

— Beleza. O seu também — responde Myrna.

Cacete, pensa então. Leonie com vinte por cento de probabilidade de estar viva daqui a três meses, seu companheiro há quarenta e seis anos numa casa de repouso achando que é piloto de bombardeiro, e nós aqui discutindo sobre o cabelo dela?

Ela passa os olhos pelo bar improvisado que Chrissy montou numa mesinha de cabeceira: garrafas e copos, gelo num recipiente metálico de cozinha, uma tigela menor com fatias de limão e lima--da-pérsia. Latas de Coca e *ginger ale*, e garrafas de Perrier. Está com tanta sede que seria capaz de beber aquilo tudo. Ela escolhe uma Perrier e abre a tampa.

— Pegue duas, são baratas — diz Leonie. — Não se preocupe, agora estou pegando leve no gim. Ordens médicas. — Ela ri, um riso meio estridente. — Exagerei no último encontro.

O último encontro foi há quase um ano, antes do diagnóstico de Leonie. Myrna lembra muito bem como foi o exagero: precisou chamar um táxi e botar Leonie dentro. Não havia hipótese de permitir que ela dirigisse; podia passar por cima de um infeliz passeando com o cachorro. Myrna teve seu trabalho dificultado pela sua altura; com seu modesto metro e cinquenta e nove contra o metro e setenta e sete de Leonie, sem falar das plataformas.

Ela não devia beber nada, pensa Myrna. Devia se restringir a suco verde. E mirtilo. Muito mirtilo.

Chrissy entra apressada, carregando uma tigela fúcsia e azul-marinho de azeitonas pretas e uma bandeja azul-celeste com salgadinhos vegetarianos. Coloca as azeitonas e os salgados na mesinha de centro com tampo de vidro, ao lado da pilha de minúsculos guardanapos rendados, com um botão de rosa cor-de-rosa bordado em cada um. Está usando uma roupa roxa ondulante que mais parece um bibe infantil, com os braços magros e sardentos nus, à parte as duas pulseiras de contas. Brincos de vidro lilás em forma de cachos de uvas tilintam levemente. Os cabelos de um louro-acinzentado estão presos num rabo de cavalo por uma xuxinha azul-celeste com desenhos de — será mesmo? — unicórnio. Seria indelicado fazer algum comentário sobre os unicórnios, decide Myrna.

— Chegou a tempo — diz Chrissy em tom de recriminação. — Embora Leonie na verdade tenha chegado cedo!

— Lamento. Só que não — devolve Leonie. — De qualquer maneira, cá estamos. Um bando de bruxas grasnantes. Só falta Darlene.

*Grasnar*, pensa Myrna. Vem do latim. Denota um som produzido por um bando de corvos ou de mulheres. *Cacarejar* pode parecer derivar da mesma raiz, mas na verdade...

— Darlene cancelou — diz Chrissy. — Preciso de um *spritzer*.

— Ela está doente? — pergunta Myrna. Tem muita gente doente.

— Não, desculpem, não fui clara. Devia ter dito desistiu — explica Chrissy, manobrando uma garrafa e um copo. — Do nosso comitê. Disse que é melhor evitar essa polêmica.

— Que polêmica? — pergunta Myrna.

— Bom, ela é reitora — responde Chrissy. — E bióloga. Biólogos estão sempre metidos em problemas, ninguém os entende. Talvez não devessem ser reitores.

— Mas nós precisamos da Darlene! Ficamos reduzidas a zero sem ela! O que *aconteceu*? — insiste Leonie. — Enfiou o dedo em alguma ferida?

— Andou falando no rádio — diz Chrissy. — Numa mesa-redonda.

— Mesa-redonda! — exclama Leonie. — Antes uma boa morte! Nem toda mesa-redonda é ruim, na opinião de Myrna. Ela participou de uma sobre circunlóquios usados em inglês para falar do tempo. Foi divertido.

— Mesa-redonda sobre o quê? — pergunta.

Chrissy baixa a voz.

— Gênero.

— Caralho — exclama Leonie. — Ninho de cobras!

— Vocês conhecem a Darlene, ingênua demais. Foi convidada a falar sobre diversidade na natureza e se saiu com um troço chamado bolor limoso. É como se fossem bolhas informes. Segundo ela, podem resolver certos problemas. — Chrissy faz uma pausa.

— E têm setecentos e vinte sexos.

— Então são uns setecentos sobrando — diz Leonie.

— Exatamente — concorda Chrissy. — Essa história não agradou nada! Certos participantes acharam que estavam sendo chamados de bolor limoso, outros disseram que ela estava contra as mulheres.

— Para dizer a verdade, bolor limoso não é nada convidativo — atalha Myrna.

— Não para aquelas pessoas. Querem que tudo seja em pares, só em pares. Caixas fechadas. Dia e noite. Preto e branco. Homens e mulheres.

— Amaldiçoados e redimidos — diz Leonie. — Muito puritanismo. Radicalismo revolucionário: contra ou a favor, cortem-lhes a cabeça. Quer dizer que Darlene foi parar na caixa dos malditos?

— Mais ou menos — responde Chrissy. — O negócio bombou no Twitter. Passou rápido, mas mesmo assim... As universidades estão sempre preocupadas com a própria imagem. Ela precisou divulgar uma nota dizendo que se expressou mal.

— Darlene nunca se expressa mal — diz Leonie. — Sempre muito precisa.

— Eu sei — concorda Chrissy. — Estou dizendo que ela *disse* que se expressou mal. É o que os reitores acabam dizendo quando incomodam.

— *Se expressou mal* — rumina Myrna. — Parece uma dessas invenções modernas horrorosas, mas na verdade é uma expressão muito antiga.

— Interessante — diz Chrissy, distraída. — Trouxe aqui um queijo diferente, daquela lojinha. Queijo de cabra com cobertura de cinzas, batizado em homenagem a Cinderela. Por causa das cinzas, suponho.

— Merda no ventilador — diz Leonie. — A gente dá um jeito. Darlene por acaso acha que nós três nunca nos metemos em polêmica? Ela tem que voltar para o comitê.

— Ela diz que é muito polarizadora — explica Chrissy. — Que não quer comprometer o projeto.

— Polarizadora? Graças à deusa não preciso mais labutar na selva da Academia — diz Leonie. — Parece o Terror da Revolução Francesa.

— Também passamos um pouco por isso na nossa época. — diz Myrna. — Lembram-se das brigas por causa de *womyn* com *Y*?

*Não confundir com "wymmen"*, pensa ela, que não é nenhuma invenção feminista moderna para se referir às mulheres, mas vem do Inglês Médio antigo...

— Acabou não pegando — diz Leonie. — Só em certas seitas.

— Vocês não podem ignorar a situação da Darlene — diz Chrissy, séria. — Ela ainda tem um emprego, ao contrário de nós. Está nas redes sociais.

— Pois devia sair — resmunga Leonie.

— Nós também éramos polarizadoras — prossegue Myrna. — Lembram quando fundamos a *Great Dames*? "A revista que assusta os carteiros"? Lembram-se da edição Sapatas e Psiques, sobre os analistas freudianos misóginos?

— Nessa a gente cutucou bem o vespeiro — diz Leonie. — Aquelas cartas babando ódio em maiúsculas, sublinhadas com lápis de cor vermelho e azul, nos chamando de víboras e megeras, e as ameaças de morte violenta! Como eles tinham imaginação! Torta de peitinhos ao forno, lembram? E, olhem só, estamos aqui!

— *Megera* — a palavra saiu de moda, reflete Myrna. Sem falar em *víbora*. Mas *peitinhos* ainda se ouve por aí.

— E tinha os que ofereciam o que a gente estava precisando, que era um bom estupro — diz Leonie. — "Estou pagando pra ver você tentar", respondi em alguns casos. "Vai querer um chute nas bolas com botas de bico de aço?"

— Eu nunca disse nada pesado assim — lembra Chrissy. — Claro que ajuda ser mais alta, como você. Você não estava no time de futebol feminino do colégio?

— Responder só servia para atiçar ainda mais — pondera Myrna. — Não que eles chegassem a fazer alguma coisa. Mas, durante um tempo, eu carregava sempre um guarda-chuva pontudo e spray de pimenta.

— A gente não deve gritar "Socorro" — diz Chrissy. — Tem que gritar "Fogo!".

— Por quê? — quer saber Myrna. Ela lembra que uma vez disseram que o melhor é vomitar, mas decide não trazer a sugestão à baila.

— Porque, se você gritar "Socorro", ninguém vem ajudar — responde Chrissy, com ar de desencanto. Faz-se uma pausa.

Será que elas estão realmente tão sozinhas assim? As pessoas realmente são tão medrosas e egoístas?

— Eu ajudaria — diz Leonie. — Se ouvisse.

— Eu sei que ajudaria — concorda Chrissy.

— Eu também — faz Myrna. — Se estivesse com o spray de pimenta.
— Então — atalha Leonie. — Voltando a Darlene. Quantos anos ela *tem*, afinal?
— É mais nova que nós — responde Chrissy, torcendo os anéis nos dedos: uma opala leitosa, uma ametista. — Para ela é diferente.
— Exatamente, uma fracota — diz Leonie. E ergue o copo: — Um brinde à polarização.
Joga a cabeça para trás e manda para dentro um terço do gim-tônica.
— Leonie, vamos ser justas! Não estamos mais em 1972 — protesta Chrissy no tom moralista que às vezes assume.
— E você acha que eu não sei? Se estivéssemos em 1972, eu não estaria praticamente careca, metade dos meus amigos não teria morrido e Alan não acharia que está pilotando uma Fortaleza Voadora para jogar bombas em algum lugar. Ele acredita que foi sequestrado num avião. Fica fazendo *zum-zum* com a boca, me dá vontade de chorar. E o pior é que nem chegou perto de combater na porra da Segunda Guerra Mundial!
Ela parece mesmo a ponto de chorar.
— Ah, Leonie, sinto muito, eu não queria...
Agora é Chrissy que parece que vai chorar.
Concurso de choro: hora de mudar de assunto, pensa Myrna.
— O asfalto lá fora está literalmente derretendo — diz. — Eu quase evaporei. Quando entrei aqui, estava parecendo a própria ira de Deus.
— Por isso achei melhor ficarmos aqui — diz Chrissy, agarrando a mudança de assunto como se fosse uma passagem de bastão.
— No ar-condicionado. Não que eu goste, mas às vezes... Botei no máximo, embora de vez em quando me faça espirrar. Espero que não.
Myrna toma um gole da Perrier e pega um punhado de salgadinhos vegetarianos.

— Também compro desses, são feitos com farinha de feijão. Meus netos adoram. Preciso dizer sempre: Deixem um pouco para a vovó. Parecem uns esquilos!

— Minha avó dizia isso o tempo todo — acrescenta Leonie, dando tapinhas nos olhos com o guardanapo de botão de rosas.

Também entrou numa de mudar de assunto. Chorar sempre acaba levando a maledicência e brigas, pensa Myrna. As rixas que causaram os cismas feministas da década de 1970 foram ferozes e se prolongaram por anos, mas na idade atual elas não têm mais chão pela frente para uma boa briga demorada.

— Dizia o quê? — pergunta ela.

— Ira de Deus — responde Leonie. — Mas de um jeito estranho.

— E estava parecendo mesmo? — quer saber Chrissy.

Ela deposita cuidadosamente o traseiro magro no sofá, ajeitando a saia com uma das mãos e segurando na outra a taça de *spritzer*.

— Parecendo o quê? — pergunta Myrna.

— A ira de Deus — diz Chrissy.

— Não sei — responde Leonie. — Nunca soube o que queria dizer "ira de Deus".

— Talvez a paisagem depois da passagem de Deus num tufão — diz Myrna. — Como ele costumava fazer. Destruída. Arrasada.

— Bem, o fato é que ela ficou com uma aparência horrível no fim — explica Leonie. — No fim da vida. Como ficaremos todas.

— Isso a gente sabe — concorda Chrissy.

— Sabe o quê? — pergunta Myrna. Por que parece que o tempo a está deixando para trás? Ela anda com dificuldade para ligar os pontos na conversa, e nem sequer está bebendo. Será a afasia chegando aos poucos? Se for, seria uma ironia. Não, aquelas duas é que ficam pulando feito rãs na frigideira. — Ah, sim — diz então. — Aparência horrível.

— Sim. O problema é o pescoço. — Chrissy toma um gole do vinho. — Mas fazer o quê? Vão querer o queijo que eu trouxe? E as bolachas?

— Mal não faz — responde Leonie.

Chrissy vai buscar.

— Quem sabe a gente começa a falar do que interessa? — diz Myrna. — Qual é a pauta?

Nesse ritmo, vai dar meia-noite e elas nem começaram a abordar o assunto principal.

— Dá para fazer lifting no pescoço — diz Leonie. — Eu fiz, sei lá, uns dez anos atrás. Mas hoje ninguém diria, a gravidade já está marcando território.

— Minha mãe também fez — diz Myrna. — Parecia a ira de Deus. Se bem que, quando morreu, a pele do rosto estava incrivelmente lisa. Todas as marcas de dor e preocupação simplesmente tinham desaparecido. Tipo Botox instantâneo. — Assim que a frase lhe sai pela boca, ela sente que enrubesceu.

— Que coisa mórbida! — exclama Leonie, num riso forçado.

— O preço é muito alto! Prefiro ficar toda enrugada.

— De qualquer jeito, não vou deixar ninguém enfiar uma faca em mim — diz Chrissy, voltando com uma bandeja amarela e o queijo de cinzas sobre um trono de folhas de alface, no meio de uma elipse de bolachas sete grãos. — E esses cirurgiões plásticos são uns maníacos controladores. Acham que sabem melhor que você como deveria ser a sua aparência.

"Uma amiga minha teve câncer de mama — diz Chrissy. — Mandou tirar as duas e acabou decidindo fazer implantes. Fez desenhos, tirou fotos e medidas; tinha seios pequenos e queria voltar ao que era. O médico do implante disse 'Claro, naturalmente, não se preocupe' e, quando ela voltou da anestesia, estava no tamanho M! Praticamente G! Duas bolas de praia. Ela ficou decepcionada demais! Quer dizer, mais para chocada e indignada."

— Minha nossa! — faz Leonie, rindo. — Aposto que ele achou que ela devia ficar agradecida!

Agora ela está às voltas com as azeitonas pretas; deixou cair uma gota do molho nas calças palazzo. Erro elementar usar calças brancas, pensa Myrna.

— Por aí — diz Chrissy, pegando uma bolacha. — O cara se achava. Fanático por tetas grandes. Com que direito concluiu que ela queria seios maiores? A criatura tem setenta e cinco anos!

— Mas não dá para desistir. Nunca! — faz Leonie. — Não pelo menos até chegar a hora.

— Que hora? — pergunta Myrna, levando à boca uma bolacha com queijo. De repente ficou com fome: é esse papo de morte. — Esse queijo é maravilhoso — diz para Chrissy.

— A hora da morte.

Leonie não está rindo. Acabou com o gim-tônica e está preparando outro.

— Salvaram a vida dela — diz Chrissy. — Os implantes. Ela tropeçou e levou um tombo, no porão. Teria batido com a cabeça no piso de cimento, mas os peitos falsos chegaram na frente. Foi como se ela tivesse quicado.

— Excelente propaganda — diz Leonie. — Deviam incluir nos anúncios.

— Mas ela acabou mandando tirar os implantes superdimensionados — prossegue Chrissy.

— Eu faria o mesmo — diz Myrna. — E botou outros menores?

— Não, meio que resolveu deixar para lá — responde Chrissy.

— Ficou, tipo, pra quê? — pergunta Myrna. — Eu entendo. — Tipo, *pra quê essa merda toda*, acrescenta mentalmente.

Faz-se uma pausa meditativa.

— OK, acho que está na hora de mandar ver — diz Leonie. — Contagem regressiva. Tenho um compromisso importante antes do jantar. Advogado. Testamento.

— Isso aí, todo mundo devia fazer o mesmo — emenda Myrna. — Fazer o testamento.

Ela já conversou com Cal sobre o assunto, mas ainda não fizeram nada. O tipo de coisa que a gente vai adiando. *Testamento*, pensa. Palavra mais escorregadia... Meu testamento. Testamento dos deuses. Testar, não testar. De *testari*, latim, e também *testis*, testículos, atestando a virilidade, cheios de testosterona. O membro viril. Mais um dos novecentos e noventa e nove nomes do pênis.

— *Pênis* é uma palavra muito recente — continua —, derivada de outra que significa "cauda". *Cauda*, por sua vez, em referência a uma mulher como objeto sexual... — As outras olham fixo para ela. — Eita, monólogo interior. Estou deixando vocês entediadas? Ela precisa tomar cuidado para não entrar em livre associação em público.

— A mim não — diz Leonie. — Alguém sabia dessa história das caudas?

— Vou pegar minhas anotações — anuncia Chrissy, nervosa. Ela não aguenta mais ouvir falar de pênis, na conversa ou na vida. Levanta-se e vai para a cozinha, esvoaçante.

— Está quente demais para tratarmos desse assunto? — pergunta Myrna. — Do projeto todo?

— Não — responde Leonie. — Estamos fazendo progresso.

Chrissy retorna com uma pasta cor-de-rosa, senta-se e abre a pasta.

— Boas notícias, já estamos em meio milhão — anuncia. — Um quarto do nosso objetivo.

— Andou rápido — constata Myrna. Da última vez ainda estávamos em cento e cinquenta. A doação que deu a partida.

— Acontece que outra feminista das antigas recebeu uma herança — diz Chrissy. — Alguém morreu. Ela ficou cheia de culpa por herdar de uma empresa corrupta de mineração na Bolívia e decidiu dividir conosco.

— Dinheiro sujo, portanto — diz Leonie, achando graça. Ela sempre acha graça quando vê Chrissy se digladiando num dilema moral.

— Todo dinheiro é sujo — corrige Chrissy com ares hipócritas —, mas saberemos encontrar um uso limpo.

Leonie solta uma risada bufada, que é ignorada por Chrissy.

— Foi Darlene que organizou isso tudo para nós — diz. — Uma trabalheira! Não podemos deixá-la na mão, temos que levar adiante. Talvez agora possamos contratar uma diretora executiva.

— Boa — concorda Myrna. — Está mesmo na hora de chamar alguém que saiba o que está fazendo. Gente rica devia morrer com mais frequência.

— Chega de falar de morte — diz Leonie, levantando-se da chaise-longue. — Acho provocante.

Talvez seja uma piada. Sim, pensa Myrna, passando os olhos pelo rosto de Leonie, com aquele seu sorriso de deboche: é uma piada.

— Pois eu acho *provocante* provocante — faz Myrna. Estão em terreno seguro: as duas riem. — E você está sendo anticadáver. Cadáver também é gente, sabia?

— Desculpem, desculpem. Agora, falando sério — prossegue Leonie. — Com feminista das antigas você quis dizer que ela não é mais feminista? — pergunta a Chrissy.

— Não — responde Chrissy. — Só que é velha. Da nossa geração.

— As coisas mudaram — diz Leonie, servindo-se de outro drinque.

— Claro que mudaram — reforça Chrissy. — Nada nunca é a mesma coisa! Ninguém espera isso! Mas as novas têm boas intenções!

— De boas intenções o inferno está cheio — sentencia Leonie.

— Está sendo injusta — Chrissy discorda. — As pessoas realmente são bem-intencionadas, quase sempre.

— Não totalmente injusta — retruca Leonie. — Acham que boas intenções servem de desculpa para todo tipo de coisa. Estão sempre acusando, querem cabeças rolando. E, além do mais, são ultracríticas.

Chrissy ri.

— Exatamente o que a minha avó dizia quando eu me queixava! Dizia que eu não sabia como tínhamos sorte de ter uma geladeira elétrica e não um velho armário de refrigeração. E aí começava a falar da guerra. Racionamento e tudo mais. Escassez de carne. Não que eu ligue para carne; só um pouco.

— Eu só como peixe e frutos do mar — diz Myrna. É bom poder ticar num critério de estilo de vida politicamente correto, quando não é o caso de Chrissy. A verdade é que, hoje em dia, Myrna tem indigestão quando come carne vermelha: o bioma dos intestinos não dá mais conta.

Leonie se estira de novo na chaise-longue, fazendo tilintar as pedras de gelo no drinque.

— Adoro gim — diz.

— Vamos nos concentrar — recomeça Chrissy. — Vamos escrever a proposta, expondo bem claramente os termos: Darlene disse que é o próximo passo. E, quando tivermos proposto o projeto a uma universidade, fazemos uma declaração. Pensei numa entrevista coletiva virtual, por Zoom.

— Perfeito, vamos nessa — diz Leonie. — O que vamos propor exatamente? Passa o queijo de cabra, é cinco estrelas.

— Podemos dizer que é uma cátedra patrocinada para uma jovem docente promissora — propõe Chrissy.

— O que é uma contradição — protesta Myrna. — Cátedra com financiamento privado deve ser para alguém que já tenha nome.

— Tem que acrescentar trans — aparteia Leonie.

— Darlene acha que deve haver uma cátedra que atraia mulheres jovens — diz Chrissy. — Hoje em dia elas são mais de metade dos universitários, mas Darlene fala que o número de homens no comando ainda é maior. Além disso, precisamos escolher a universidade certa. A de Darlene está fora de questão, ela já sentiu o terreno por lá.

— Podemos tentar a minha antiga — diz Myrna. — Se o dinheiro for bom, eles aceitam até a avó do demônio.

— As mulheres jovens não vão gostar dessa história de cátedra, vão achar elitista — pondera Leonie.

— Com certeza... — concorda Chrissy.

— Elas não gostam muito de nada, na verdade — prossegue Leonie. — Lembram como era um inferno ser jovem?

— Às vezes era bom — relativiza Chrissy. — Mas não tenho saudade da TPM.

— Darlene me disse que os hormônios que as mulheres têm no corpo quando estão de TPM, os homens têm o tempo todo — diz Myrna.

— O que explica os grandes dirigentes mundiais — conclui Leonie.

— Se Darlene estivesse aqui, teríamos terminado há uma hora — intervém Chrissy.

— Tudo bem, criativas e promissoras, blá-blá-blá — diz Leonie.

— Deus do céu, detesto *promissoras*. Promissoras de quê? Parece que alguém vai descontar uma promissória.

— Talvez a metáfora tenha a ver com pintos sendo chocados — diz Myrna. — Saindo do ovo.

— Todo mundo entende *promissor* — insiste Chrissy. — Mais foco, por favor. Usamos mulher ou sexo feminino?

— Melhor nem entrar nessa — corta Leonie. — Estou ficando com dor de cabeça. Me digam de novo, por favor, por que estamos gastando tempo com isso.

— Estamos corrigindo o equilíbrio de gênero — responde Chrissy em tom recriminador. — Porque são muito mais numerosas as mentes criativas do sexo masculino conseguindo os melhores cargos, ganhando os prêmios e tudo mais. Lembra do gráfico que a Darlene montou?

— Tudo bem, estou provocando — diz Leonie. — Já entendi. Estamos lançando as bases para a valorosa nova geração de mentes promissoras criativas não cis-masculinas, e, por sinal, também detesto *criativos*. Não são uma classe de pessoas à parte. Todo mundo é criativo!

— Estamos nessa porque assumimos um compromisso — diz Myrna. — Com Darlene. E, além do mais, nem é tanto pelo futuro, nem estaremos aqui. É pelo passado.

— Uma espécie de memorial? — pergunta Leonie. — Gosto da ideia. Um memorial às velhas megeras como nós.

— Não podemos botar isso na proposta — protesta Chrissy.

— Muito menos usando a palavra "megeras".

— Brincando — diz Leonie, os olhos fixos no copo.

— Precisamos incluir que é para mentes criativas mais jovens — diz Chrissy.

— As que querem a cabeça de Darlene num cesto? — interfere Leonie. — E a minha cabeça também, aposto, se descobrirem o que tem dentro dela.

— Então, quem se oferece para redigir a proposta? — quer saber Chrissy.

— Voto em você — diz Leonie.

— Não sou boa nessas coisas. Tem que ser a Myrna — responde Chrissy. — É ela a especialista em linguagem.

— Myrna? E aí? — insiste Leonie.

— Eu sou obsessiva demais — diz Myrna. — Fico escolhendo cada palavra. Levaria meses. Por que não contratamos uma executiva qualquer?

— Darlene é ótima nessas coisas — lamenta Chrissy.

— Não podemos convencê-la a voltar? — pergunta Myrna.

— Creio que não — responde Chrissy. — Ela disse que está se sentindo… chamuscada.

— Queimada mesmo — completa Leonie. — Aposto que alguma alpinista social fodona está de olho no cargo dela. Por que não podem esperar decentemente até ela se aposentar ou bater as botas de causas naturais?

— Está sendo um pouco cínica — diz Chrissy. — Muitas realmente acreditam...

— Me explica, então — corta Leonie. — Só quero entender. "Realmente acreditam" dificilmente tem alguma coisa a ver. Estamos em plena mudança de regime, tipo Revolução Francesa. Luta pelo poder! Troca de senha o tempo todo. Você acorda um belo dia, usa a senha da véspera e lhe cortam a cabeça.

— Nós próprias não esperamos decentemente — intervém Myrna. — Pelo que me lembro. Defenestramos alguns velhos reaças, de um jeito ou de outro. Pensando bem, podemos ter sido cruéis.

— Mas eram homens! — exclama Leonie.

— "Dormindo com o inimigo"? Lembra? — pergunta Myrna.

— Claro, e era divertido — diz Leonie. — Dormi com um bocado de inimigos. Dizia a mim mesma que eu era uma espiã.

— Hipócrita — faz Myrna.

Elas riem.

— Vocês têm que me prometer uma coisa — diz Leonie. — Caixão fechado, piadas no meu funeral e muito gim no velório.

— Prometido e garantido — diz Myrna.

— Por favor não façam isso — intervém Chrissy. — Fico triste demais.

Faz-se uma pausa.

— Voltando a Darlene — diz Leonie. — Deve estar arrasada. Precisando de um afago no ego. — Ela pega o celular. — Darlene? Aqui é a Leonie. Bem. Mais ou menos. Já estive melhor. — Uma pausa. — Lamento a confusão toda do bolor limoso, se é que era esse o nome. Estamos vivendo tempos perigosos. O Comitê de Salvação Pública anda atrás de nós. — Outra pausa. — No sentido figurado.

— Diz que ela é essencial — sussurra Chrissy. — Diz que não conseguimos sem ela.

— Diz que tem um queijo incrível aqui — completa Myrna.
— Um novo. Ela adora.

— Escuta, estamos na casa da Chrissy — prossegue Leonie. — Precisamos que venha para cá. Muito, muito, muito. — Nova pausa. — Sim, a história da cátedra para mentes promissoras sei lá o quê, para jovens mentes criativas do sexo feminino *et cetera*... — Outra pausa. — Não, você não precisa ser membro oficial do comitê, precisa apenas nos ajudar. Somos obsoletas e nada descoladas, você entra pela porta dos fundos e ninguém vai ver. — Pausa. — Não conseguimos escrever a proposta sozinhas. Já tentamos. Mas erramos o alvo o tempo todo. As palavras nos faltam. — Pausa. — É meu último desejo, no leito de morte. E, além do mais, estamos bêbadas.

— Fale por si mesma — corrige Myrna.

— Espero que ela venha — diz Chrissy, entrelaçando as mãos.

— Sem contar que — prossegue Leonie — tem um queijo diferente, cabra com cobertura de cinzas, está incrível, e você precisa ver o cabelo da Myrna. Ela juntou coragem e foi ao cabeleireiro, e saiu de lá com a cabeça acaju berrante! Não vai ficar muito tempo em exposição, ela vai restabelecer a normalidade. Se você não vier, vai perder. E também fez uma tatuagem. — Pausa. — Você é uma estrela! Medalha de ouro no Céu! Estamos aqui esperando! Vamos guardar um pouco do queijo! — Ela desliga. — Ela vem!

— Graças a Deus! — exclama Chrissy.

— Mentirosa — reclama Myrna. — Não fiz tatuagem nenhuma.

— Darlene nunca resistiu a uma cabeleira estapafúrdia — diz Leonie. — Escreveu sobre o assunto: cabeleira chamativa como sinal de interesse sexual. Mas entre os micos-leão-dourados.

— Para quem eu estaria mandando sinais sexuais? — questiona Myrna, rindo. — Os homens que eu conheço mal conseguem sair da cama!

— Não precisam sair da cama, você é que tem que entrar — corrige Leonie. — Com seu cabelo carmesim. *Shazam!* Ereção instantânea, muito melhor que Viagra.

— Chega de provocar a Myrna, ela não escolheu essa cor — diz Chrissy.

— Vou me defender da agressão capilar com uma praga antiga — diz Myrna. — Que o diabo te foda!

— Bem que eu gostaria que alguém… Mas sinta-se à vontade — retruca Leonie. — Sou uma bruxa velha durona, simplesmente estou acima disso. Vou tomar outro gim-tônica. Só mais um, fraquinho.

— Minha avó sempre dizia isso! Estar por cima! — lembra-se Chrissy.

— Como o fedor que vem do esgoto — corta Myrna.

— Como a pipa empinada — corrige Chrissy. — Como um balão! Como voar!

Como a alma deixando o corpo em forma de borboleta, pensa Myrna. Como a respiração.

— Um brinde a se sentir por cima — propõe Leonie. — O que quer que signifique. — Ela ergue o copo. — Todas juntas! Lá vamos nós!

# III

# Nell & Tig

## UM ALMOÇO EMPOEIRADO

✦

O Velho General Gaiato não tem muito de gaiato. Só é chamado assim pelas costas, nem é preciso dizer, ou então V.G.G., para simplificar. Tig contou a Nell que inventou o título, junto com seus amigos sarcásticos, quando eram adolescentes e, portanto, sem coração — jovens demais para entender o que era, na realidade, a irritante jovialidade do General: pura fachada. Ou pode ser que tivessem adivinhado que era falso, sem entender o motivo.

O V.G.G. bem que se esforçava para ser alegre. Devia fazer uma força danada, pensa Nell. No verão, naquela época, quando Tig levava um bando de amigos para o chalé da família em Muskoka, o pai dele levantava cedo, pendurava um cigarro na boca e o acendia com o isqueiro — um Zippo, decide Nell. Em seguida, se servia de uma xícara de café forte de cafeteira, prendia na cintura um pano de prato, à guisa de avental, preparava algumas panquecas e fritava o desjejum dos garotos. Tinha até feito uma tabuleta que ficava pendurada numa árvore: CABANA DE PANQUECAS ACORDA-PARA-A-VIDA.

Tig e os amigos dormiam no chão do quarto improvisado em cima do ancoradouro. Eram despertados por um gongo, um gongo de chamar para o jantar que ficara por ali desde o século XIX, época da construção do chalé. Que não tinha nada de um chalé moderno:

havia dependências de empregados, embora não existissem mais empregados. E um faisão empalhado embaixo de uma redoma de vidro. Tudo isso Nell ficou sabendo por Tig.

Os garotos escalavam a colina de granito até a mesa rústica ao ar livre, ainda sonolentos, pois não se podia deixar o Velho General Gaiato esperando, e lá estava ele, baforando fumaça de cigarro pelo canto da boca, jogando as panquecas para o alto na frigideira, sorrindo de um jeito — pensa Nell hoje — que devia ser de cortar o coração: uma tentativa inútil sempre magoa a alma. Mas os guris não percebiam, claro que não. Talvez a mãe de Tig percebesse, ou perceberia se olhasse pela janela. Mas o mais provável é que não olhasse. Ela gostava de ficar na cama, também com seu cigarro, sua xícara de chá e o jornal da véspera, juntando forças antes do massacre diário. O jornal era levado por um morador da região chamado Norman, que tinha instalado remos numa canoa. Era um personagem local, indo de chalé em chalé em torno do lago para entregar a correspondência.

A mãe de Tig com certeza não se esforçava menos que o General. Ambos davam o melhor de si, para o bem dos filhos: Tig e o irmão menor. Os meninos também deviam se esforçar muito, embora sem sabê-lo. Todos interpretavam uma espécie de ideal de normalidade — do que se imaginava ser uma vida familiar normal. Devia ser estressante para todo mundo, mas especialmente para a mãe. Como seria viver com um homem presente apenas pela metade? A outra metade ficara em algum lugar, largada do outro lado do Atlântico, numa paisagem devastada que nem podia ser mencionada. Além disso, o General não reconhecia essa outra parte; seu duplo era mantido trancafiado, completamente inacessível, enquanto a parte visível tostava panquecas e passava xarope de bordo e providenciava o bacon, apertando os olhos em meio à fumaça do cigarro, na animação da conversa fiada. Dormiram bem? Vão pescar? O tempo está bom. Mais panquecas?

Não podia durar muito, claro. Não para a mãe de Tig. Era como estar casada com um assassino psicopata que te usa num jogo de cena enquanto esconde uma dúzia de cabeças cortadas no congelador.

Quando foi isso? Nell conta nos dedos. Deve ter sido apenas cinco ou seis anos depois da guerra — aquela fase morta depois de uma calamidade, quando as pessoas fingem que nada aconteceu. O que quer que tenha sido — incêndio, enchente, queda de avião, a casa desaparecendo no sumidouro com a família inteira, bombardeio intensivo, *Blitzkrieg*, mortos aos milhões —, as cinzas se espalham, as águas recuam, as ambulâncias vão embora, a terra recobre os cacos e ossos que restaram. Pronto. Agora acabou. Recomponha-se, vamos em frente, e olhe! A neve é tão branca, a grama é tão verde, as flores tão belas, o sol brilha, nosso almoço será um piquenique, a música é linda, vamos aproveitar o momento! Eles não iam querer que você ficasse para baixo, certo? Os que não escaparam. Não depois de tudo que fizeram por você, mesmo que o que tenham feito tenha sido apenas morrer, e contra a vontade, e não por você. Nem te conheciam: você praticamente nem tinha nascido ainda, mal chegava a ser um brilho nos olhos de alguém. Mesmo assim, eles querem que você fique feliz.

Uma mentira espantosa, pensando bem. Por que se preocupam com ela — a sua felicidade — nesse futuro do qual foram tão brutalmente privados? Os mortos são sabidamente ressentidos. E também sabidamente irrequietos, e sabidamente famintos. Por que se alegrariam com seu despreocupado piquenique? Mas essa mentira de algum jeito tinha sido reconfortante: um Band-Aid na garganta cortada.

A garganta cortada foi a guerra, claro. A Guerra. A guerra no meio do século, no século passado. A guerra que então foi agora e agora é naquela época, e naquela época está muito longe, ou pelo menos é o que a gente pensa; e Nell de fato tenta pensar assim. Mas não está muito longe para Tig nem para Nell, na verdade. Para eles, a guerra foi ontem. Não: foi hoje — só um pouco antes de quando estão agora, nas horas quaisquer do dia qualquer em que por acaso se encontrem no momento. É um susto no meio da madrugada, a guerra. Como acordar no meio da noite: em que ano estamos, que mês é este, que sirene é essa?, eles se perguntam. Mas muito rapidamente, pois logo estará tudo bem e Tig estará pingando limão na água morna e levando-a para Nell, e depois tomarão café — café de verdade, não aquela mistura de farelo de trigo torrado com melado que fazia as vezes de café durante a guerra. Não que Nell bebesse aquilo, era muito pequena, mas se lembra da jarra. Postum instantâneo, chamava-se. A gente tinha que aceitar o que havia, na guerra. Não se queixava.

E lá vamos nós de novo. Guerra. De certa maneira, é como se nunca acabasse.

Aqui temos então o Velho General Gaiato, muitos anos depois, um remanescente. Um resto militar. Um retornado da guerra, como se dizia — como um embrulho devolvido que ninguém quer. Está sentado na enorme poltrona estofada de veludo marrom da sala de estar, a mesma em que o Papai Noel senta-se para comer os biscoitos e beber o copo de uísque deixados para ele, descansando um pouco da enorme canseira de distribuir tanta alegria.

É véspera de Natal, ocasião em que o Velho General Gaiato sempre aparece, pelo menos é como tem sido até agora. As crianças — os netos — andam ao seu redor pé ante pé, os olhos arregalados. Ele foi à guerra, mas elas não sabem o que é guerra, apenas que as pessoas baixam a voz ao mencioná-la. É um objeto solene, o V.G.G., talvez até sagrado: pode olhar, mas não tocar. A santidade é uma forma de monstruosidade, então é possível que, por baixo da concha encarquilhada de velho semibenigno, ele seja algo horrível. Talvez algo morto. Coberto de sangue.

Ele está ficando frágil, cheio de veias, enrugado. Nell tem dificuldade de associá-lo às fotos em preto e branco tiradas na década de 1940: todo bonitão em seu uniforme — cinto largo de couro, pistola no coldre, alto e magro, empertigado, bigode elegante — olhando para um mapa ao lado de outros oficiais bigodudos, de boinas ou quepes militares; ou, em outra ocasião, dirigindo um jipe, um cigarro na mão enluvada; ou então de pé junto a um tanque; discursando para uma multidão feliz numa cidade que acaba de ser liberada, as mulheres com lenços amarrados no queixo, como era costume, os homens de boina ou chapéu de feltro.

Nell traz um copo de uísque para o Velho General Gaiato — com um pingo de água, sem gelo — e, numa bandejinha branca, um biscoito amanteigado de queijo em forma de árvore de Natal. Põe o copo na mão dele e deposita a bandeja na mesinha ao lado. Ele a encara como se não soubesse muito bem quem ela é. O fogo estala na lareira, a árvore decorada com pisca-piscas cintila, a enganosa aura de aconchego envolve o ambiente. Tig está na cozinha, logo depois da porta dupla, preparando o seu drinque. Tudo isso poderia ir pelos ares num instante. Uma onda impactante de fumaça, cacos da vida de todos eles lançados longe. *Cabum*, um buraco no chão. É o efeito que o Velho General Gaiato produz nela.

— Obrigado — diz ele. Sempre cortês.

Está usando um paletó de tweed e uma gravata muito provavelmente militar. Ainda consegue dar o nó sozinho, apesar do tremor nas mãos. Na lapela, um pequeno alfinete de prata, de modelo e significado desconhecidos por ela. O bigode agora é branco, as pontas amareladas pelo cigarro. Não custava aparar. O cabelo entra pelo colarinho. Ela precisa conversar com Tig sobre isso.

O General enterrou duas esposas e vive sozinho num apartamento antiquado, que recebe a visita de uma faxineira duas vezes por semana. Talvez precise de mais auxílio. Quem o alimenta? Não deveria buscar alguma companhia? Seria o caso de começar a estudar a possibilidade de uma casa de repouso, de uma assistência maior? Ele detestaria: o simples fato de reconhecer a necessidade de ajuda física seria humilhante. Ele se recusa a manter junto ao corpo o botão de alarme para idosos que lhe deram, a ser pressionado em caso de queda. Tig está sempre à procura do aparelhinho, e invariavelmente o encontra escondido na gaveta de lenços do General.

E se lhe dessem um gato? Provavelmente não, ele tropeçaria.

Às vezes, ele telefona para Tig, sempre à noite. Quando Nell atende, desliga; só serve Tig.

Andam aparecendo umas pessoas no apartamento, confidenciou: às vezes pessoas conhecidas, às vezes não, às vezes vivas, às vezes não. Sentam-se na sua poltrona e ele serve chá, mas não falam com ele. Que fazer? Ele quer mandá-las embora ou que pelo menos deem sinal de reconhecer sua presença, mas elas não lhe dão atenção.

Tig solta a corrente da bicicleta, pedala até lá no escuro — motivo de preocupação para Nell, pois pode ser atingido por um motorista bêbado ou descuidado, como já aconteceu, apesar das faixas fosforescentes da jaqueta, mas felizmente ele não quebrou nada. No apartamento, Tig encontra anotações endereçadas pelo Velho General Gaiato a essas pessoas sem consideração. *Por que está aqui? Por que não fala comigo?* Durante o dia, o V.G.G. admite que as pessoas não estão de fato por ali. Mas são bem sólidas. Não dá para enxergar através delas.

— Elas são reais de verdade? — perguntou-lhe Tig.

— Tão reais quanto você.

O que em certo sentido é verdade, pensa Nell. Nós, Tig e eu, é que somos seres de névoa. Para ele, nossa existência é tênue.

Uma ou duas semanas atrás, ele telefonou depois da meia-noite, em pânico. Tinha um morto pendurado no chuveiro.

— Fique calmo. Estou chegando — disse Tig ao pai. E se foi.

O que provoca esses fenômenos?

— É porque ele está muito só — diz Nell.

— Não é só isso — retruca Tig.

A verdade é: quantos homens você acha que ele viu pendurados em árvores, postes de iluminação, de telefonia? Não surpreende que pelo menos um tenha aparecido agora no chuveiro, de cara roxa e língua inchada.

— Quer uma azeitona? — pergunta Nell, estendendo o prato.

Nenhuma resposta. O General talvez esteja um pouco surdo. Seu olhar passa por ela em direção à lareira. O que está vendo? Para onde foi? Até que lugar do passado?

Nell sabe um pouco da sua história, mas só porque Tig contou. O próprio General não fala muito da sua vida, pelo menos não com ela.

Nasceu há muito tempo, em 1908, antes da Primeira Guerra Mundial, que na época era chamada de Grande Guerra; ainda não havia duas. Tinha quase sete anos quando estourou a Grande Guerra, e devia se lembrar dela; especialmente da última fase — homens voltando sem membros nem mente, uniformes por toda parte, adultos tristes ou assustados, orações nas igrejas, paradas militares. E então, logo depois do armistício, a gripe espanhola, um gigantesco e caótico tsunami de mais mortes. Gente caída na rua, com sangue saindo pelas orelhas; jovens soldados morrendo em questão de horas, azuis por falta de oxigênio, os pulmões destruídos; corpos amontoados ao ar livre. O próprio General teria contraído a doença, aos doze anos? Não se sabe, mas é provável.

Seu pai fora um advogado abastado, proprietário, a certa altura, do terreno na esquina da Yonge com St. Clair em Toronto, imaginem só! Pena que vendeu, dizia Tig. Tinha nascido em 1866. Na papelada do General tem uma foto do pai aos seis ou sete anos, metido numa roupa vitoriana apertada, escura e realmente horrível, com aquelas calças antigas de barras presas no joelho e calçando botas de botão; um menino com uma carranca de meter medo. Na idade adulta, fora um autêntico exemplo do que se costumava chamar de retidão: frequentador da igreja por conveniência estratégica, adepto de ternos com colete discretos, mas resistentes, parente próximo de um diretor do Sistema Carcerário — um irmão? Um tio? Nell esqueceu. Nunca deixava de votar nas eleições e chegou a se fazer transportar para a sessão eleitoral numa cadeira quando tinha noventa e oito anos. A opinião de Nell é que o avô de Tig era um homem frio e cheio de si, mas parece que Tig gostava dele, e os dois costumavam jogar xadrez, ou seriam damas, ou os dois? O avô era um verdadeiro tubarão, segundo Tig. Pá, pá, pá, pá em cima da rainha: xeque-mate!

    O velho jogador de xadrez ou damas teve a mesma secretária durante cinquenta anos e sempre, sem exceção, a chamou pelo sobrenome. Precisa dizer mais alguma coisa?, pensa Nell. Mas está sendo muito crítica: a época era outra, chamar pelo nome não era habitual, pelo menos se tratando de empregados. Quando o General se mudou para o apartamentinho atulhado depois da morte da segunda mulher — que partiu furiosa por morrer primeiro, pois queria ser herdeira —, Tig e Nell foram brindados com um quinhão para lá de exagerado de prataria vitoriana. *Brindados* é eufemismo: *inundados* seria mais o caso. A prata tem que ser polida, veja você, e não pode ser passada adiante. É um fetiche: livrar-se dela seria um sacrilégio. Na família de Nell não havia antepassados assim — tendiam mais a ser simples camponeses, embora ela tenha ficado com peças da frágil porcelana florida da avó, a única que tinha algum pedigree e usava espartilhos, ainda que modestos. Nell se sente culpada com essa louça — será que vai quebrar se usar? — e a mantém escondida num aparador.

    A prataria ancestral de Tig é composta de bules de chá, cafeteiras, coadores de açúcar, saleiros e pimenteiros, bandejas gravadas. Os talheres ficam numa cômoda de carvalho com três gavetas — facas, garfos, colheres, acessórios como argolas para guardanapo —, junto com o recibo original da Mappin Brothers Ltd., Silversmiths and Cutlers, de Londres, Inglaterra. Todos os itens são listados em elegante caligrafia, com preços e data: 16 de outubro de 1883. Há objetos que saíram de uso: trinchadores de carne de caça, trinchadores de peixe, facas de peixe, um cesto de bolos. Cesto de bolos? Que tipo de bolo? Tudo isso costumava ser comprado para um casamento: o tipo de coisa que todo mundo devia ter. Mas não podia ser o casamento dos austeros pais do advogado: já estavam casados em 1883. Nell tem uma vaga lembrança de que eram prósperos merceeiros. Não, os pais do advogado eram fazendeiros; os pais da esposa é que tinham um negócio de secos e molhados, e se deram bem, dizia Tig. Chá importado da Inglaterra, com certeza.

O nome no recibo é Burgess, nome de solteira da esposa do advogado. É possível que os compradores originais da família Burgess tivessem morrido e a prataria tenha acabado nas mãos da família de Tig, por meio da avó. Ou lhe teria sido presenteada em seu casamento? Ela ficou feliz com a prataria, ou com alguma coisa? Silêncio. Não há fotos nem cartas. A respeito dela, Tig lembra apenas que tudo nos armários da sala de jantar era etiquetado. Ele mesmo, apesar de cozinheiro improvisado e bagunçado, põe etiquetas em tudo; só não em serviços de mesa.

O cesto de bolos não é mais encontrado. Desapareceu em algum momento, ao longo dos anos. Onde estará agora? Mofando em alguma loja de antiguidades, num mercado de pulgas? Uma mensagem do passado, esperando que alguém a decifre; esperando em vão, como quase sempre acontece com essas mensagens. Nell o imagina como uma cápsula do tempo atirada em direção ao futuro, um futuro de alienígenas; um dos quais é ela. Que temos aqui?, perguntam-se os alienígenas. Um artefato raro! Serve para prever o tempo? É usado em sacrifícios de pequenos animais? Seria um deus?

Foi nessa família herdeira de cestos de bolos que nasceu o Velho General Gaiato. Nell faz a conta a partir de 1908. Faz essa conta sempre que conhece alguém, querendo saber pelo que a pessoa pode ter passado antes de encontrá-la. Quando tinha dez anos, quando tinha quinze, quando tinha trinta...

O General tinha dezessete anos em 1925, rapazola cheio de ardor no auge da era do jazz: segundo Tig, na casa dos cinquenta ainda dançava o charleston — mal, é bem verdade. Devia usar aquelas calças folgadas modelo Oxford, lapelas estreitas, colete tricotado; suspensórios largos claros, última moda na época. Sapatos Spectator de duas cores, branco em cima e bico escuro. E o rapaz seria dado à prática de golfe ou tênis, os esportes das classes abastadas? Nell não consegue imaginar, como tampouco futebol nem hóquei, embora possa vê-lo numa mesa de carteado. Bridge ou pôquer? Nenhum registro, embora provavelmente os dois.

Na universidade, ele começou a fumar cigarros e a beber isto e aquilo, uísque e martíni, a escrever poesia, desenhar caricaturas e representar, além de trabalhar no jornal dos alunos e matar aulas. Como era de se esperar, acabou levando pau, o que não deve ter pegado nada bem com o pai advogado de colarinho engomado. A família conseguiu botar o vagabundo dançante num emprego em uma firma do mercado financeiro, bem na hora da quebradeira da Bolsa de 1929. O General fez então o que faria quem pudesse: entrou para o exército. Já obtivera uma patente no Corpo de Treinamento de Oficiais da Reserva — talvez inspirado por um tio militar que se destacou na Grande Guerra —, de modo que o exército era uma opção natural.

E de repente estava todo mundo na década de 1930 e as coisas eram muito diferentes. Muito menos elegantes, muito mais sérias. Mais raivosas. Carregadas de maus preságios. Mas, apesar das greves gerais, das filas do pão, dos comunistas e da Guerra Civil espanhola, o General tinha feito carreira no Quartel de Wolseley, em Londres, Ontário, e imediações, com um ou dois períodos de treinamento na Inglaterra. Então se casou e procriou — donde Tig e o irmão — e era capitão em 1939, quando foi declarada a guerra.

Em agosto de 1940, ele "cruzou os mares". Hoje em dia não se diz "cruzar os mares", mas na época o outro lado do Atlântico era muito mais longe. Longe, longe, muito longe, com um vasto mar no meio do caminho. Não havia aviões de passageiros transatlânticos de verdade, portanto era o mar que tinha que ser atravessado, de navio. O General deve ter pegado um trem para Halifax na Union Station, em Toronto, muito provavelmente um trem de transporte de tropas. Depois embarcou num navio ancorado na enseada do porto de Halifax — já começando a se transformar na gigantesca área de preparo para embarque de homens e materiais que logo viria a ser — e zarpou com seu regimento.

Provavelmente seguiam em comboio, provavelmente num navio mercante, provavelmente com escolta de corvetas: já estavam em ação os submarinos alemães. Saíram devagar do porto e passaram pela ilha de McNabs, vendo a terra se afastar, para então enfrentar uma travessia de seis ou sete ou oito dias. No mar agitado o balanço era forte. Provavelmente muita bebedeira e também muito vômito, mas não tinha outro jeito.

Tantos *provavelmente*, pensa Nell.

Na Inglaterra, o General deve ter esperado, submetido a treinamento em Camberley, na região de Surrey, estudando logística, observando ou supervisionando manobras militares. Manobras ultrapassadas, pois em geral os exércitos treinam para a última guerra que passou, e não para a que vem pela frente. Cavar trincheiras e enchê-las de sacos de areia? Disparar fuzis, não dos modelos mais recentes? Experimentar um ou outro tanque decrépito? Botar os homens para marchar. Inspecionar os uniformes. Escrever cartas sem informação real para mandar para casa, com desenhos engraçados nas margens, para as crianças, talento que restou de seus verdes dias de cartunista. E mais espera.

A Polônia já caíra. A França também. E a Dinamarca. E a Noruega. Churchill acabava de ser nomeado primeiro-ministro num momento de popularidade, pela maneira como cuidou da evacuação de Dunquerque. Tinham começado a bombardear Londres. Os Estados Unidos ainda não haviam entrado na guerra. Já estava em vigor o racionamento. O momento era sombrio. Apesar disso, havia festas. Dançava-se. Nell imagina o General numa folga do treinamento, fumando um cigarro e deslizando para a pista de dança com uma garota desconhecida, divertindo-se à larga, capitalizando seu domínio do charleston. Teria mesmo feito isso? Claro que sim. Mal tinha trinta e dois anos.

Em 1941, o V.G.G. era major, e general de brigada no início de 1943, aos trinta e quatro: o mais jovem do exército canadense. Subiu o território da Sicília com os britânicos e canadenses, e, em seguida, atravessou a Itália enquanto os alemães se retiravam em direção ao norte, destruindo cidades em sua passagem, deixando escombros e fome pelo caminho. Ele e sua brigada passaram por Nápoles, combateram em Ortona, atravessaram o rio Moro. E veio Monte Cassino, uma das mais cruéis batalhas da guerra. Ainda assim, era apenas o começo. O pior estava por vir.

Depois da morte do General — depois da morte de todo mundo, inclusive de Tig —, Nell encontrou uma carta curiosa em seus papéis. Fora enviada por Martha Gellhorn, a famosa correspondente de guerra. O General guardara essa carta numa pasta contendo toda a sua folha de serviço na guerra, com comentários elogiosos sobre as operações militares de que participara, além dos discursos que fez depois da guerra e ao longo dos anos.

O que as pessoas guardam, o que descartam: algo que sempre despertou interesse em Nell. O General não só havia guardado a carta como visivelmente lhe atribuía grande valor. Havia várias cópias entre os seus papéis, nessa ou naquela pasta, junto com recortes de jornal, fotografias e citações.

*Meu General favorito*

*Espero que goste deste artigo. É extremamente desagradável ler artigos datilografados em lenços de papel e também é desagradável quando são enviados por telegrama. Mas, de qualquer maneira, talvez lhe agrade. Nada é dito nele sobre a querida brigada especificamente, pelo simples motivo de que o que escrevo tem que ser genérico. Entenda, ele será publicado daqui a semanas, e foi escrito para três milhões de pessoas que provavelmente só leem a revista* Colliers *no metrô, com o objetivo de fornecer uma visão geral, digamos assim. Creio que é o último relato que farei de uma batalha, pois acredito que dentro de um mês a guerra terá terminado. De qualquer maneira, é o que peço a Deus.*

*Viajo amanhã para a França e simplesmente não sei o que farei depois. Pode ser que assim eu esteja de volta, e nesse caso espero encontrá-lo. Se não aqui, em algum outro lugar.*

*Obrigada por sua grande gentileza. Você foi um anjo para mim e passei excelentes momentos com você e os rapazes. Por favor, transmita todo o meu carinho a Roscoe, Alan, ao coronel bonitão, e a todos eles. E muita sorte para vocês todos, sempre.*

*Da sua Marty*

*Domingo*

"Um anjo" como, exatamente?, pergunta-se Nell, relendo a carta. O que terá sido a "grande gentileza", ou seria apenas uma expressão de polidez? Quando foi isso? Em qual domingo? Revoltante que ela não diga. Deve ter sido na primavera de 1944 — antes do Dia D. Onde estaria Martha Gellhorn ao escrever a carta? Como ela foi entregue? "Viajo amanhã" — de onde? Ainda devia estar na Itália.

Nell viu fotos dela na época: longos cabelos louros estilo década de 1940, cigarro entre os dedos, às vezes vestindo capa de chuva, outras vezes usando casquete. Esguia, mas não magra. Um pouco alta para as mulheres da época; nada mal, em caso de avanços inconvenientes. Coisa que certamente deve ter ocorrido. Avanços bem-vindos também, a julgar pelas cartas que escrevia. Algumas foram coligidas num livro lido por Nell, que, no entanto, não incluía a carta ao general favorito.

Que adjetivos caberiam no seu caso? *Prática, sentimental, durona, empática, decidida.* Destemida, embora ninguém seja realmente destemido; mais para disposta a assumir riscos calculados.

Em outras épocas, bem mais atrás, esse tipo de garota podia ajudar na administração de uma fazenda no Meio-oeste, como costumavam fazer as filhas das famílias. Ordenhava vacas, domava potros, aturava conversa fiada e depois casava e tinha oito filhos; arregaçava as mangas e mandava ver, o que quer que fosse. Mas, quando Martha veio ao mundo, sua família tinha dinheiro e ela foi mandada para a faculdade em Bryn Mawr. Só que largou antes de se formar: a única coisa que queria fazer, explicou à avó, era escrever romances.

Até que foi arrastada pelos acontecimentos e se meteu em cenários de guerra — a Guerra Civil espanhola, a guerra mundial que se seguiu —, introduzindo-se em lugares aos quais as mulheres, na maioria dos casos, não tinham acesso, consideradas frágeis demais. Martha não era frágil; fazia questão de frisá-lo. Nada de soluços nem de desmaios, colapsos ou vômitos.

Na Itália, devia sentar-se a uma mesa improvisada em algum lugar, datilografando em papel vegetal. Pouco depois de mandar a carta para o V.G.G., conseguiu participar dos desembarques do Dia D, entrando clandestinamente num navio da Cruz Vermelha e se trancando no banheiro. A essa altura, não era correspondente de guerra credenciada — seus documentos tinham sido roubados. Quando o alto comando soube da sua presença, ela foi tirada da frente de batalha e devidamente disciplinada pelo desrespeito às normas; mas que se danem, tinha conseguido sua matéria.

A carta ao General era acompanhada do original datilografado de um artigo sobre o rompimento da Linha Gótica pelas forças Aliadas reunidas: poloneses, australianos, canadenses, sul-africanos, neozelandeses e indianos, entre outros. Fora escrita no peculiar telegrafês imposto pelas circunstâncias de transmissão: sem maiúsculas e com explicitação da pontuação.

linha gótica parágrafo de onde estávamos a linha gótica era uma aldeia destruída uma estrada de asfalto e uma colina marrom-rosada ponto aqui neste caminho poeirento e minado que conduz à aldeia à estrada e à colina a infantaria aguardava para o ataque ponto eles formavam uma fila indiana bem espaçada e silenciosa e seus rostos também não diziam nada ponto o barulho da nossa artilharia disparando por trás de nós na colina não parava nunca ponto ninguém dava atenção ponto todos prestavam atenção nas súbitas batidas de pica-pau do fogo de metralhadoras alemãs à frente e todo mundo olhava para o céu à esquerda onde as explosões de bombas alemãs escureciam as pequenas nuvens esparsas ponto

O tipo da escrita modernista, pensa Nell. Os sucintos autores de contos, os poetas que não usavam maiúsculas nem pontuação — todos surgiram graças ao telégrafo e, agora que o telégrafo se foi, esse tipo de escrita praticamente também desapareceu. Mas, ao se deparar com o material datilografado entre os papéis do Velho General Gaiato, Nell sente uma descarga de adrenalina. O texto é tão vívido, tão imediato, é como se ela estivesse ao lado daquela pessoa de camisa bem leve de mangas curtas, por causa do calor. Será que os rapazes não foram nadar ao chegar ao Adriático enquanto a moça procurava as palavras certas, como contar, como dizer o indizível, se é que alguém pode descrever uma coisa assim, como entender algo tão extremo, os cheiros, não os fedores, a fumaça que sufoca, os ruídos, não os buuums de fazer tremer o mundo, o absurdo das mortes repentinas, a beleza, a total confusão, *tac tac tac* na máquina de escrever, uma máquina manual claro travessão muito provavelmente uma Remington travessão na mesa improvisada vírgula e mais um cigarro e um café horrível com leite desnatado com muita sorte para depois seguir em frente ponto

lá estava a linha gótica cuidadosamente planejada para que cada cavidade da terra fosse usada para esconder a morte e os rapazes estavam entrando nela e como já viram tanta coisa e fizeram tanta coisa entravam nela como se fosse parte de uma tarefa cotidiana vírgula um dia dos infernos mas ainda assim parte da rotina de trabalho ponto parágrafo foram os canadenses que romperam a linha de defesa ao encontrarem um ponto vulnerável e atravessarem ponto fico até envergonhada de escrever isto pois não há pontos vulneráveis onde há minas e não há pontos vulneráveis onde há metralhadoras Spandau nem pontos vulneráveis onde há os pavorosos canhões compridos de 88 mm e se alguém viu um canhão pegando fogo numa colina nunca mais vai acreditar que algum obstáculo possa ser vulnerável ponto

Ela prossegue em seu relato da batalha, com troar de canhões e explosões e calor e poeira e sangue:

parágrafo uma batalha é um quebra-cabeça de combatentes e civis desnorteados e aterrorizados barulhos cheiros piadas dor medo conversas interrompidas e explosivos mortais ponto [...] a poeira se acumulava em camadas de trinta centímetros e sempre que se ganhava alguma velocidade ela fervia como água sob as rodas ponto todo mundo com o rosto branco-esverdeado de poeira e ela se elevava numa bruma ofuscante em torno das tropas avançando e ficava suspensa no alto num nevoeiro marrom sólido ponto [...] parágrafo observamos a batalha pela conquista da linha gótica de uma colina em frente sentados em montes de cardos e olhando por binóculos ponto nossos tanques pareciam besouros marrons ponto e vírgula eles dispararam por uma colina acima atravessaram a linha do horizonte e sumiram ponto de repente um tanque se incendiou quatro vezes com chamas enormes e outros tanques desceram da linha do horizonte buscando cobertura nos recuos da colina ponto a força aérea do deserto conduziu ao ponto os seis aviões que começaram a dar cambalhotas no céu como se um cardume de vairões fosse instruído a bombardear uma colina em forma de bolo chamada monte Iura ponto [...]

*Conduziu ao ponto?*, pensa Nell, tentando entender. Ah, sim. *Enfileirou no ponto, como se fossem táxis.* Era como se fazia na época: os aviões eram mantidos no ar como táxis à espera de uma corrida, alternando as posições para que sempre houvesse alguns disponíveis e não se perdesse tempo, enquanto outros eram reabastecidos. As coisas andavam muito rápido; os aviões formavam fila, dando voltas até receberem do comando em terra instruções sobre o que fazer. Alpha Bravo Charlie. Câmbio. Como numa radionovela das antigas.

o monte Iura foi pelos ares em impressionantes ondas de fumaça marrom e poeira ponto nossa artilharia passou a cavar na linha gótica e em todas as encostas brotavam bolas de algodão formadas pela fumaça ponto agora choviam fragmentos de aço das nossas próprias explosões aéreas [...] ponto a batalha parecia absolutamente irreal com ínfimos caquinhos de vidro se espalhando diante de nós ponto mas havia homens nos tanques e homens nas árvores onde as bombas caíam e homens debaixo desses explosivos ponto o barulho era tão exagerado que nada parecido fora ouvido desde os filmes ponto parágrafo estávamos todos acordados e percorrendo o campo desde cinco horas quando nosso primeiro gigantesco ataque de artilharia começou ponto estávamos com calor e famintos a essa altura e fomos almoçar numa barraca a quase cinquenta metros das nossas posições de tiro ponto o impacto dos disparos de canhão sacudia a barraca e só conseguíamos conversar entre uma salva e outra ponto durante todo esse dia e o seguinte o barulho dos nossos tiros doía fisicamente ponto

Um intervalo: um jovem general canadense distrai os convivas descrevendo uma festa ao ar livre que dará depois da guerra para convidados que queiram saber como era, com direito a efeitos sonoros de tanques rugindo, poeira de uma máquina de poeira de Hollywood e nuvens de moscas lançadas sobre um bufê de carne enlatada, feijão em conserva e biscoito seco com geleia, acompanhado de chá preto morno.

O divertido protagonista do esquete só pode ser o Velho General Gaiato: Nell detecta na descrição um certo jeito do cartunista zombeteiro e canhestro dançarino de charleston que ele devia ter sido, e sob certos aspectos continuava sendo. Pelo menos fora capaz de se divertir um pouco na vida, lá atrás, em pleno bombardeio. Era nisso que pensava quando jogava panquecas para o alto nas temporadas de veraneio com os meninos, no chalé do faisão empalhado?

O almoço terminou e aquele ponto da Linha Gótica foi rompido. Martha Gellhorn enviou a reportagem sobre Monte Casino e foi viajar — primeiro, de volta à América do Norte, para tentar consertar um casamento em risco, e depois rumo ao Dia D e à Normandia, apesar dos obstáculos. Enquanto isso, o General avançava penosamente em território italiano, no comando da 2ª Brigada de Infantaria canadense. Eles subiam com dificuldade a costa adriática, de uma cidadezinha à outra, atravessando um rio caudaloso depois do outro. O inimigo opunha pesada resistência. Quilômetro a quilômetro eles seguiam, colina por colina, ravina após ravina, morte após morte.

Um batalhão da 2ª Brigada de Infantaria do General foi a primeira unidade a passar a Linha Gótica nessa região, e ele ganhou a medalha da Ordem de Serviços Notáveis ao preparar e comandar um "ataque noturno brilhantemente executado" que permitiu conquistar a cordilheira de San Fortunato. (Nell foi olhar a cadeia montanhosa num mapa, que não é tridimensional, como a maioria dos mapas, nem informa sobre os acidentes do terreno.) O General fez exatamente o que tinha que fazer, e o que fez foi relatado pela *Canadian Gazette* no tipo de linguagem que se esperava quando alguém fazia coisas assim. Ele "liderou a brigada com maestria, inspirando confiança em todos os níveis da cadeia de comando, não raro sob fogo inimigo, que desprezava em detrimento de sua própria segurança".

Quem terá redigido a descrição?, pergunta-se Nell. Como podiam saber o que ele fez? O relato encontrado por ela é de 28 de abril de 1945. Foi copiado na máquina por Tig e anexado por ele, com uma anotação, a uma cópia da carta enviada por Martha Gellhorn de Monte Casino. *Ela parece uma sedutora*, ele observa. Quando teria Tig escrito o comentário e anexado o texto? Só pode ter sido depois da morte do pai.

No fim das contas, então, Tig realmente entendeu um pouco o Velho General Gaiato, pensa Nell. O pai não era um mero fazedor de panquecas obsoleto.

Pouco depois da conquista de San Fortunato, o General e sua brigada de infantaria foram retirados da Itália e mandados com o Primeiro Exército canadense para a Europa Ocidental, passando pela Antuérpia, já reconquistada. Foi no outono de 1944. Depois, tiveram que seguir para a Alemanha.

Seguindo o fio da história, remexendo nos papéis do V.G.G. — herdados de Tig, como a prataria vitoriana, e que também não podem ser jogados fora —, Nell faz uma descoberta surpreendente. É uma pasta com a etiqueta *Poemas do papai*. A letra na etiqueta é de Tig.

Significa que Tig leu os poemas do pai. O que terá pensado? Lendo-os, por sua vez, Nell não é capaz de imaginar. Descoberta de um tesouro enterrado? Invasão de privacidade? Sempre dá uma sensação de algo fraudulento, essa história de espionar os mortos.

Os poemas, como poesia, são amadorísticos. Mas isso não vem propriamente ao caso.

Não são muitos. Parecem ter sido escritos entre março e maio de 1945. O último é datado de 9 de maio, um dia depois do Dia da Vitória, quando a guerra na Europa finalmente acabou. Se é que algum dia acabou, pensa Nell com seus botões.

Os poemas têm início durante a Batalha de Reichswald, episódio de horripilante desatino guerreiro: lama, sangue e morte na floresta cheia de armadilhas explosivas; planícies inundadas, um frio úmido de doer os ossos, campos cobertos de névoa, conforto zero. A 7ª Brigada de Infantaria canadense, o novo posto de comando do General, atolou-se nessa história até o pescoço, não raro literalmente. E, no entanto, no meio disso tudo, lá está o V.G.G. dando um jeito de escrever poemas.

Como conseguiu? Rabiscava em cadernos de anotações e depois datilografava? Pois todos os poemas foram datilografados. A máquina de escrever devia servir para redigir relatórios: alguns se encontram entre os documentos. Ele devia ter uma máquina de escrever mecânica e um posto de comando portátil — uma cabana de campanha ou de algum outro tipo, ou um veículo; um espaço ou uma superfície plana para sustentar a máquina; alguma coisa. Nell sabe pouquíssimo sobre como essas coisas eram feitas.

REICHSWALD

Brilha a lua aureolada
No céu límpido; sob pinheiros
Eu apenas escuto
Onde amantes trocavam beijos
Em silêncio companheiro.

Sem silêncio ou paz na noite
Troar de aviões e estalar de tiros
Anunciam o alvorecer.
Sob a aura lunar luminosa
Esperamos num suspiro.

Lá longe, pesado bombardeio
Cobre os homens na peleja
Em solo alemão.
E se ilumina a represa
Cuja conquista se enseja.

Lindos pinheiros, lua brumosa
Alheios à dor da guerra
Se calam esta noite.
Pois sabem que nas trevas
A verdade não se encerra.

Amanhã em raios de sangue
O sol surgirá, e a lua
Triste na nuvem da guerra
Se afastará em sonhos
De um romance exangue.

Alemanha, março de 1945

Meio rudimentar esse poema, pensa Nell. Pinheiros tão convencidos de um resultado positivo — de que livro infantil da época eduardiana terão saído? Para não falar da lua sonhadora. O que fazem os amantes na floresta, e até no poema? Que romance exangue? Aonde queria chegar o General? E a espera... supostamente pela próxima ordem, o sinal de avançar para o moedor de carne rolando lá na frente. A espera é em silêncio, mas a batalha não. A batalha, como se diz, ruge.

Vem então outro poema ainda mais curioso:

UM DESEJO

*Um beijo — um olhar que revela*
*Dor e penar — ou um sorriso*
*De firme esperar. Pois algo*
*Lá dentro o coração macera.*

*Foi a separação. Se um dia,*
*Bem-querer, voltar a ver-te,*
*Quero de novo o calor*
*De um reencontro de amor.*

*Foram anos a penar,*
*Perdido o nosso prazer.*
*Mas essa dor inglória,*
*Amanhã, se vai desfazer?*

*Alemanha, março de 1945*

O poema ocupa meia página: a parte de baixo foi rasgada. (E não recortada, observa Nell.) Não se vê o que pode ter sido datilografado abaixo: só o alto de uma primeira palavra, que parece *O*. "Um desejo" parece ter sido escrito mais ou menos na mesma época que o primeiro. Teria alguma relação com o evanescente romance enluarado de "Reichswald"? Quem é a garota, ou mulher? Não é o tipo de poema que combina com "esposa" — a mãe de Tig, encarando seis anos, sozinha, com os dois filhos em Toronto, escrevendo cartas ansiosas, mas constantes, temendo receber a qualquer momento o telegrama de bordas negras que tantas mulheres — tantas esposas de militares que ela conhecia — haviam recebido. Enquanto o Velho General Gaiato, ainda longe da velhice, lá está no escuro de uma floresta, cercado de explosões e de homens mortos ou partes deles sangrando nos galhos dos pinheiros, se recordando de um velho amor.

Quem teria sido ela?, pergunta-se Nell. Uma namoradinha da faculdade? É o que parece sugerir "Foram anos a penar", mas numa guerra o tempo avança depressa e devagar: décadas podem ser condensadas em uma semana. Teria sido Martha Gellhorn? Acaso tiveram seu momento — como se costumava dizer — na Itália, nos idos de 1944, com a barraca quente, a poeira toda, as moscas, o chá ruim e o rum horroroso? Nell espera que sim. Quem sente que pode estar para morrer deve mesmo se agarrar à vida; não que ela alguma vez tenha estado nessa situação. Não criticaria o General de forma alguma nem Martha, cujo casamento, por sua vez, devia estar, na época, muito perto do fim.

Pensando bem, improvável. Não devia haver tempo. Era muita poeira; e também era ensurdecedor. Eles estavam com a cabeça em outras coisas. Um ou outro flerte de leve entre uma explosão e a seguinte; certas gentilezas; algumas piadas. Horrores compartilhados. Martha Gellhorn era muito boa de companheirismo, segundo concluiu Nell das leituras a seu respeito. Mas amante? Não muito interessada, não na parte puramente sexual. Embora os poemas do General não sejam propriamente sexuais.

E o ponto de interrogação no fim? Esperança de que a dor tenha fim ou medo de que isso aconteça?

Como Tig teria encarado a coisa, na verdade? Ao se deparar com o poema depois da morte do pai — o que com certeza aconteceu, temos a prova da sua anotação manuscrita —, ficou incomodado com os pensamentos de infidelidade do General, ou a descoberta o ajudou a entender melhor o pai? Houve um certo atrito entre eles depois que o V.G.G. voltou dos escombros da Europa. Foram momentos de desprezo mútuo, do tipo que acontece entre adolescentes idealistas que rejeitam valores paternos ultrapassados e asfixiantes e pais que consideram os jovens ignorantes, arrogantes e sobretudo ingratos. Ressentimento de ambas as partes. E agora, aqui, temos o General, por fora tão empertigado no fim da vida, escrevendo poesia sonhadora; revelando sua essência sentimental.

*Penar* aparece duas vezes no poema. É uma palavra antiquada, quase vitoriana. O Velho General Gaiato na época: *Penar. Esperar. Perdido.* Eram as palavras-chave enquanto aguardava na floresta brumosa a ordem de avançar.

O poema seguinte intitula-se "O avanço", com o subtítulo "O Reno". Não é assinado — nenhum dos poemas é —, mas tem data: "Alemanha (Reno) março de 1945." A essa altura, o Primeiro Exército canadense, ou de todo modo a brigada do General, devia avançar em direção ao rio, com o objetivo de atravessá-lo. Nell sabe, por velhas fotos em livros que leu — alguns deles herdados do V.G.G. —, que havia praticamente um engarrafamento na estrada, tantos eram os veículos mobilizados.

*Rebentar de bombas já não rompe*
*A quieta ameaça falando*
*Dos perigos na espreita.*
*Campos solitários calando*
*Num aviso que se levanta.*

*Fragoroso tráfego, rude e igual
Ecoa pelas árvores. Vinte
Tanques não podem se deter.
Homens, caminhões, canhões. Na guerra
Não há tempo a perder.*

*Atarefados, param aos risos,
Acelerando máquinas ruidosas
E gritando e xingando voltam
No fluir do tráfego
À estrada em polvorosa...*

Os poemas foram datilografados na mesma máquina. Num papel bem resistente, o que impediu que as páginas se esfarelassem; quase não amareleceram. Não são cópias em carbono. Há alguns tropeços gramaticais — *na espreita* em vez de *à espreita* — e muita pontuação faltando. E uma anotação a lápis, a troca de posição entre *de novo* e *um dia* no poema dos amantes que se separam, o que significa que o General fez pelo menos uma releitura depois de datilografar. Quis caprichar.

O que pretendia com esses poemas? Possivelmente nada. Possivelmente eram como entradas num diário, anotações para si mesmo. Por outro lado, já se sabia de outros soldados poetas, e não poucos, se formos fazer a lista — Sófocles, para começar; era um veterano de guerra. O rei Davi, dos Salmos. E depois Lovelace, Owen, Brooke, McCrae, e muitos outros; o General escreveu durante seus anos artísticos na universidade. Teria pensado num pequeno livro?

Seja como for, guardou consigo os poemas em seu penoso e potencialmente fatal avanço pela Europa. Cada um deles foi dobrado ao meio, depois ao meio de novo, o que parece indicar que eram carregados no bolso. E depois desdobrados e alisados, para arquivamento com os demais papéis: testemunhas mudas, a voz de alguma parte sua muito íntima. A mãe de Tig teria encontrado esses poemas mais tarde? Surgiram perguntas — por exemplo — sobre aquele beijo de despedida? Ciúmes? *Quem era ela? Era a tal de Martha? Eu sei que ela estava com você na Itália, encontrei a carta dela. Me diga.*

Nell desconfia que algo pode ter sido descoberto, sobre a mulher e o beijo, ou sobre outras mulheres e outros beijos. O casamento não durou; mas poucos casamentos de antes da guerra tinham durado depois da volta da frente de batalha, segundo Tig. Ele assistiu ao desmoronamento e à desintegração dos casamentos no meio militar dos pais, como explosões em câmera lenta. Sempre acontecia se não nascesse um filho depois da guerra, explicava; às vezes mesmo com isso. Não havia mais um terreno comum entre aquele que partira — em 95% dos casos, o homem — e o que ficara em casa — também em 95% dos casos, a mulher. Como seria pensar que você pode morrer amanhã, daqui a uma hora? Que tal contemplar as estrelas com medo de que a pessoa amada do outro lado do mundo esteja — neste exato momento! — se esvaindo em sangue num pântano, sufocando no último suspiro? E isso dia após dia, mês após mês, ano após ano — quase seis anos, pois na época os soldados não eram mandados para casa nos períodos de licença, era muito perigoso e caro. Esperar e esperar, esticando ao máximo a corda, sem nada além de cartas censuradas e mensagens enviadas por programas de rádio, nem indicação de qualquer localização precisa. *Estou bem, te amo muito, em algum lugar da Itália.*

E depois a volta, a alegria, o abraço, o gradual despertar para o fato de que os dois podiam muito bem ser de galáxias diferentes.

Fale comigo!

Não dá. (Cabeça nas mãos.) Sinto muito. Simplesmente não consigo.

Por favor, conte como era. (Se esforçando muito.)

Não tem como descrever. (Você não entenderia.)

Eu te amo. (Se esforçando muito.)
(Silêncio. Um pouco longo demais.)
Também te amo. (Voz monótona.)
A gente vai superar. Você vai se sentir melhor... logo, logo.
(Pausa.) Sim.
(Pausa.)
Cigarro?

Os dois fumavam feito chaminés, o General e a mulher. Também bebiam muito. Tentando aparar as arestas, pois a coisa toda era muito dura. Cortante. Sacrificante demais.

Ela morreu logo depois dos cinquenta, de câncer na garganta; Tig dizia que foi de coração partido. Muitas coisas se partiam numa guerra. O General durou muito mais. Teve uma ou outra doença grave; se recuperou, mas no fim foi apanhado de jeito pela pneumonia. Logo depois do Natal em que se sentou na cadeira do Papai Noel com o biscoito amanteigado em forma de árvore e o copo de uísque sem gelo.

— Estou farto disso — disse a Tig no carro, a caminho do hospital.

Quatro dias depois, partiu. Pelo menos tiveram tempo de perdoar um ao outro. O pós-guerra não foi fácil para eles, Tig não era mais um menino choroso de seis anos dando um abraço de despedida no querido Papai, mas um adolescente desagradável mancomunado com a mãe ressentida. O General tinha sido alocado em sinecuras de tempo de paz, um quartel-general aqui, outro ali, adido militar em Washington, ornamentando coquetéis, mas para quê? Soldados em tempos de paz são supérfluos: festejados uma vez por ano por algo que um dia foram, evitados aqui e agora pelo que se tornaram.

O Velho General Gaiato, que passou muito rápido pelo apogeu, jogando panquecas para o alto a fim de alegrar os guris.

Tempo bom. Vão pescar?

Névoa e luar. Dor e penar. Firme esperar.

Em março de 1945, os poemas tinham ficado para trás; as coisas deviam estar muito intensas a essa altura. O Reno acabou sendo atravessado; e o exército canadense recebeu a incumbência de liberar a Holanda. Nell foi se informar sobre essas operações de liberação nos grossos volumes de história oficial encadernados em vermelho que pertenciam ao General, anotados aqui e ali com tinta azul, muito provavelmente por ele. Os livros registram — detalhadamente, com datas e mapas — os movimentos dos batalhões e regimentos canadenses durante a guerra.

Liberar a Holanda. Muita inundação. Um clima horrível. Chafurdando em lodaçais gelados. Pontes provisórias, veículos anfíbios, muita destruição nas aldeias e cidadezinhas, entrando com todo cuidado nas casas, primeiro com granadas. Quantos mortos, quantos feridos, quantos feitos prisioneiros: tudo devidamente repertoriado nos livros vermelhos. Júbilo entre os habitantes; e também privação.

Abril tinha chegado. O General participava da liberação da cidade de Deventer, à beira do rio Ijssel. Havia uma ponte estratégica; precisava ser tomada, o que afinal aconteceu, mas à custa de muitos mortos.

Boa parte de tudo isso Nell já sabe, pois houve aniversários e cerimônias, gaitas de fole foram tocadas, coroas de flores foram depositadas. Discursos foram feitos, comemorando a liberação, rememorando os alimentos trazidos para assistir a população civil, que a essa altura passava fome. Nell, Tig e os netos compareceram várias vezes. Numa dessas ocasiões, batizaram a rua principal com o nome do General. Tig ajudou a descerrar a placa. As pessoas lhe apertavam a mão: ele parecia tanto com o pai, diziam. Muitos choravam.

Na primeira viagem que fizeram, um velho que tinha surrupiado um mapa para o pai de Tig ainda estava vivo. O mapa mostrava as posições dos alemães, permitindo ao V.G.G. maior eficiência na liberação, sem precisar destruir a cidade com bombardeios.

O sujeito era muito jovem na época da ocupação; como tantos jovens, participara da Resistência. E era padeiro, sendo por isso autorizado a circular com seu carrinho de entregas e a sair à rua antes do fim do toque de recolher, nas primeiras horas da manhã. Nunca levantou nenhuma suspeita, pois todo mundo achava que ele era burro. Mas seu irmão foi apanhado e fuzilado.

Ele levou Tig, Nell e as crianças a um casarão cercado de árvores sombrias: ali se estabelecera o pai de Tig no comando das operações, disse. Na mesma casa a SS torturava, antes. Sete jovens assassinados tinham sido enterrados no jardim, amigos dele. Nenhuma planta voltou a crescer no local depois.

Os esconderijos da Resistência na floresta, as cenas de captura e traição, a localização camuflada das bombas voadoras jogadas na Inglaterra — tudo lhes foi mostrado. Aquela época, para ele, era o presente; ainda vivia nela. Em eterna aflição.

Ao longo do rio, as posições dos ninhos de metralhadoras do inimigo. Segundo Tig, que soubera pelo pai, eram guarnecidas por meninos. Garotos de doze anos, que recebiam munições e bebida alcoólica, com ordens de ali ficar até acabarem. As aguerridas tropas do General descobriram que estavam atirando em crianças, mas crianças fanáticas com armas mortais. Doloroso, mas fazer o quê?

A última visita nesse dia foi ao cemitério de guerra dos canadenses, com suas fileiras de lápides, o nome e o regimento de cada um. Havia uma rosa branca em cada túmulo, depositada pelos escolares da cidade, na Páscoa.

— No Canadá não fazemos nem isso — murmurou Tig a Nell.

A essa altura, uma mulher de idade se juntara a eles; havia servido na cantina canadense e ajudado na enfermagem. Em dado momento, postou-se bem no meio do cemitério, os braços abertos, lágrimas escorrendo.

— Estes são os meus meninos — gritou para o céu.

Não *eram*. *São*.
— Era aqui que o seu pai estava — disse o velho a Tig. — Aqui.

O General escreveu outro poema logo depois de Deventer. É o primeiro datado com mês e dia: 18 de abril de 1945. Nessa data — Nell foi checar os registros —, muitos soldados alemães se entregaram. Milhares. Existem fotografias, em preto e branco: longas filas de homens, sujos, esfarrapados, se arrastando, às vezes com as mãos atrás da cabeça, flanqueados por guardas armados de fuzis.

A WEHRMACHT 1945

*Sombras de desespero*
*Cerram a porta escura da derrota*
*Em silêncio.*
*Sem a luz da esperança,*
*Vai, soldado, na andança.*

*Longe o glorioso devir*
*Que, nutrido em arrogância,*
*Matou a compaixão humana.*
*E ele segue, hoje fragmento,*
*A caminho do julgamento.*

18 de abril de 45

Sem bazófia nem soberba. Silêncio e portas escuras que se fecham; *diminuendo*. Depois de toda a adrenalina, a decepção, para derrotados e vitoriosos. Nell leu algumas memórias com descrições desse estado de espírito. E agora? Agora, conviver com a realidade, com o que quer que você tenha feito, qualquer que fosse a razão que em dado momento lhe parecia justificar fazer essas coisas. Alguns não conseguiram conviver, em ambos os lados. Houve suicídios. Não dava para matar e matar, ver os resultados da sua matança e os resultados da matança cometida pelos outros e simplesmente esquecer. As imagens ficavam registradas muito profundamente, não havia como apagá-las. Você podia até achar que tinha expulsado tudo do crânio, mas ainda estava lá, à sua espera. Chegavam pessoas à noite e sentavam-se nas cadeiras sem falar com você. Algumas estavam mortas.

O que veio depois? O exército rumou para o norte. O General comandava a 2ª Brigada de Infantaria canadense quando liberou Westerbork, uma prisão de trânsito onde eram estacionados judeus a caminho dos campos da morte. A liberação foi um choque para os que liberavam, segundo relatos da época. Embora pudessem ter sido avisados de maneira genérica, aparentemente não estavam preparados para o que encontraram. Como podiam existir lugares como aquele? Quem teria concebido uma coisa assim?

O General chegou a Bergen-Belsen dias depois da tomada pelos britânicos, e foi pior ainda.

Não foram escritos poemas. Nem o General jamais chegou a falar dessas experiências, que Tig soubesse. Não até o fim de sua vida, e quando enfim falou, não foi com Tig, e mesmo assim não muito.

Pouco tempo depois, outro poema com data completa:

CESSAR-FOGO

*Terminada a guerra, homens vivem*
*Onde outros morreram.*
*Esquecida a dor? Lembramos*
*Amizade, folgar e riso*
*Com orgulho indeciso.*

*Alegria sem frivolidade*
*Temos funda no coração.*
*Como amante que se contém,*
*Hoje apenas sorrimos,*
*As lágrimas reprimimos.*

*Alemanha, 9 de maio de 45*

Nove de maio era um dia depois do fim da guerra na Europa. Mais uma vez, a interrogação ambígua: esquecida a dor? Como quem diz: *Será mesmo?* E aí está o amante ardente, desta vez aparecendo apenas como uma analogia, porém associado de novo a sorrisos superficiais e a uma mágoa íntima. Reprimindo as lágrimas. O General acabara de completar trinta e sete anos. Agora começava o resto da sua vida.

Só isso? Sem mais poemas? Nell percorre as páginas de novo, para ver se a sequência está certa. E veja só: algo passara despercebido. No verso da meia página contendo "Um desejo" há outro poema. Esse — só esse — foi datilografado em uma máquina diferente. Ao contrário dos demais, o título está em letras minúsculas.

o despertar.

*Névoa fria e cinzenta,*
*Sol olhando onipresente,*
*Vai-se a fugaz escuridão,*
*A verdade então se sente.*

*Sábia lua, hábeis nuvens*
*Juntas a cena vão dourar.*
*Meus olhos vertem tristeza.*
*Ao gozo sucede o pesar.*

Sem data. O que estaria acontecendo nesse momento?, pergunta-se Nell. E qual poema foi escrito primeiro? Seria a mesma mulher ou outra — ou melhor, houve mesmo uma mulher? "Gozo" poderia indicar um encontro romântico — não, por exemplo, uma cena de batalha —, mas a névoa fria e cinzenta e a lua encoberta por nuvens parecem a paisagem de "Reichswald". "Um desejo" aparentemente remete a acontecimentos anteriores, ao passo que "o despertar" é mais imediato; mas estão no mesmo pedaço de papel.

Qual seria a história? Ninguém mais para fazer a pergunta. Mas o que tem ela com isso, de qualquer modo? Nada, só que herdou os poemas, como a chaleira de prata, a peneira de açúcar, as facas de peixe. Os objetos passam de mão em mão, as coisas são esquecidas, seu significado se evapora.

Que fazer com os poemas arrumadinhos na pasta? Que destino dar à espada de aparato encostada num canto, junto aos remos da canoa, ou à medalha da Ordem de Serviços Notáveis, guardada numa caixa de papelão em uma prateleira no porão, aos alfinetes de prata e botões de serviço, até hoje envoltos em veludo numa gaveta da cômoda de Tig? E aquelas pessoas caladas, algumas vivas, outras mortas, que sentam-se nas poltronas, mas não estão realmente ali? E o sujeito enforcado no chuveiro? Pois também fazem parte do quadro geral.

E há a carta de Martha Gellhorn, a minúscula parte da sua jornada que convergiu por um momento com a história do General. "A guerra sempre é pior do que a gente consegue contar", disse ela a um amigo, no fim da vida. "Sempre."

Por que estou tão obcecada por tudo isso?, pergunta-se Nell. Tão enredada? Lendo cartas de mortos. Bisbilhotando em suas cabeças. Foi há quase oitenta anos.

Que é que ela está fazendo, vagando pela casa no meio da noite, no meio desse pedaço condensado de passado em que tanta coisa acontece, mas tanta coisa permanece obscura? Cavucando escombros, um tijolo aqui, um caco ali, fragmentos de vidas; tentando entender coisas que não podem ser entendidas, pelo menos não por ela. Pedaços de papel dobrados num bolso. O General preservou essas palavras; fez questão de guardá-las; devia querer que alguém acabasse lendo. Caso contrário, as teria destruído.

Eu devia desistir. Não sou a pessoa certa, pensa Nell. Leitora errada para você. Sinto muito. Só posso dizer uma coisa: estou lhe ouvindo. Ou ouvindo alguma coisa. Ou tentando ouvir alguma coisa. Certo?

# VIÚVAS

✦

Querido Stevie:

Obrigada por sua carta. Espero encontrá-lo em boa saúde. Parece que hoje em dia devemos começar uma carta assim, com uma saudação vitoriana sobre o bem-estar físico: tornou-se um pré-requisito social, como deixar um cartão de visita em outras épocas. E temos que concluir dizendo "Se cuide". Que ridículo! Não há como "se cuidar". A qualquer momento o fio frágil em que balançamos pode se romper, e mergulhamos no desconhecido. A palavra "segurança" devia ser riscada do mapa. Transmite uma ideia falsa às pessoas.

Desculpe. Ando mal-humorada com a linguagem, o que só deveria acontecer depois de certa idade. Para os mais jovens, as coisas sempre se chamaram como se chamam hoje, mas para os mais velhos, não. A gente nota as discrepâncias, as lacunas. E as piadas de décadas atrás não são mais piadas, outras surgiram, piadas que nem sempre entendemos. Brincar e gracejar tornou-se menos frequente no momento puritano em que vivemos — sem querer dar a impressão de que estou julgando —, mas parece que algumas risadas ainda são permitidas.

Muito embora todo mundo saiba que os ditos populares de cada geração não têm vida longa. O que significava "pernas, pra que te quero"? Eu dizia quando criança, mas a expressão já era velha, e a mim só passava a ideia de uma cantiga de pular corda. E uma cantiga bem sinistra, pensando bem: os ladrões entraram na casa de uma senhora — mulheres adultas na época eram chamadas de "senhoras" — e estão dando ordens, tipo vire-se e agache no chão. Não podia mesmo dar em nada bom: os ladrões eram homens fortes, em maior número que ela. Mas "pernas" não lhe faltavam, e ela devia saber para que haveria de querê-las.

Como a gente debochava da morte! O Dia das Bruxas era uma chance de se cobrir com um lençol e brincar de fantasma, ou de encher uma tigela com uvas descascadas, tapar os olhos dos amiguinhos menores e levar suas mãos até a tigela. "Olhos humanos!", dizíamos, com voz sepulcral. "Eeeca!", vinha a reação invariável. Depois começava uma cantoria sobre morrer, ser enterrado, ser comido pelos vermes e ficar completamente verde. Tudo absolutamente hilário para nós, na época. Mas quantas restam dessa vasta amostragem de crianças travessas de outros tempos? Não muitas. Foram-se, e com elas qualquer vestígio dos olhos repulsivos e dos corpos verdes em decomposição. Alguns velhos camaradinhas pendurados na beira do penhasco, tomando chá com biscoitos no sol e deixando cair leite e migalhas nas camisetas não exatamente limpas, ou perturbando os vizinhos com um arremedo de operação de limpeza da neve na calçada, manejando as pás sem jeito e bem devagar, escorregando perigosamente no gelo. Por favor, pode deixar que eu cuido. Não, obrigado, eu dou conta. Besouros perto do fim do ciclo de vida, ainda valorosamente abrindo caminho para o alto da haste da flor, outrora tão familiar. "Onde estou e o que estou fazendo aqui?", pode estar se perguntando o besouro. "Até onde eles irão?", tentam imaginar os vizinhos. Com certeza não muito longe.

Ah, não imagine nem por um instante que não sabemos o que eles estão pensando. Nós pensávamos a mesma coisa, antes. Ainda pensamos.

Mas nada disso acontece com você, querido Stevie. Você é muito mais jovem, embora não ache no momento. Se viver mais trinta anos — o que eu sinceramente lhe desejo, e mais ainda, dependendo das suas condições futuras, claro —, se viver mais trinta anos e ainda estiver aproveitando, ou aproveitando quase tudo — se é que alguém estará aproveitando, ou mesmo vivendo, considerando-se a incógnita que se aproxima de nós como uma gigantesca onda —, espero que possa olhar uma foto sua de hoje, supondo que seus objetos pessoais tenham sobrevivido a enchentes, incêndios, fome, peste, insurreição, invasão ou o que quer que seja — e possa dizer: "Como eu era jovem!"

Mas já vai longa essa digressão. Você perguntou como eu estava, outra fórmula de cortesia. Nesse caso, ninguém quer uma resposta sincera.

O que você quer saber é como estou levando, agora que Tig morreu. Me sinto solitária? Estou sofrendo? Casa vazia demais? Ticando os itens do esperado processo de luto? Já entrei no túnel escuro vestida de preto, com luvas e véu, e saí do outro lado toda animada, com roupas coloridas e pronta para o que der e vier?

Não. Pois não é um túnel. Não tem um fim do túnel do outro lado. O tempo não é mais linear, com os acontecimentos e as lembranças da vida numa sucessão cronológica, feito contas num colar. É um sentimento muito estranho, ou experiência, ou rearrumação. Não sei se eu saberia explicar.

E você ficaria desnecessariamente alarmado se eu dissesse: "Tig não se foi, de fato." Imediatamente começaria a pensar em fantasmas, ou que estou começando a delirar, ou entrando na demência, mas nada disso seria verdade. Talvez você entenda mais tarde, esse tempo que entorta, ou se dobra. Em certos lugares desse tempo pregueado, Tig ainda existe, mais vivo do que nunca.

Não pretendo compartilhar nada disso com você. Não quero que telefone preocupado para meus amigos e parentes mais jovens, dizendo que é preciso fazer alguma coisa a meu respeito.

Você sempre foi um intrometido bem-intencionado. Não é uma acusação — você tem um bom coração, está cheio de boas intenções, mas não quero chatos de galocha nem indiretas inquisitivas, nem visitas de terapeutas ou sobrinhas querendo me convencer a comprar um pacote de assistência para idosos. E, não, também não quero curtir um cruzeiro.

Enquanto isso, ando por aí com um bando de outras viúvas. Há também viúvos: ainda não existe uma palavra neutra para se referir a quem perdeu o companheiro ou a companheira de vida. Daqui a pouco talvez apareça QPCCV, mas ainda não é o caso. Algumas são mulheres que perderam mulheres e há os homens que perderam homens, mas na maioria dos casos são mulheres que perderam homens. Mais frágeis do que imaginávamos, esses homens: isso ficou bem claro.

E falamos de quê? Dessa curiosa capacidade do tempo de se dobrar, o fenômeno que acabo de descrever: algo vivenciado por todos nós. As idiossincrasias e preferências dos entes queridos que se foram. O que eles teriam dito — ou na verdade ainda estão dizendo — em determinadas circunstâncias.

As cenas de morte. Somos um pouco obsessivas por elas: são compartilhadas, revisitadas, editadas, organizadas de maneira a se tornarem, quem sabe, mais toleráveis. Qual seria a pior maneira de definhar? Melhor assistir a um lento apagar doloroso, mas com muito tempo para as despedidas, ou seria preferível um derrame ou ataque cardíaco repentino, mais fácil para ele, mais difícil para você? *Deu para sentir que tinha chegado a hora. Saí da sala cinco minutos e ele se foi. A gente sabia que estava para acontecer. Dez anos? Deve ter sido terrível.*

A arrumação. Muito a ser feito. Tanta coisa acumulada, ano após ano. E aí vem uma miniexplosão, e tudo que foi juntado — cartas, livros, passaportes, fotos, objetos favoritos guardados em gavetas, caixas e prateleiras — tudo isso é distribuído no rastro do foguete que se vai, ou do cometa, ou da onda de energia ou do sopro silencioso de vida, e chega para as viúvas a hora de vasculhar, organizar, doar, legar, descartar. Pedaços de uma alma, espalhados aqui e ali. As viúvas se empenham com afinco e, na mesma medida, são levadas à loucura. Telefonamos umas às outras, torcendo as mãos de nervoso, e dizemos: "Mas o que é que eu vou fazer com... [aqui, preencher o espaço]?" Damos milhões de sugestões, nenhuma delas resolve o problema principal.

Também falamos dos motivos de arrependimento; ou pelo menos alguns deles. *Ah, se eu soubesse. Se ele tivesse dito. Se eu tivesse perguntado. Eu devia ter sido mais...* [preencher o espaço] *Se eu tivesse...* [preencher o espaço]. Espaços é que não faltam.

A gente dá azar, claro, nós, viúvas. Sabemos disso. Silêncios constrangedores ao redor. As pessoas pisam em ovos. Devemos ser convidadas para jantar, ou vai ficar aquele clima de enterro? Certamente tentamos não criar clima nenhum: ninguém gosta de enterros.

Costumava ser pior em outros lugares e outras épocas. Éramos enterradas vivas junto com o rei morto, ou nos juntávamos a ele na pira funerária. Se escapássemos de acompanhá-lo na morte, tínhamos que vestir preto, ou então branco, pelo resto da vida. Carregávamos mau-olhado. As aranhas viúvas-negras, de veneno mortal, foram batizadas em nossa homenagem. As pessoas se benziam e cuspiam para não serem contaminadas. Ou então, se não estivéssemos decrépitas — se ainda corresse algum sangue em nossas veias —, seríamos viúvas alegres, livres, leves e soltas, atrás de um pouco de sexo selvagem. Um cara mais velho chegou a me dar a entender exatamente isso numa festa. (Ainda vamos a festas. Pintamos de vermelho as unhas dos pés, mas as escondemos no sapato, para ninguém ver a extravagância. Sabemos que o realce podal não faz sentido, mas fazemos isso mesmo assim. Prazerzinho bobo de nada.) Eu acabara de conhecer o sujeito. Mal terminaram as apresentações e ele mandou um vago olhar lascivo e perguntou:

— Então, tem saído com alguém?

Era para ser um gracejo inconsequente, só que talvez não. Todo mundo acha que viúvas são ricas, e também suscetíveis. Eu respondi, com certa severidade:

— Sou viúva. Tig morreu tem pouco tempo.

— Então, está na busca?

Era uma forma de flerte geriátrico da parte dele, creio eu. Gente da nossa idade pode flertar desse jeito sem que pareça muito inconveniente, pois os dois sabem que não vai dar em nada. Ou, mais exatamente, não *pode* dar em nada. Condomínio do Flerte, é onde vivemos. Se eu tivesse um leque das antigas, teria dado umas batidinhas no ilustre cavalheiro, com ar malicioso, como numa comédia de costumes picaresca do século XVII. *Ó, mas que atrevido!* Eu não poderia dizer: "Não seja tolo. Tig ainda está aqui." Teria gerado um disse me disse instantâneo. "Ela está meio fora da casinha." "Ah, mas sempre foi meio estranha." Coisas assim.

Por isso guardamos essas ideias para nós mesmas, nós, viúvas.

Nem é preciso dizer, querido Stevie, que não lhe enviarei esta carta. Você está do outro lado do rio. Aí onde está, a sua amada ainda tem uma forma tangível. Deste lado aqui, as viúvas. Entre nós corre o intransponível. Mas posso acenar para você e lhe desejar todo o bem, e é o que eu vou fazer. Então:

Querido Stevie:

Obrigada por sua carta. Espero que esteja em boa saúde. Gentileza sua perguntar como vou. Muito bem, folgo em dizer. O inverno se prolongou, e foi assim para todo mundo, mas agora estamos na primavera e ando cuidando do jardim. Já florescem os galanthus e surgem os primeiros brotos de narcisos. Estou de olho em alguns lírios que pretendo plantar na parte da frente. Plantei anos atrás, mas os insetos acabaram com eles antes que eu pudesse ver. Desta vez, estarei preparada: uma mulher prevenida vale por duas. Os filhos vão bem. Os netos, com energia para dar e vender. Estou pensando em adotar um gatinho. Fora isso, sem grandes novidades. Avise quando vier por aqui para podermos almoçar.

Se cuide.

Carinhosamente,
Nell

## A CAIXA DE MADEIRA

✦

Nell se arrasta pela casa, subindo e descendo as escadas estreitas, entrando e saindo dos quartos. Mas não está perdida: procura um livro que quer ler. *Maigret prepara uma armadilha*. Já o leu antes, mas esqueceu qual é a armadilha. Desta vez, não vai dar uma olhada no fim, desta vez vai se deixar envolver. Pode avançar lentamente, não precisa devorar as páginas, agora tem tempo suficiente na vida. Agora que Tig...

O espaço-tempo tem portais que se abrem e fecham, como boquinhas de rã.

As coisas desaparecem por eles, simplesmente se esvaem; mas de repente podem aparecer de novo. Coisas e pessoas, bem aqui e de repente sumidas e talvez aqui mais uma vez. Não se tem como prever.

Um dia, não faz muito tempo, Tig perdeu a ponte superior. Era como se chamava na época, e não dentadura, como em séculos passados. Os dois procuraram e procuraram, mas não estava em lugar nenhum. Até que, tchã, ela apareceu, em cima da estante alta de livros, onde Nell normalmente não a veria; não enxergava lá em cima. Tinham procurado em toda parte, e agora ela já estava recorrendo à escada desmontável. Surpresa! Por que Tig a pusera ali? Nunca tinha feito isso. Mas será que pôs mesmo? Talvez tivesse sido sugada por um dos portais. Aqui, fora daqui, de repente lá em cima, num lugar completamente diferente. Tig, portanto, pode estar em algum lugar agora, em vez de simplesmente ter ido embora.

Maigret prepara uma armadilha — aqui está, na cesta de roupa. Onde mais?

Nell se encosta na bancada da cozinha e abre o livro. Vai ler enquanto come o arremedo de jantar: um pedaço de queijo, um resto de sopa aquecido no micro-ondas, algum tipo de pão de ontem, que deveria ser um croissant, cortado em fatias e tostado no forno elétrico. É como voltar aos tempos de estudante: a mesma desordem e desmotivação com acessos repentinos de resolução, a mesma inquietação informe, as mesmas refeições indigentes. Com que facilidade ela escorregou de volta a sessenta anos atrás, mais ou menos: comer restos dúbios a toda hora, sem um ritual.

Tig gostava da mesa arrumada, gostava de taças de vinho. De preparar receitas especiais. Brindes a esta ou àquela lembrança, a esta ou àquela pessoa ou causa. Ocasiões. Comemorações.

As pessoas que fizeram aquele croissant, evidentemente, nunca viram um de verdade, pensa Nell, mastigando. Granuloso, nada macio, informa em silêncio, sem saber exatamente a quem. E se pudesse controlar um dos portais de boca de rã e jogar coisas lá dentro? Para sempre desapareceriam todos os croissants de má qualidade.

Tig teria simplesmente jogado fora o croissant. Por que comer alguma coisa que você não aprova?, diria. Se não concorda com a direção, não siga em frente. Ele riria dela por ser tão econômica. Não gosto de desperdiçar, ela diria. O que seria ridículo: por que é menos desperdício um croissant descendo pelo sistema digestivo do que aproveitado na compostagem? Não é.

A armadilha do inspetor Maigret destina-se a um assassino de mulheres. Os crimes são cometidos em determinado bairro, sem que Maigret consiga identificar o motivo. As mulheres nada têm em comum, embora não lhe tenha escapado que são todas morenas. Também ocorrem assassinatos de homens, só que não com tanta frequência; não nos livros de Maigret. Ou seria apenas uma impressão de Nell? Será que ela presta mais atenção nos assassinatos de mulheres? Quantas vítimas em cada caso? Bem que ela poderia contar. Seria um projeto. Ela tem a impressão de que passou a maior parte da vida fazendo coisas assim. Projetos no fim das contas inconsequentes. Por acaso ajudaram alguém?

A cena ou jantar improvisado ou interlúdio de leitura transcorre num chalé, ou numa espécie de chalé. Uma casa de campo que ela e Tig compraram por impulso porque estava lá e eles estavam lá, era barato, e ficava num bosque, por que não?, e na época ainda estavam abertos a aventuras. O que mais gostaram foi da localização isolada, dos pássaros.

A casa em si estava em péssimo estado. Nem fora concluída: piso por instalar, nada de rodapés — deixando um vão por onde iam e vinham aranhas, bichos-de-conta e piolhos-de-cobra — e cogumelos crescendo numa das paredes, por causa do excesso de umidade. Eles logo descobriram que a água do sistema de filtragem era despejada num porão rudimentar: não exatamente uma boa ideia. Havia duas colmeias, uma população de camundongos e uma coruja vivendo entre a parede externa e a placa de reboco; além de uma família de estorninhos por trás do sofito; e, no vão sob o telhado, vários esquilos que entravam por um buraco aberto pelos pica-paus. A coisa era bem animada na casa, no início.

Aos poucos, eles foram resolvendo essas inconveniências. Tig acabou expulsando os esquilos, que poderiam ter incendiado a casa mastigando a fiação elétrica. Depois de bater panelas e frigideiras e tocar rock'n'roll várias vezes, sem resultado, ele subiu numa escada e borrifou bastante pimenta-malagueta no vão. Os esquilos saíram cambaleando, esfregando os olhos, e Tig pregou uma peça de metal no buraco. Depois disso, toda vez que o viam, os esquilos gritavam para ele.

Para enfrentar o calor do verão, Tig e Nell acrescentaram uma varanda telada. Mais tarde, um escritório no andar inferior, um chuveiro e uma entrada para deixar botas enlameadas ou cheias de areia depois das caminhadas no vento e na chuva. Compraram seus apetrechos favoritos de cozinha, mobiliaram os aposentos com peças encontradas em vendas de garagem e doações e reformaram o telhado. Como foi bom aquilo tudo!

Esse foi o período ativo. Depois veio a desaceleração; um amontoamento, como nos rios morosos. Iam parar nessa casa as coisas de que não precisavam na cidade, mas não podiam simplesmente descartar. Camadas de sedimentação, mais de trinta anos de acúmulo, foram chegando nas primaveras, nos verões, nos outonos, nas primaveras, nos verões, e agora Nell tinha que escavar os estratos sobrepostos, desenterrar coisas, como se houvesse cinzas de uma erupção vulcânica cobrindo a casa. Vai encontrar tesouros intactos, como em Pompeia? Ou, metáfora mais adequada: um túmulo antigo descoberto num deserto ou na selva, cheio de objetos destinados a assistir a alma em sua jornada no outro mundo. Um porta-revistas — de onde teria saído e quando foi a última vez que o usaram? As revistas são de pelo menos uma década atrás. Uma escopeta desarticulada. Uma caneca de cerveja de estanho com o fundo de vidro rachado.

Embaixo da pia do banheiro, uma mistureba de comprimidos, tubos e garrafinhas. Analgésicos com prazo de validade vencido havia muito. Xarope para tosse congelado. Pasta de dente dura feito pau.

Bem no fundo, uma caneca velha contendo um pincel de barba murcho e um resto de sabonete encarquilhado. O sabonete não tem cheiro, para se ver como é velho. O mesmo no caso do pincel de barba. Nenhum vestígio de Tig, ao contrário da escova de cabelo, que ainda o evoca. Ela guardou a escova num relicário numa gaveta da mesinha de cabeceira, junto com uma pequena lanterna, um par de lápis e meia caixa de pastilhas para tosse. Se os filhos encontrarem o conjunto vão achar mórbido? Sim. Vão. É mórbido, diz Tig em silêncio. Mas também é meio engraçado. Que ótimo, pensa Nell. Tenho um amigo imaginário que é uma pessoa morta. Mas ela não é a primeira.

Em que época Tig costumava se barbear? Menos o bigode. Quando parou de se barbear, deixando a barba crescer? Como é difícil lembrar esses detalhes, embora na época deixassem uma impressão. Está registrado em fotos — slides Kodachrome —, mas Nell ainda não está preparada para tirá-las do baú.

A caneca é pré-vitoriana, ela supõe. As cores são roxo e preto. Dentro de uma coroa que pode ser de folhas de oliveira, está inscrito um poema:

RECORDAÇÃO.

*O sol perderá o esplendor,*
*As ondas não mais fluirão,*

*Sentindo do outro a dor,*
*Tiranos terão coração,*

*Gelado sopro hibernal*
*Murchará de maio a flor*

*Antes que de idos awgos*
*Se esvaeça meu amor!*

*Awgos* em vez de *amigos*: o encarregado da gravação — como? algum tipo de estêncil? — deixou de fora um *i* e botou o *m* de cabeça para baixo. Quanto tempo levou para alguém notar? Não muito, supõe Nell, mas a essa altura o lote já teria sido levado ao fogo e não havia como corrigir o erro nas canecas esmaltadas e, como estava fora de cogitação desperdiçar, quem reclamasse receberia outra com a grafia correta no próximo lote. Seria esse o raciocínio de qualquer um preocupado com o resultado financeiro, como devia ser o caso dos fabricantes da caneca: era uma caneca barata.

Do outro lado da caneca, uma imagem. Três crianças descalças: um menino de calças esfarrapadas segurando ramos de árvores, uma menina mais velha carregando um bebê. Ao fundo, uma casa com telhado de palha. Algumas manchas escuras que poderiam ser pedras, ou talvez animais. À distância, uma montanha pontiaguda. E o título: "Pequenos aldeãos." É uma cópia grosseira de uma conhecida pintura de Gainsborough, às vezes intitulada *Os catadores de galhos*; Nell lembra que a viu em vários livros de história da arte. Os fabricantes da caneca inverteram a imagem da esquerda para a direita, acrescentaram a casa e melhoraram consideravelmente o aspecto de desmazelo do original, que era um estudo sobre a pobreza rural.

Que têm as crianças a ver com os *awgos* que se foram?, matuta Nell. E onde Tig foi arranjar essa caneca, que ela não se recorda de ter visto antes, embora deva estar debaixo da pia há trinta anos? Teria comprado em algum mercado de pulgas na Inglaterra, antes da época dela? Achou engraçado? Seria um presente, e, nesse caso, quem a teria presenteado? Talvez fosse uma brincadeira — uma piada interna sentimental. *Awgos*. Alguém da turma dele deve ter apreciado o erro curioso.

— Não tem a menor graça, seu babaca — diz ela em voz alta. Não para Tig: para o engraçadinho invisível que introduziu a caneca na sua linha do tempo, escondendo-a ali. Plantando-a naquele lugar para que a encontrasse, agora que Tig...

Olha só: está chorando de novo.

— Ah, para com isso — diz. Mas ela não para.

Era Tig que gostava mais do inspetor Maigret. Não se preocupava muito em saber quem tinha sido assassinado. Só queria estar na França, se possível na década de 1930, ou talvez na de 1950, quando lá estivera pela primeira vez. Queria aqueles bares com balcões de zinco, os mesmos quartos de hotel surrados, as mesmas concierges mal-encaradas, os cafés de cidades do interior onde todo mundo tem algo a esconder; queria sentar ao sol com uma taça de vinho branco, ouvindo as mentiras contadas por nativos nervosos. Queria entrar no complicado fluxo de ideias de Maigret, ficar ensopado na mesma chuvarada pesada, vestindo a obrigatória capa cintada com cachecol. Queria comer nos bistrôs favoritos de Maigret, se esquentar com o monstruoso aquecedor a lenha do inspetor, projetando nuvens de vapor da roupa úmida, e fumar os cachimbos de Maigret — um consolo desde que não podia mais fumar seus cachimbos, embora os tivesse guardado, todos alinhados num suporte, velhos amigos. Ele gostava do fato de Maigret às vezes deixar o assassino escapar, por se dar conta de que o crime de certa forma fora um acidente, ou por sentir que a vítima fizera por onde. Tig faria o mesmo.

Um ano antes de morrer — ou teria sido menos? —, Tig não era mais capaz de ler. Também esquecia nomes. Certa vez, no jantar... O jantar virou uma história completamente diferente, experiência frenética que Nell improvisava como podia, pois há muitos anos não cozinhava, por ser algo que Tig gostava que fazer. Sua salvação eram as sopas de marisco enlatadas e as ervilhas congeladas. Certa vez, no jantar — uma lata de sopa de frango com massa, que ela adulterou com nata e um punhado de salsa...

— Está uma delícia — disse Tig, como costumava fazer a essa altura. O antigo Tig desprezaria essas misturas de última hora, sempre gostava de preparar tudo desde o início...

Certa vez, no jantar, Tig parou, com a colher no ar, e olhou pela janela.

— Às vezes, ele deixa escaparem — disse.

Nell sabia exatamente a quem ele se referia, o que estava querendo dizer. Referia-se a Maigret. Quando se conhece bem a música, a gente pode identificar canções inteiras, sinfonias inteiras, ouvindo apenas poucas notas.

A casa é um problema. Claro que é. Tudo que se fazia sem esforço quando Tig era funcional agora faz parte de uma prova de obstáculos a ser corrida por Nell. Correção: percorrida.

Sobre o andar térreo, a casa tem um segundo piso de cumeeira: teto de catedral sobre a área de estar do piso inferior, quartos em cima, com acesso por um balcão. Eles instalaram claraboias para impedir que a casa virasse um forno no verão; elas são abertas e fechadas com hastes de uma só mão, enquanto a outra faz um movimento giratório, mas Nell não tem altura para alcançar. São muito altas — embora não o fossem para Tig —, e ela precisa subir em alguma coisa. Um banquinho de madeira comprado num brechó há muitos anos. Meio arriscado. Um passo em falso e ela vai de cabeça no corrimão do balcão, cai no piso de azulejos lá embaixo e quebra o pescoço? A escada pintada, estreita, é escorregadia e muito íngreme. Se tombar por ali, estará praticamente acabada; no mínimo, o quadril quebrado.

Os toldos que precisam ser recolhidos quando chove e abertos no calor escaldante requerem uma verdadeira ginástica. Ela e Tig optaram por eles no lugar do ar-condicionado, que, de qualquer maneira, seria relativamente inútil: no fundo, serviria apenas para refrescar a parte externa. Afinal, é um chalé; uma peneira; além disso, tem o aquecimento global e tudo mais, eles já sabiam na época, trinta anos atrás, quando ainda não estava muito em cima nem era tarde demais. Se refrescavam com ventiladores e com o ar circulante: abrindo e fechando as janelas, recolhendo e estendendo os toldos. Se já estivessem estendidos quando chovia, acumulavam água, podendo afundar e quebrar. Certa vez, eles esqueceram e tiveram que sair correndo com vassouras para forçar os toldos para cima e expulsar a água, tudo debaixo de trovões. Ficaram ensopados.

Agora ela tem que cuidar sozinha de tudo isso. Correr para lá e para cá. Correção de novo: caminhar. Caminhar com atenção, ou lá se vai escada abaixo, quebra o pescoço — pensa com seus botões. Nos últimos anos, ela se preocupava com a escada por causa de Tig: se caísse, não conseguiria levantá-lo. Mas agora se preocupa consigo mesma.

— Que se foda, Tig — diz em voz alta.

Pega leve, ele responde em silêncio. Você vai ficar bem.

— Quando? — pergunta ela. — Quando eu vou ficar bem?

Nell e Tig estão sentados lado a lado num banco, pegando ar fresco e contemplando o pôr do sol. Fizeram sauna na cabaninha que Tig desenhou e construiu com essa finalidade, na época em que começou a sentir a artrite, na época em que ainda achava que coisas como uma sauna podiam reverter o tempo. Negativo, mas, seja como for, aqui estão agora.

Estão de mãos dadas. Vestem roupões de banho brancos atoalhados como os dos spas, comprados por Nell quando roupões de banho brancos atoalhados eram o máximo, quando spas eram o máximo. Talvez as duas coisas ainda sejam o máximo; ela não foi checar. Manter-se atualizada perdeu a graça. Fios de algodão pendem soltos dos roupões aqui e ali: é sempre um problema com tecidos atoalhados. Nell decide que deve cortá-los em algum momento.

Tig jamais iria a um spa. Preferia charutos. O roupão é pequeno para ele, mangas muito curtas. Punhos e antebraços se projetam delas como os do monstro de Frankenstein nos filmes antigos. Parece um cientista maluco: retalhando cadáveres e costurando cérebros e pedaços de corpos sem prestar atenção no tamanho das roupas destinadas ao produto final.

O sol se põe alaranjado, depois vermelho: dia bonito amanhã.

— Fomos felizes um tempão — diz Tig.

— Sim, fomos.

— Tivemos muita sorte.

— Tivemos, sim.

— Fizemos coisas ótimas.

— Fizemos.

— Obrigado.

Tig anda dizendo obrigado um bocado ultimamente: demais para Nell. Ela trata de afastar essa gratidão desusada. Não a quer. Quer de volta o antigo Tig, aquele mais descuidado, preocupado com a própria trajetória, brincando pela vida sem prestar muita atenção no que pode estar devendo, a ela ou a quem quer que seja; inclusive, por exemplo, bandeiras de cartão de crédito e fiscais de impostos. Nell, conscienciosa pagadora de contas, achava meio alarmante essa característica de Tig, mas também de certa forma emocionante. Não lhe agrada nada saber que esteja agora fazendo o balanço de alguma conta espiritual não declarada. O que fazer com aqueles obrigados?

— Obrigada também — diz. De certa forma, parece correto.

Faz-se uma pausa. Palavras são ditas e ouvidas em silêncio. Em breve vou embora. Não! Não vá! Vai me ajudar a sair dessa quando chegar a hora? Sim, mas ainda não.

— Quero continuar sendo eu — diz Tig.

— Ainda é — garante Nell.

— Por enquanto — retruca ele.

Outra pausa.

— Vamos superar — diz Nell.

— Sim, vamos — ele concorda. E apertam as mãos.

Não é a primeira vez que têm essa conversa. Nem será a última. Nell, por exemplo, tem essa conversa neste exato momento, no meio da noite. Onde anda o inspetor Maigret quando mais precisa dele? Ele seguiria as pistas, entenderia a coisa toda. Arrá, diria, ou algo parecido, mas em francês: *Tiens!*

Rápido, abra o livro, ordena a si mesma. Entre nele. *Tiens!* A armadilha preparada por Maigret é uma policial, uma morena, se passando por possível vítima de assassinato. Às vezes você arrisca demais, ela critica. E se a isca realmente for assassinada? Mas não será, como tampouco Maigret. Ele viverá para sempre, bebendo cerveja nos seus bares, fumando seus cachimbos, comendo nos seus bistrôs e preparando suas armadilhas.

Nell está limpando a geladeira, outro projeto noturno para ocupar o tempo. É uma geladeira novinha; a anterior teve que ser descartada porque não voltou a funcionar depois que se desligou durante um apagão, na ausência deles, e o pacote de camarão congelado que estava no congelador estragou. Praticamente não tem fedor maior que o de camarão podre. Depois disso, sempre deixavam o congelador vazio.

Para o lixo os potes de picles pela metade, os restos suspeitos de ketchup, a maionese inviabilizada, o óleo vegetal enlatado, concebido para durar eternamente, mas tudo tem limites. As latas de água tônica podem ficar; e também a garrafinha de suco de lima-da-pérsia, ainda fechada.

Numa das prateleiras da porta tem um vidro de doce de laranja em compota. Na etiqueta, o nome de Tig, a data é um ano e meio atrás. Da última vez que ele preparou. Que eles prepararam.

Quando começaram — outro entusiasmo, encarado com gosto, com uma caçarola comprada especialmente para essa finalidade —, era Tig quem fazia quase tudo. Comprava as laranjas-da-terra, picava, pesava e media. Copiou uma receita que mandava juntar os caroços num saco de gaze e deixá-los de molho durante a noite. Esterilizava os potes, fervia e fervia de novo, sem mexer.

Nell, a certa altura exímia produtora de geleias — maçã, pimenta-jalapenho, uvas selvagens, quando foi isso mesmo? —, só era convocada no fim, por ser supostamente detentora do segredo dos preparos gelatinosos: uma colher de calda quente oscilando no ar, em seguida assoprada, uma gota pingada num prato branco frio, a atenta observação da consistência, líquida, granulosa ou dura. Tudo com a ajuda de um termômetro próprio para doces, que, no entanto, não era infalível; de qualquer maneira ela precisava da colher e do prato. Uma ou duas vezes não esperou o suficiente e eles tiveram que devolver o conteúdo dos potes à panela para cozinhar um pouco mais, mas apenas uma ou duas vezes.

Tig adorava fazer doces. Etiquetava cada pote, com data e assinatura. Os amigos que apreciavam eram presenteados, embora, naturalmente, Tig e Nell guardassem também para seu consumo. Tig botava uma porção na torrada integral e adicionava pimenta moída. Não gostava de nada muito doce.

Com o tempo, a participação de Nell aumentou. As coisas agora estavam meio tensas. Era preciso certo tato. Tig ainda picava as laranjas, mas Nell tinha que decodificar a receita especial, pois ele já não era capaz de ler a própria caligrafia. Ela também passou a cuidar das medidas. Tudo parecendo por um fio, mas eles conseguiram produzir essa última fornada.

Nell tirou uma foto: os potes arrumados em cima de um jornal, impecavelmente etiquetados — ela mesma havia escrito, mas usando o nome de Tig; ele sentado junto à bancada da cozinha, por trás do arranjo. Na foto, está com uma expressão abatida, quase de desdém. Se achando um impostor? Estaria triste, lembrando-se dos próprios feitos anteriores no mundo dos doces? Ou feliz por terem pelo menos cumprido o cerimonial? Difícil saber.

Agora aqui está o doce na geladeira, o último de todos os potes. A última metade de um pote. Deveria comer ou não? Qualquer das duas alternativas parece uma profanação.

Vá para a cama, diz a si mesma. Vá dormir. Amanhã de manhã será apenas um doce.

— Não estou mais muito interessado *neles* — disse Tig, pouco antes de... Antes.

— Neles?

— Nisso tudo.

— Quer dizer os políticos? — quis saber Nell.

Houve época em que Tig se interessava muito neles e nisso tudo. Ouvia o noticiário toda noite, comentando, dando gritos e também xingando.

— Sim. Neles.

No ano anterior, teria dito "Porcos escrotos". E um ano antes teria elaborado um pouco mais: "Não valem um tostão furado, esses porcos escrotos."

Embora em certa época aprovasse alguns deles. Assistência médica garantida pelo Estado: isso ele aprovava.

Nell se apanhou questionando a expressão. *Escrotos* e *porcos* já seriam insultos, mas a justaposição equivalia a mais que a soma das partes. O escroto do porco, ou seria o contrário?

— Agora eu só quero ficar olhando as árvores. Elas também não estão muito interessadas nisso tudo — disse Tig. E depois de uma pausa: — Não sabem o que fazer. — Ele não se refere às árvores, mas aos porcos escrotos. — Ninguém sabe.

— Com a furada em que nos metemos? A furada em que se meteu o planeta inteiro?

— Sim. — E depois de outra pausa: — Não são só eles. Nós também. Todos nós.

— Nós, seres humanos?

— Sim. Nós. — Pausa. — Não é de propósito. Mas ninguém sabe.

Ele também gostava de tempestades com trovoadas. Além das árvores.

Começaram a aparecer marcas estranhas nos braços de Tig. Ele apontava para elas. No início, Nell não via. Ele estaria imaginando

coisas? Não, havia pequenas equimoses, profundas, como que submersas. Malhadas. Um pouco depois, mais preocupantes, pequenas fendas na pele, orladas de sangue. Mas ele não tinha batido em nada, não se cortara. Ou teria? Como poderia saber?
— Dói? — perguntou.
— Não.
O que parecia pior ainda.

Tig começou a dormir muito. Dormia demais durante o dia, até que Nell descobriu que ele confundira os frascos de medicação e estava tomando os soníferos de manhã. Ela devia ter verificado os rótulos antes. Depois que acertou a disposição dos frascos, ele passou a dormir demais à noite. Ia para a cama antes dela. Ela precisava fazer a ronda da casa, apagar as luzes, diminuir o aquecimento e checar as portas. Tig é que costumava fazer essas coisas.
Depois se metia na cama ao lado dele. E se ela acordasse de manhã e ele não estivesse respirando?
Agarrava-se a ele enquanto ele dormia.
— Não vá, não vá — sussurrava.
Só dizia isso quando ele estava dormindo. Se dissesse quando acordado, que resposta ele poderia dar? Nenhum dos dois tinha qualquer controle da situação, da sua gradual partida. Só serviria para ele se sentir culpado por abandoná-la.
É uma ilusão de ótica, a figura que se retira, diminuindo, sempre menor e menor até desaparecer ao longe. Os que se retiram permanecem do mesmo tamanho. Não diminuem de fato, não se vão realmente. Apenas não podemos vê-los.

Houve um ano em que Tig e Nell decidiram passar o mês de março na casa. Fica numa ilha servida por uma balsa, mas não de dezembro a abril, meses em que a única maneira de chegar e sair é em aviões pequenos. No dia 1º de abril desse ano, a balsa devia começar a circular de novo. Eles chegariam voando em março e em abril voltariam de balsa para pegar o carro. Era esse o plano. No início de março, o lago ainda estava coberto de gelo, assim como boa parte das estradas da ilha. A temperatura se mantinha abaixo de zero. Teoricamente, a casa estava preparada para o inverno, mas, para variar, havia uma defasagem entre a teoria e a vida real. Os aquecedores de rodapé eram ineficazes e caros. O fogão a lenha funcionava bem se alimentado o tempo todo, o que significava que eles iam para a cama aquecidos e acordavam congelando. Cobertores não faltavam, havia bolsas de água quente; uma delas estourou e teve que ser jogada fora. E havia roupas de baixo térmicas.

Tig amava tudo isso. Se sentia energizado. Partia lenha com seus vários machados e se esfalfava no meio das árvores, abrindo caminho com a motosserra. Os dois caminhavam nas praias varridas pela ventania, vazias nessa época do ano, a areia batendo no rosto. Assavam o jantar no forno, o que era uma loucura no verão. À noite, liam romances policiais, com o fogo ardendo no aquecedor a lenha e um dos CDs favoritos de Tig tocando. Ele estava na fase dos *Lieder*: Elly Ameling. Ou então Waylon Jennings, ou Stan Rogers. Tinha um gosto eclético.

Mas, no início de abril, a balsa não apareceu. Fora para o conserto depois de um acidente. A rota do avião por sua vez não estava em serviço. Eles ficaram isolados. Além disso, os suprimentos chegavam ao fim no único mercado da ilha, que contava com a balsa para a entrega das encomendas de primavera. Em matéria de frutas frescas eles só tinham bananas. Felizmente havia várias receitas com banana. Experimentaram todas: em panquecas, fritas com açúcar mascavo, transformadas em pão. Mas a manteiga estava para acabar. Aí ficaria difícil.

Nell fez um levantamento das miudezas disponíveis. Penne, arroz, talharim. Certamente sobreviveriam, mas afogados em amido. A essa altura, já derretera quase toda a neve no que eles chamavam de gramado. Num determinado ano tinham deixado as ervas daninhas crescerem, para ver o que aconteceria — talvez mais borboletas? —, mas as plantas ressecadas ofereciam risco de incêndio e eles voltaram a cortar a grama. Nell saía com uma faca e uma tigela atrás de dentes-de-leão, um bom suplemento vitamínico para carboidratos. O nome da flor em francês é *pissenlit*: mijar na cama, pois os dentes-de-leão são sabidamente diuréticos.

A senhora Maigret com certeza os preparava na estação adequada — era uma cozinheira de mão-cheia, ao contrário de Nell —, mas, sempre mansa de fala, devia usar *dent-de-lion*, denominação mais elegante.

Nell futucava a terra com a faca, desenterrando os *pissenlits*. As plantas estavam na boa maturação: depois que os brotos começam a se abrir, ficam muito amargas. Enquanto fazia isso, agachada na terra, um bando de urubus passou por cima, na migração de primavera. Urubus estão sempre alertas para qualquer coisa viva que possa estar doente ou quem sabe perto de morrer. Deram com os olhos em Nell, voaram em círculos e pousaram nas árvores próximas da casa, mirando-a esperançosos.

Uma vez cheia a tigela de folhas de dentes-de-leão, ela se levantou. Asas bateram.

— Hoje não — disse. — Ainda estamos vivos.

No fim, os urubus sempre têm razão, ela pensa agora. Afinal, um dia foram deuses. Protetores. Devoradores do que feneceu.

Nell doou a maior parte das roupas de Tig, mas guardou três camisas. Todas azuis, com estamparia clara miúda: estilo usado por ele durante décadas. A intenção era vesti-las em ocasiões mais informais, com as mangas arregaçadas, pois naturalmente são muito grandes para ela, acompanhando calças jeans ou de verão, e assim teria a sensação de ser suavemente enlaçada nos braços de Tig e receber o seu abraço. Seria reconfortante, pensou.

Mas não aconteceu. As três camisas azuis não são reconfortantes. Estão penduradas no armário, à esquerda das blusas de linho cor-de-rosa e brancas que ela usa no verão. Empurrou-as para o lado, no canto, o mais longe possível. Não consegue vê-las nem vesti-las. E agora? Impasse. São apenas roupas, pensa. Ela se recusa a ser repreendida por três pedaços de pano. Repreensões, rogos, súplicas; nem são capazes de dizer o que querem.

Um dia vai tirá-las do cabide, as três de uma vez, jogá-las na mesa e mergulhar as mãos e o rosto nelas, como se fossem uma piscina. Banhar, batizar, afogar? Algum ritual deprimente.

A escrivaninha de Tig é uma bagunça só. Tinteiros; um monte de clipes, moedas de cobre esverdeadas, ganchos e arames para pendurar quadros, elásticos ressecados, percevejos amassados; arquivos de velhos documentos relativos ao laguinho que ele construiu na mata para rãs e cobras; recibos velhos; ingressos usados.

Num dos lados, uma caixa retangular de uns vinte e cinco centímetros. Feita à mão; não muito bem, coisa de amador. É de madeira, com verniz escuro. O nome de Tig foi gravado ou incrustado numa das extremidades, as letras de metal provavelmente fixadas com martelo, uma a uma: o espaçamento é irregular.

Parece trabalho do ensino médio, algo que ele teria feito aos treze ou catorze anos nas aulas de marcenaria e artesanato. Era para aprender a usar instrumentos cortantes e contundentes — serras, goivas, chaves de fenda, furadeiras —, fazendo porta-toalhas, prateleiras para condimentos e outros objetos a serem presenteados às mães em festas e ocasiões especiais, quando seriam mais admirados do que mereciam.

Na época, as meninas não tinham aulas de marcenaria. Não se esperava que soubessem manusear martelos. Em vez disso, cozinhavam. Picles de beterraba em calda doce; Nell tem uma vaga lembrança de que levavam cascas de laranja, ou seria vinagre? Manjar branco, desaparecido da lembrança. Ovos nevados, arcaicos como as pirâmides. Tabuleiros de brownies. Pelo menos esses não se foram.

Uma foto em uma revista: duas adolescentes, cabelos longos repartidos de lado e unidos com presilhas em forma de arco, meias-luvas, batom escuro, sorriso de covinhas, estendendo tabuleiros de brownies para dois gratos adolescentes de paletó e gravata, cabelos esticados com água, igualmente sorridentes. Os quatro muito educados. Os adolescentes que posaram para a foto já devem ter morrido.

As garotas preparavam guloseimas para os outros. Os garotos faziam objetos de madeira para os outros. Era assim que a banda tocava.

Mas Tig fez a caixa para si mesmo. Guardou-a por todas aquelas décadas. Que tesouro esconderia nela?

Nell abre. Duas grandes agulhas de costura e uma meada de linha trançada, em cores diferentes, do tipo que se usa para cerzir meias; Tig era de uma geração à qual isso deve ter sido ensinado, talvez como escoteiros, e que deve ter aprendido que é preciso cerzir as meias. Nell nunca soube que ele cerzia meias — quando precisava de alguma costura, pedia a ela —, mas ali estava a prova de que sempre era possível. Autossuficiência: um objetivo válido. O sujeito precisava saber cuidar de si. Era importante usar meias, impediam a formação de bolhas caso a pessoa tivesse que caminhar muito. Para fugir, por exemplo. Escapar do inimigo. Além disso, a gente nunca sabe se um dia vai dar numa ilha deserta, onde esse tipo de habilidade é fundamental. Ou Tig não sabia. Um acidente grave pode ocorrer a qualquer momento.

Um par de óculos, lentes redondas tipo nerd, sem uma das hastes. Anterior à operação de catarata de Tig, que tornara o mundo multicolorido de novo, pelo menos por algum tempo.

Três grandes botões de couro trançado, de alguma roupa fora do alcance da memória de Nell.

Quando foi a última vez que Tig deu uma olhada nessa caixa? Ou teria se esquecido dela por completo?

E se a deixou para Nell encontrar? E se fosse uma armadilha, como a caneca com o pincel de barba? Mais uma cilada, escondida debaixo de uma pia ou camuflada no cenário cotidiano, pronta para saltar em cima dela de repente, sem dar tempo de se preparar.

— Como pôde fazer isso? — diz ela.

Ele não entende. O que foi que eu fiz?

— A sua caixa de madeira — ela completa. — Por que a deixou por aí? Para eu encontrar?

Por que está chorando?, ele pergunta. É só uma caixa. Obrigado. Fomos felizes um bom tempo. Você vai ficar bem.

# VULNERÁVEIS

✦

— Calça ou folhas mortas? — pergunta Lizzie.
— Acho que calça — responde Nell.
Em seus trajes de banho inadequados para a idade, as duas estão de pé no píer, olhando para a mancha escura dentro da água.

Uma hora antes, Nell pôs a roupa lavada para torrar no píer, que era o melhor lugar para secagem: há setenta anos era o melhor lugar. Mas não botou pedras em cima da sua legging de ioga, embora soubesse que devia, e subiu a colina de volta para casa, entre farfalhos e suspiros das árvores. A calça é muito leve e provavelmente foi levada pelo vento. Pela lógica, só pode estar no lago. De outras calças ela poderia se despedir sem problema, mas gosta muito dessa.
— Vou entrar — diz.
— Talvez não seja a calça — pondera Lizzie, em dúvida.
Sempre tem folhas acumuladas no fundo arenoso e pedregoso do lago. O irmão mais velho delas, Robbie, às vezes toma a iniciativa de retirá-las, junto com as minúsculas plantas aquáticas que podem acabar crescendo, e joga essa lama numa grande tina de zinco, antes de um destino final desconhecido de Nell. O ancinho e a tina estão encostados numa árvore, indicando que ele deve ter feito a limpeza recentemente. Mas só do outro lado do píer. De modo que ainda pode haver folhas.

Nell senta-se na beira e cautelosamente começa a submergir, sabendo de possíveis farpas. Ela e as farpas têm uma longa história. No traseiro é sempre pior, pois não dá para ver enquanto tira. Os pés batem na areia. Ela está com água pela cintura.

— Fria? — pergunta Lizzie. Mas já sabe a resposta.

— Já foi mais.

E é verdade. Verdade que uma vez elas se jogaram da ponta do píer na água gelada de doer, às gargalhadas? E dando cambalhota? Verdade.

Num flash, Nell vê Lizzie muito mais jovem — mais até que na época das cambalhotas —, com dois ou três anos. *Uma ranha! Uma ranha grande!*, gritava. Ainda não conseguia dizer "aranha". Ranha. Bacate. Bajur. Ela por sua vez teria o que na época? Quinze. Uma experiente babá. Não morde, não. Está vendo? Fugiu. As aranhas têm medo da gente. Se escondeu embaixo do píer. Mas Lizzie não sossegou. E é assim até hoje: por baixo de uma superfície lisa sempre pode ter algo com pernas demais.

— Estou na direção certa? — pergunta Nell.

Seus pés vão tateando, sentindo leves cócegas, superfícies gosmentas, ínfimas pedrinhas pontiagudas, algo que parece um pedaço de pau. Agora a água bate nas axilas; ela não vê a mancha escura por causa do ângulo de reflexo.

— Mais ou menos — responde Lizzie. Ela dá um tapa na perna nua: moscas-de-estábulo. Existe uma técnica para matá-las: elas levantam voo para trás, a gente tem que ir devagar com a mão, mas é preciso foco. — Ok, esquentando. Esquentando. Um pouco para a direita.

— Estou vendo — diz Nell. — É a calça.

Ela dá um jeito de pescar com os dedos do pé esquerdo e traz a calça à superfície, pingando. Ainda consegue pescar coisas com os dedos dos pés, ao que parece: nada tão grandioso, mas não é de se desprezar. Aproveite o momento, não vai durar, comenta com seus botões.

Amanhã talvez encare aquelas faixas de tinta cinzenta, ou de corante, que se desprenderam do píer e parecem sinistros tumores de bolor no fundo do lago. Foi Lizzie que o pintou, a pedido de Robbie. Ele achava que seria bom para conservar as tábuas, impedir que apodrecessem, e assim não precisariam reconstruir o píer mais uma vez. Quantas vezes foram? Três? Quatro?

Mas não era tinta nem corante no fim das contas: o píer está descascando como queimadura de pele, e a água penetra nas ripas, amolecendo a madeira. Ainda assim, talvez não precisem se preocupar com a reconstrução; este que está aí pode durar mais que eles. Caberá à nova geração, supondo-se que esteja a fim.

Era o que a mãe deles costumava dizer sobre as roupas. Não preciso de outro suéter. Este vai durar mais do que eu. Na época, Nell achava horrível. Pais nunca deviam morrer; é falta de educação.

De posse da legging, Nell se arrasta de volta ao píer. Por um instante se pergunta como vai conseguir escalar. Do outro lado tem um degrau improvisado caindo aos pedaços, feito com duas tábuas e coberto de limo, mas é um perigo mortal e devia ser removido. Uma marreta resolveria o problema. Mas ficariam dois ou três pregos enferrujados apontando na enorme tora que sustenta o degrau. Alguém terá que ir até lá com um pé de cabra, mas não será ela. Só faltava raspar de repente num prego e cair para trás na água rasa, batendo com a cabeça na pérfida pedra branca pontuda que eles vivem dizendo que vão tirar de lá, mas nunca tiram.

Pensando bem, é melhor martelar as pontas enferrujadas na madeira, em vez de arrancá-las. Mas quem, exatamente, vai fazer isso?

Nell joga a calça encharcada no píer. Em seguida, cuidadosamente apoiando os pés nas vigas submersas e escorregadias da treliça de sustentação, e segurando firme o calço de madeira mais próximo, consegue se içar. Sua velha bestalhona, não deveria estar fazendo isso, pensa. Um dia desses vai quebrar o pescoço.

— Vitória — proclama Lizzie. — Vamos tomar um chá.

Mais fácil falar do que fazer. Para começo de conversa, estão sem água, problema que previram quando trouxeram um balde lá de cima. Agora terão que pelejar com a bomba d'água manual. Mais desconjuntada que nunca este ano, o fluxo da água diminuiu e vem com um gosto ferruginoso, o que provavelmente significa que lá embaixo o poço caipira está obstruído ou se desintegrando. *Perguntar a Robbie sobre o poço*, anotou Lizzie numa das muitas listas que ela e Nell estão sempre fazendo para depois perder ou jogar fora. Possibilidades: escavar tudo, um pesadelo; perfurar um poço novo, outro pesadelo. No fim, um ou dois filhos, ou netos, é que serão convocados para as marretadas. Ninguém vai querer que duas velhotas feito Nell e Lizzie cuidem disso.

Ninguém, exceto elas. Vão começar, vão se machucar — nos joelhos, nas costas, nos tornozelos —, e a nova geração será obrigada a assumir. E vai fazer errado, claro. Mas claro! Lizzie e Nell terão que morder muito a língua. Ou melhor, vão dizer que estão com dor de cabeça para não ter que olhar, e voltarão à cabana para ler romances policiais. Lizzie guardou numa prateleira do quarto, organizados por autor, todos os livros da família, amarelados e manchados de excremento de mosca, desde que se descobriu um ninho de ratos por trás da estante de onde vieram.

As duas se alternam na alavanca da bomba d'água. Quando completam um balde — ou a metade, pois nenhuma delas é mais capaz de levantar um balde cheio —, sobem com dificuldade a colina íngreme, que oferece considerável risco com seus degraus de pedra lisa, passando o balde uma à outra até chegar ao alto, arfantes. Ataque do coração, aqui vou eu, pensa Nell.

— Por que diabos ele foi escolher o alto da porra da colina? — pergunta Lizzie.

*Ele* varia de identidade dependendo do assunto; agora, é o pai. No alto da colina está a cabana rústica de madeira que construiu

com machados, serrotes traçadores, pés de cabra, corta-chefes, facas de tanoeiro e outras ferramentas do Homem Primitivo.
— Para dissuadir invasores — diz Nell.

É só em parte uma piada. Sempre que se sentem incomodadas com um barco chegando muito perto, e todo mundo sabe que o poço caipira é bom para pescar lúcios, elas têm a mesma reação: Invasores!

Entram pela porta telada da cabana, derramando só um pouco da água.

— Precisamos tomar uma providência sobre esses degraus da entrada — diz Lizzie. — São altos demais. Para não falar dos de trás. Temos que botar um corrimão. Não sei o que ele tinha na cabeça.

— Não pretendia envelhecer — arrisca Nell.

— Ah tá, bela surpresa — retruca Lizzie.

Todos ajudaram a construir a cabana, em idos tempos. O pai foi quem pegou pesado, claro, mas era um projeto de família, envolvendo trabalho infantil. E agora eles estão de certa forma presos ali.

As outras pessoas não vivem assim, pensa Nell. Os chalés dos outros têm gerador. Água corrente. Churrasqueira a gás. Por que temos que ficar aqui nessa reprise da hora da saudade na TV?

— Lembra quando a gente aguentava dois baldes? — pergunta Lizzie. — Cada uma!

Nem foi há tanto tempo.

Está muito quente para ligar o aquecedor a lenha, e elas esquentam a água no fogareiro de camping de duas bocas com cilindro de propano. O tubo de alimentação já começa a enferrujar, mas até agora nenhuma explosão. *Aquecedor de propano novo* está na lista. A chaleira é de alumínio, de um tipo que certamente já foi proibido. Só de olhar para ela Nell já contrai câncer, mas há uma regra implícita de que não pode ser jogada fora. A tampa só encaixa em determinada posição: foi marcada por Nell anos atrás, com dois círculos de esmalte de unha cor-de-rosa, um na tampa e outro na própria chaleira, que é guardada emborcada para impedir que camundongos entrem pelo bico, morram de fome e produzam um fedor insuportável, sem contar com vermes. Vivendo e aprendendo, pensa Nell. Chega de ratos mortos e vermes na sua vida.

O chá guardado na fôrma de assar esmaltada e tampada da década de 1940, com a etiqueta "Chá", praticamente virou serragem; elas sempre pensam em jogar fora. Lizzie veio preparada, com seus saquinhos de chá protegidos em embalagens Ziploc. É mais fácil descartar os saquinhos do que folhas de chá encharcadas, embora todo mundo saiba que são feitos de lama e poeira varrida. Na época de Tig, ele e Nell usavam folhas secas soltas, compradas por ele numa lojinha especializada de uma mulher indiana que entendia do riscado. Tig debocharia dos saquinhos.

A época de Tig. Foi-se.

No alto da parede, por cima do aquecedor a lenha, está pendurada a chapa retangular de assar que Nell e Tig compraram num leilão numa fazenda há quarenta e tantos anos, e com a qual fizeram muita pândega tostando panquecas de massa fermentada, que Tig jogava para o alto, na época em que abundância, vida agitada e cuidar de crianças estavam na ordem do dia. Salta mais uma! Quem é o próximo? Ela não consegue olhar direto para a chapa — começa a levantar os olhos, mas desvia —, porém sabe que está lá.

Estou de coração partido, pensa Nell. Mas na nossa família ninguém diz "Estou de coração partido". Dizemos "Ainda tem biscoito?". A pessoa precisa comer. Precisa se ocupar. Se distrair. Mas por quê? Para quê? Para quem?

— Ainda tem biscoito? — consegue resmungar.

— Não — responde Lizzie. — Tem chocolate. Vamos nessa.

Ela sabe que Nell está de coração partido; não precisa que diga.

As duas pegam as xícaras de chá e as guloseimas — dois quadrados de chocolate cada e amêndoas salgadas —, então sentam-se à mesa da varanda telada. Lizzie está com a lista para ser atualizada.

— Podemos riscar "Botas e sapatos" — diz.

— Eba! — comemora Nell.

Passaram a véspera remexendo em sacolas de plástico penduradas em pregos no antigo quarto de Robbie. Cada uma contendo um par de sapatos velhos e um ninho de camundongos. Eles gostavam de se aninhar em sapatos; enchiam-nos de cascas de árvore e restos de lenha mastigados, de fios de tecido roubados das cortinas da entrada e qualquer coisa que servisse. Certa noite, um camundongo tentou arrancar fios do cabelo de Lizzie.

Os camundongos tinham os filhotes dentro dos sapatos pendurados e faziam cocô no fundo dos sacos plásticos, quando não na bancada da cozinha ou em torno da pia do banheiro, deixando minúsculas bolotinhas negras por todo lado. Lizzie e Nell costumavam armar uma arapuca para eles, consistindo em uma lixeira de tampa basculante com uma bolota de pasta de amendoim estrategicamente pousada no alto. Em teoria, o camundongo pula na tampa para morder a bolota e cai na lixeira. Em geral funciona, embora às vezes a pasta de amendoim tenha desaparecido de manhã e não haja nenhum camundongo. Os camundongos aprisionados parecem milho pipocando quando pulam, batendo na tampa. Nell e Lizzie sempre deixam passas na lixeira e uma toalha de papel para eles se esconderem, e de manhã atravessam o lago com os camundongos numa canoa — caso contrário eles voltariam, farejando o cheiro do ninho — e os soltam do outro lado.

Robbie é mais severo. Usa ratoeiras. Nell e Lizzie acham que isso prejudica as corujas, que preferem caçar camundongos vivos, mas não dizem nada porque Robbie ia rir delas.

Ontem, Nell e Lizzie alinharam os sapatos-ninhos, junto com uma bota de borracha contendo um ninho épico, tiraram fotos com os celulares e as mandaram para Robbie: podemos jogar fora? Ele respondeu que deixassem lá todos os calçados até ele voltar; só então decidiria o que podia ser aproveitado. Perfeito, concordaram, mas chega de sapatos pendurados em sacos plásticos: ninhadas de camundongos são uma questão de oportunismo e não se deve facilitar.

— Anote na lista "Contêiner com tampa para sapatos de Robbie" — diz Nell.

Lizzie toma nota. Listas são animais que procriam; dão origem a outras listas. Nell se pergunta se existe uma terapia específica para mania de fazer listas. Mas, se elas não fizerem, como vão se lembrar do que precisam? Além do mais, gostam de ticar. Dá a sensação de estar alcançando um objetivo.

Depois do jantar com um prato de massa — "Anote 'Mais massa'", diz Nell —, elas vão até o poço caipira, onde montaram duas cadeiras dobráveis de camping, com bolso de malha num dos braços para pousar uma lata de cerveja. Uma das cadeiras tem um buraco aberto pelos camundongos, mas não muito grande. Se não der para passar uma pessoa, não é um buraco grande. As cadeiras estão voltadas para o noroeste; Nell e Lizzie sentam-se ali todo fim de tarde para contemplar o pôr do sol. É a melhor maneira de prever o tempo no dia seguinte, melhor que o rádio ou os vários sites nos celulares. Com o reforço do barômetro, que, no entanto, não é de grande ajuda, pois quase sempre diz "Mudança".

— Está mais para pêssego — diz Lizzie.

— Pelo menos não está amarelado.

Amarelo e cinza são os piores. Cor-de-rosa e vermelho, os melhores. Pêssego pode ser uma coisa ou outra.

Ali ficam enquanto as nuvens evoluem de pêssego para rosa e depois para um tom de vermelho realmente alarmante, como um incêndio florestal à distância.

E, de fato, quando elas voltam à cabana, percurso que podem perfeitamente fazer ao anoitecer, e tanto melhor assim, pois de qualquer maneira esqueceram a lanterna, o barômetro subiu ligeiramente, do *d* para o *a* de "Mudança".

— Não teremos furacão amanhã — Lizzie garante.
— Aleluia! — exclama Nell. — Não seremos arrastadas para Oz num tornado.
Houve mesmo um tornado na época de Tig. Foi dos pequenos, mas deixou alguns troncos de árvores quebrados como palitos de fósforo. Quando foi isso?

Depois que escurece de verdade, Nell põe a lanterna de cabeça, acende a de mão e vai abrindo caminho até o píer. Antes, costumava caminhar à noite sem iluminação — dava para enxergar no escuro —, mas a visão noturna é uma das coisas que vão embora. Ela não quer se estabacar colina abaixo, machucando-se nos acidentes geológicos que servem de degraus ou que foram malocados aqui e ali pelo pai com algum objetivo misterioso, hoje esquecido; nem quer pisar em sapinhos. Eles aparecem de noite, pulando por ali em busca de aventuras, e viram uma maçaroca escorregadia quando esmagados.

Ela vai ao píer contemplar as estrelas por cima do lago, sem árvores atrapalhando. É uma noite clara, sem lua por enquanto, e as constelações têm uma profundidade e um brilho inimagináveis na cidade.

Tig costumava fazer isso. Descia até o píer para escovar os dentes e olhar as estrelas. "Incrível!", dizia. Tinha uma enorme capacidade de se espantar; essa alegria as estrelas lhe davam. Talvez haja estrelas cadentes: estamos em agosto, época das Perseidas, que sempre coincidiam com o aniversário de Tig. Nell fazia um bolo no forno do fogão a lenha — às vezes queimava o alto, mas essa parte podia ser tirada — e o decorava com cones de cedro, ramalhetes de licopódio e o que mais encontrasse. Podia até haver morangos restantes do tufo crescido no que costumava ser o jardim deles.

Ela desce até o pé da colina sem nenhum contratempo, verdadeira proeza. Mas, ao chegar ao píer, perdeu a inspiração. Não sente nenhum espanto ou alegria, só uma tristeza infinita. A velha fritadeira pendurada em cima do fogão é uma coisa — muito fácil desviar o olhar —, mas as estrelas? Será que nunca mais vai conseguir olhar para as estrelas?

Acabaram-se as estrelas para você, nunca mais, lamenta-se. E no fôlego seguinte: Para de choramingar, porra.

Nell escala a colina de novo, guiando-se pela luz que agora está acesa na cabana. Meio que espera encontrar Tig à luz do lampião noturno, dando gritos de entusiasmo com alguma leitura. Meio? Nem meio. E se ele estiver sumindo aos poucos?

Nos velhos tempos, que foram muitos, Nell, Lizzie e Robbie usavam lampiões de querosene, que precisavam ser manuseados com todo cuidado — a mecha e o anteparo podiam pegar fogo ou carbonizar —, mas a era moderna já marcou presença e agora eles têm uma bateria estacionária recarregada por painel solar durante o dia, que alimenta uma lâmpada elétrica. À luz dessa lâmpada, Nell e Lizzie começam a montar um quebra-cabeça. É o mesmo que já montaram uma vez, há milhares de anos — um pantanal com uma infinidade de juncos, pássaros e vegetação infestada de trepadeiras —, e, à medida que evoluem, Nell vai se lembrando das terríveis dificuldades: os tufos de raízes, as nuances do céu e das nuvens, as traiçoeiras espigas de flores roxas.

O melhor é começar pelas bordas, e elas conseguem avançar um pouco. Mas faltam duas peças numa das bordas — será que se perderam? Algum integrante da nova geração invadiu o sacrossanto estoque de quebra-cabeças de Lizzie?

— Saco! — resmungam, mas Lizzie encontra uma das peças presa no próprio braço.

Elas acabam desistindo do quebra-cabeça — os tufos de raízes subterrâneas são mesmo de desanimar —, e Lizzie lê em voz alta. É uma história policial de Conan Doyle, mas sem Sherlock Holmes, sobre um trem que é desviado para uma mina abandonada por um mestre do crime, para eliminar uma testemunha e seu guarda-costas. Enquanto Lizzie lê, Nell apaga fotos do computador. Muitas são imagens de Tig captadas no último ano, quando engataram num valoroso esforço para fazer as coisas que ele queria fazer, antes — antes do quê, não se dizia. Tampouco sabiam quando seria exatamente. Mas sabiam que logo acabaria esse ano que tentavam atravessar pelo menos com um mínimo de dignidade. Não achavam que seriam dois anos. Não foram.

As fotos de Tig que Nell está apagando são fotos tristes. Ele parece perdido, esvaziado — Tig minguando. Ela não quer se lembrar dele desse jeito, ou nesse estado. Guarda só as sorridentes: quando ele fingia que não havia nada errado, que continuava sendo o mesmo de sempre. E conseguia, muitas vezes. Devia ser um esforço e tanto. Mesmo assim, eles davam um jeito de espremer alguma felicidade, a todo momento.

Ela apaga fotos até Lizzie concluir a história, quando o criminoso megalomaníaco que planejou dar fim ao trem comemora seu crime perfeito: os dois infelizes presos no vagão atirado ao precipício, as caras de pavor projetadas para fora das janelas, ao se aproximar o destino final, o negrume aterrorizante da entrada da mina, a queda vertiginosa, o mergulho na eternidade. Nell receia ter pesadelos por causa da história; o tipo de coisa que pode acontecer com histórias assim. Nunca gostou de alturas e penhascos.

Mas o sonho da noite seguinte não é um pesadelo. Tig está nele, mas não esvaziado nem triste. Pelo contrário, calmo e sorridente. De certa forma é uma história de espionagem, mas tranquila; tem um russo chamado Polly Poliakov, que não é uma mulher e, portanto, não deveria se chamar Polly.

Tig não é um herói de ação nesse sonho — apenas está presente —, mas Polly Poliakov não dá a mínima para a presença dele. Extremamente ansioso, esse Polly. Tem alguma coisa que Nell precisa saber com urgência, mas ele não consegue de jeito nenhum explicar o que é. Nell, por sua vez, está feliz porque Tig está no sonho; foi o que mereceu mais a sua atenção. Ele sorri para ela, como se achasse graça de uma piada entre eles. Viu? Está tudo bem. É até divertido. Perfeitamente idiota a sensação de segurança com que ela acorda.

No dia seguinte, depois de acharem no chão a última peça que faltava no quebra-cabeça, depois de tomarem o café da manhã e removerem mais um lote noturno de camundongos, pedaços amassados de papel-toalha, restos de passas e cocô de rato, levam tudo para um tronco de árvore derrubado, e enquanto fingem que se preparam para nadar — "Mudei de ideia", diz Lizzie —, Nell dá uma violenta topada na pedra branca pontuda debaixo d'água. Claro que tinha que acontecer. Mais cedo ou mais tarde ela acabaria mesmo se machucando; faz parte do luto. Desde que não derrame sangue, não arranque as roupas nem cubra a cabeça com cinzas, qualquer pessoa de luto tem que sofrer alguma mutilação.

Será que quebrou um osso do dedo ou foi apenas uma contusão? Não é um dedo importante; ela ainda consegue dar um jeito de andar. Com um Band-Aid temático de piratas decorado com crânios e ossos cruzados, remanescente de algum traje infantil — dela? De Robbie? Dos netos? —, ela ata o dedo machucado ao vizinho, conforme as instruções lidas no celular. Não há muito mais a fazer, segundo os websites.

*Retirar pedra branca*, acrescenta Lizzie à lista. A intenção é esperar até o outono, quando a água fica mais baixa, ou então a primavera, quando pode baixar ainda mais, e atacar o problema numa espécie de exorcismo, com pás, forcados e os inevitáveis pés de cabra. Essa pedra sanguessuga está com os dias contados! Quantas vezes planejaram a operação? Muitas.

A semana vai passando. Elas seguem seu caminho pelo tempo como se estivessem num labirinto, ou pelo menos é o que Nell sente; Lizzie talvez nem tanto. O machucado de Nell é bom para se distraírem conversando. As duas examinam atentamente o dedo machucado: se ficou roxo ou azulado; será que vai ficar? Observar um corpo ferido é animador: só se machuca ou sente dores quem está vivo.

— O mesmo com picadas de mosquito — acrescenta Lizzie. As duas sabem, dos seus livros de crime, que mosquito não quer saber de gente morta.

Enganou-se sobre o momento da morte, *mon ami*. Como assim? Não havia picadas de mosquito no cadáver. Ah! Significa então... mas claro que não! Estou lhe dizendo, meu amigo. Temos as provas diante de nós, não há o que discutir.

— Menos mal assim — diz Nell. — Não faz sentido estar morto *e* se coçando.

— Prefiro a segunda possibilidade — resmunga Lizzie.

Outras pessoas já passaram por esse labirinto do tempo. A cabana está cheia de avisos e instruções deixados ao longo dos anos. Lembretes, proibições. Na cozinha: *Não derramar gordura no ralo da pia*; a caligrafia é da mãe. O livro de receitas que sempre estava por ali tem minúsculos comentários a lápis, também da mãe: *Ótimo!!* Ou: *Mais sal*. Não exatamente a sabedoria acumulada dos séculos, mas conselhos práticos e sólidos. *Quando se sentir muito pra baixo* — quão pra baixo exatamente? Vai saber... —, *dê uma boa caminhada!* Isso não está escrito; apenas paira no ar, na voz da mãe. Um eco.

Não posso dar uma boa caminhada, responde Nell à mãe, em silêncio. O dedo do pé, lembra? Não dá para resolver tudo, gostaria de acrescentar, mas a mãe sabe muito bem disso. À espera no hospital enquanto ele provavelmente estava morrendo — *ele*, mais uma vez, referindo-se ao pai de Nell, que um dia foi o homem dos machados, o homem dos serrotes traçadores, o homem dos pés de cabra —, a mãe disse:

— Não vou chorar, porque se começar nunca mais paro.

Um dia antes de Nell e Lizzie terem que voltar para a cidade, Nell encontra um bilhete escrito por Tig há muito tempo, quando os dois prestavam serviço comunitário instalando mosquiteiros de cama. O acúmulo de mosquitos do lado de fora das telas parece uma penugem, especialmente em junho; são capazes de se espremer pelas mais ínfimas fissuras. Uma vez lá dentro, começam a gemer. Mesmo que se passe repelente, podem acabar com a noite de qualquer um.

*Mosquiteiro grande: No fim da época dos insetos o mosquiteiro grande deve ser guardado nesta sacola. A armação de madeira, depois de desmontada, é inserida no compartimento interno da sacola verde. Obrigado.*

Que sacola verde?, ela se pergunta. Provavelmente acumulou mofo e alguém a jogou fora. Seja como for, ninguém jamais seguiu essas instruções de Tig; o mosquiteiro simplesmente é deixado no lugar e juntado num feixe quando fora de uso.

Ela alisa cuidadosamente o pedaço de papel e o guarda num compartimento da valise. É uma mensagem, deixada por Tig para que ela encontrasse. Pensamento mágico, ela sabe muito bem, mas de qualquer maneira deixa-o vir, pois é reconfortante. Levará o pedaço de papel para a cidade, mas para fazer o que com ele? O que se pode fazer com essas mensagens cifradas dos mortos?

AGRADECIMENTOS

✦

A gradeço em primeiro lugar aos muitos leitores desses contos — tanto os publicados quanto os inéditos — ao longo dos anos. Obrigada à minha irmã, Ruth Atwood, e a Jess Atwood Gibson, primeiras leitoras e editoras, pelos comentários e anotações muito úteis; e à indispensável Lucia Cino, que também leu e ajudou. Obrigada aos editores de revistas que pelejaram com minhas peculiaridades de estilo, entre eles Amy Grace Loyd, Susie Bright, Deborah Treisman e Kjersti Egerdahl. Obrigada aos meus editores dos dois lados do Atlântico, que tanto me estimulam com sua solicitude e entusiasmo. Desse grupo fazem parte Becky Hardie, da Chatto/Penguin Random House UK, Louise Dennys, da Penguin Random House Canada, e Lee Boudreaux e LuAnn Walther, da Penguin Random House USA. Heather Sangster, da Strong Finish, mais uma vez atuou como a revisora endiabrada que não deixa passar nem pelo, mesmo no ovo. Um agradecimento especial a Todd Doughty, pela inesgotável energia positiva, e a Lindsay Mandel, pelo marketing, ambos da PRH USA; a Jared Bland, da McClelland & Stewart, uma presença calmante; a Ashley Dunn, da PRH Canada, pela jovialidade e o brilhantismo de todo momento; e a Priya Roy, da PRH UK, pelo cuidado e o profissionalismo.

E obrigada a minha incansável agente, Karolina Sutton, da Curtis Brown; e a Caitlin Leydon, Claire Nozieres, Sophie Baker e Katie Harrison, também da Curtis Brown, tão hábeis na gestão dos negócios e dos direitos no exterior. E ainda a Ron Bernstein, da ICM (atualmente CAA), que se encarrega dos direitos para o cinema e a televisão com admirável entusiasmo.

Obrigada mais uma vez a minhas agentes, hoje aposentadas, Phoebe Larmore e Vivienne Schuster, que sempre me apoiaram de forma tão incrível.

Aos que me ajudam a avançar no tempo e me lembram de que dia é hoje, entre eles Lucia Cino, da O.W. Toad Limited, e Penny Kavanaugh; a V. J. Bauer, que concebe e mantém o website; e a Mike Stoyan e Sheldon Shoib, a Donald Bennett, a Bob Clark e Dave Cole.

A Coleen Quinn, que dá um jeito de me tirar de vez em quando do website Toronto Writing Burrow para encarar o mundo; a Xiaolan Zhao e Vicky Dong; a Matthew Gibson, que resolve os problemas; aos Shock Doctors, por manterem as luzes acesas; e a Evelyn Heskin, Ted Humphreys, Deanna Adams e Randy Gardner, que ajudam a tornar os Writing Burrows habitáveis.

E, como sempre, a Graeme Gibson, que esteve comigo durante vários dos anos em que essas histórias foram escritas, embora não todos, e ainda está muito presente, mesmo que não da maneira habitual.

Alguns desses contos saíram originalmente nas seguintes publicações:

"Impatient Griselda" [Impaciente Griselda], The Decameron Project, *New York Times Magazine*, 7 de julho de 2020.

"Morte de Smudgie" [Le morte de Smudgie] (San Francisco: The Arion Press, 2021).

"Old Babes in the Wood" [Vulneráveis], *The New Yorker*, 19 de abril de 2021.

"Two Scorched Men" [Chamuscados], Scribd, 4 de agosto de 2021.

"The Dead Interview: George Orwell" [Entrevista com o morto], *INQUE*, 1º de outubro de 2021.

"My Evil Mother" [Minha mãe maligna] (Seattle: Amazon Original Stories, 2022).

Uma versão muito anterior de "Freeforall" [Vale-Tudo] foi publicada no diário *Toronto Star*, em 1986.

Obrigada a Alexander Matthews, executor testamentário de Martha Gellhorn, pela autorização de publicar textos inéditos de Martha Gellhorn; e a Janet Somerville, editora de *Yours, For Probably Always* (Richmond Hill, ON: Firefly Books, 2019) — coletânea de cartas de Gellhorn —, pelas informações de contextualização e por seu entusiasmo.

Impressão e Acabamento:
EDITORA JPA LTDA.